N&K

KOLLEKTION

NAGEL & KIMCHE

Herausgegeben von
Peter von Matt

Jeremias Gotthelf
Wilde, wüste Geschichten

Mit einem Nachwort von
Peter von Matt

Nagel & Kimche

Der Verlag dankt der
Burgergemeinde Bern

und dem
Swisslos Kultur Kanton Bern

SWISSLOS Kultur Kanton Bern

für ihre freundliche Unterstützung

Zur Textgrundlage siehe
Quellenhinweis S. 238

1 2 3 4 5 16 15 14 13 12

Herstellung: Andrea Mogwitz und Rainald Schwarz
Satz: Satz für Satz. Barbara Reischmann
Druck und Bindung: Friedrich Pustet
ISBN 978-3-312-00460-7
Printed in Germany

FSC www.fsc.org
MIX
Papier aus verantwortungsvollen Quellen
FSC® C014889

Wilde, wüste Geschichten

Selbstbiographie

[Februar 1848]

Ich bin den 4. Oktober [1797] in Murten geboren, wo mein Vater, Bürger von Bern, deutscher Pfarrer war. Als wilder Junge durchlebte ich dort die wilde Zeit der Revolution und Helvetik, besuchte die dortige Stadtschule, wo man mir gewöhnlich das Zeugnis gab, daß man mit dem Kopfe wohl, mit den Beinen aber, welche ich nie stille halten konnte, übel zufrieden sei. Im Jahr 1805 erhielt mein Vater die Pfarrei Utzenstorf. Von da an unterrichtete er mich selbst, so daß ich im Jahr 1812 das Gymnasium in Bern beziehen konnte. Meine Kenntnisse gingen aber nicht weit über Griechisch und Latein hinaus. Nebenbei las ich Romane soviel ich zur Hand bringen konnte, trieb starken Schafhandel, lernte jagen, fischen, reiten, übte mich in allen Landarbeiten, einigen weiblichen Handarbeiten und brachte es in mehr als einem ländlichen Spiel zu bedeutender Fertigkeit. Der berühmte Professor Lutz, welcher damals dem Gymnasium vorstund, übte von allen meinen Lehrern, welche ich je gehabt, den größten Einfluß auf mein inneres Leben. Ich ging auf seinen Rat im Jahr 1814, da ein halber Fehler zuviel in einer lateinischen Arbeit meine legitime Beförderung gehindert hatte, als Exterus in die Akademie über. Hier brachte ich drei Jahre in der sogenannten Philosophie sehr fleißig zu, trieb alte Sprachen, Mathematik, Philosophie, wo Joh. Rud. Wyß besonders freundlich und väterlich sich meiner annahm. Meiner Mutter selig sagte er einmal: «Sagt doch euerm Sohne, er solle schöner schreiben lernen, er schreibt wie eine Sau. Läßt er mal was drucken, besonders in Deutschland, so hat er zSchinders Verdruß.» «Ja wolle», antwortete meine Mutter, «das wird er wohl lah blybe.» «Mi cha nit wüsse», sagte Wyß. Damals kam auch das Turnen in Gang durch Elias, dessen eifrigster Schüler ich wurde. Nach drei Jahren wurde ich auf legitime Weise, und zwar mit Ehren, in die Theologie aufgenommen; wäre ein gewisses aufbegehrisches Wesen nicht gewesen, ich wäre nach Freund Rauchenstein in Aarau der Zweite promoviert worden, jetzt wurde ich nur der Dritte. Drei Jahre brachte ich in der sogenannten Theologie zu, sie waren für mich wissenschaftlich nicht fruchtbar. Die Gesellschaft, und namentlich die weibliche, nahm mich mehr in Anspruch als die Wissenschaft. Es war die Rosenzeit meines Lebens. Auch versah ich anderthalb Jahre lang die oberste Elementarklasse an der sogenannten grünen Schule.

Im Jahr 1820 wurde ich Kandidat, zugleich Vikar bei meinem Vater, half in der Schule und wurde von meinem Vater geschult, indem er mir das Lesen der Predigten, überhaupt den Gebrauch der Konzepte abgewöhnte. Im Frühjahr [1821] besuchte ich Göttingen und blieb ein Jahr dort. Damals florierte Göttingen, über vierzig Schweizer waren dort, von denen mehrere berühmt geworden, viele in ehrenwerter Stellung sind. Im Herbst besuchte ich die Insel Rügen, und zwar alleine und verschmähte Hagenbachs Gesellschaft, der mir damals zu rasche Beine hatte. Im schönen Frühjahr 1822 kehrte ich über Leipzig, Dresden, München heim und ward wieder Vikar bei meinem Vater, beschäftigte mich mit der Schule, trieb Landwirtschaft, Volkspädagogik von allen Sorten, es war die Zeit goldmacherischen Schwärmens.

Der Tod meines Vaters 1824 zerstäubte die Ideale, und als Vikar der großen Gemeinde Herzogenbuchsee wurde ich eingeweiht in die Pastoralgeschäfte. Hier blieb ich fünf Jahre, bis ich als Vikar des berühmten Herrn Pfarrer Wyttenbachs nach Bern an die Heilig-

zSchinders geächtet wie ein Abdecker

Geist-Kirche berufen wurde. Hier machte ich einen praktischen Kurs in der Armenpflege durch und genaue Bekanntschaft mit dem Stadtgesindel. Zu Ende des Jahres 1830 wurde ich durch den Nachfolger des Herrn Wyttenbach, meinen verehrten Lehrer Pfarrer Lutz, abgelöst und ging als Vikar nach Lützelflüh, wo der Nestor der bernischen Geistlichkeit, Hr. Fasnacht, Pfarrer war. Die Pfarre Lützelflüh liegt im schönsten Teile des Emmentals, ist aber auch die zerstreuteste im Kanton Bern, denn sie stößt an dreizehn andere Kirchgemeinden. Nach dem Tode des Hr. Fasnacht wurde ich im März 1832 zum Pfarrer derselben erwählt, es war die erste Pfarrei, welche die damals neue Regierung bestellte. Ein Jahr später verheiratete ich mich mit der Großtochter meines letzten Prinzipals, der Tochter des seiner Zeit berühmten Professor Zeender von Bern.

Damals war der Kanton Bern der Schauplatz verschiedenartiger Kriege, unter welchen doch keiner mit der Erbitterung geführt wurde, wie der pädagogische. Als Mitglied der großen Schulkommission des Kantons, als Lehrer an einem Wiederholungskurse, welchen das Erziehungsdepartement in Burgdorf erteilen ließ, während Hr. Fellenberg zu Hofwyl Gegenkurse hielt, und später als Schulkommissär, wurde ich einigermaßen in diese Kriege verflochten und brach mehr als eine Lanze mit Hr. Fellenberg. Dieses und der Charakter meiner Gemeinde, der mich zu einem langsamen Zuwarten, zu einer Art von Passivität verurteilte, weckten in mir immer mehr das Bedürfnis, über Volkssachen schriftlich mich auszusprechen, während meiner Natur nichts widerlicher war, als sich ans Schreiben zu setzen. Sie mußte sich fügen, im Jahr 1836 kam das immer gesteigerte Bedürfnis im Bauernspiegel zum Ausdruck. Seither nun will es gar kein Ende nehmen, so daß ich mich nicht sattsam wundern kann, wie aus einem Jungen, der seine Beine nicht stille zu halten vermochte, solch sitzender und schreibender Mensch herauswachsen konnte.

Das Erdbeben von Haiti

Wie es dem Hiob ging, ein Bote nach dem andern kam und jeder mit einer entsetzlichern Nachricht, so ging es uns. Noch redete man allerwärts vom Hamburger Unglück, vom Pariser Graus, da kam über das Meer her schreckliche Kunde von St. Domingo oder Haiti, einer großen Insel in Westindien, einer freien Negerrepublik, welche früher viel zu reden gab, jetzt aber unter uns, die wir mit ihr in keinem Verkehr stehen, fast verschollen ist. Dort hatte in den tiefen Kammern der Erde, die uns ein Rätsel sein und bleiben werden, es sich gereget. War ein Riese aus dem Schlafe erwacht, hatte Gottes Hand seine Kammern erweitert oder neuen Weg einer Quelle gebrochen? Wir wissen es nicht und werdens nicht erfahren. Aber dieses Regen erschütterte die große Insel, der Boden wankte, klaffte, die Werke der Menschen fielen zusammen, die Elemente brachen ihre Bande, und das grauenhafteste der Tiere, wenn es zügellos geworden, begann sein Wüten – der Mensch.

Es muß fürchterlich sein, wenn die Häuser zu wanken beginnen in ihren Fundamenten, die Kirchtürme sich hinüber, herüber wiegen, ihre Schatten unstet hieher, dorthin fahren, als wollten sie sich losreißen von ihren Körpern, hier ein Gipfel zur Erde schlägt, dort ein ganzes Haus zusammensinkt, mit gesträubten Haaren die Menschen auf die Straßen stürzen, im Bettgewand die Kranken, mit einem Stück ihrer Habe die Gesunden, mit Kindern beladen die Mütter, und hier wird ein Haufe erschlagen, und dort verschlingt die klaffende Erde eine Familie, die Nacheilenden treibt die Todesangst den Erschlagenen nach, ihre Sinne wirren sich, und wer dem Tod entrinnt, und wer das Freie findt, weiß nicht, wie es gekommen, weiß nicht, wo die andern hingekommen. Atemlos sitzt er bei seiner Habe, und bebend horcht sein Ohr hinab nach dem Schoße der Erde, ob neues Regen neues Beben bringe, der Fuß in hastiger Flucht einen sicheren Ort suchen müsse. Und während er bebend horcht, haftet bebend sein Auge auf dem stäubenden Knäuel der zusammensinkenden Stadt und sucht in den flüchtigen Gestalten, die dem Graus sich entwinden, die Häupter seiner Lieben, sucht Vater oder Bruder, sucht Kind oder Mutter, er glaubt, sie zu sehen, da wankt es unter ihm, in Wehen kreißt der Boden, wirft ihn auf, neue Angst sträubt sein Haar, jagt flüchtigen Fußes ihn weiter einer sicherern Stelle zu. Dort schöpft er Atem, horcht und forscht aufs neue. Ruhig bleibt die Erde, es sammeln die Seinen sich, es setzt sich des Herzens wildes Klopfen. Die Lippen öffnen zum Danke sich, da stürzt über sie die wilde Rotte blutdürstig, beutehungrig, lustgeschwollen, wütet, raubt und mordet, und was Gott geschont, fällt dem wildesten der Tiere zum Raube, dem Menschen, und wer sich gerettet glaubte aus der zusammensinkenden Stadt, sieht verblutend zusammensinken unter blutigen Menschenhänden seine Gefährten. Das ist aber eigen der Menschennatur, daß, sobald sie entmenscht ist, sie tierischer als alle Tiere wird, daß sie nach Staub und Blut schnaubt und losbricht bei dem ersten Unglück, wo der Mensch weint, zur Hülfe die Hand dem Bruder bietet, wo aber die Not die Kräfte, welche sonst Ordnung halten, lähmt oder verwirrt.

So solls in Haiti gegangen sein, die Greuel, welche Menschen begangen haben, größer gewesen sein als das Unglück, welches aus dem Erdbeben entstanden. Es ist immer noch richtig, wie David meinte, daß es besser sei, zu fallen in die Hand Gottes als zu fallen in die Hände der Menschen.

Kurt von Koppigen

(Urfassung)

Vor sechshundert Jahren war es wild in unserem Lande, viel Wald, viel Sumpf, viel Wild und große Fische; düstere Türme durchs Land zerstreut, wenige heitere Gehöfte, und wenn mancher Tauner jetzt leben sollte, wie damals bemittelte Hofbauern, er würde schrecklich schreien über die gegenwärtigen Zeiten, und wie sie seit Adam nicht so schlecht gewesen; und wenn Rittersfrauen gewohnt hätten, so wohnlich und reich wie jetzt manche Bäuerin, sie hätten Königinnen nicht beneidet in ihren kalten, schwarzen Schlössern.

Damals stand in Koppigen, jetzt im Bernerland, zur selben Zeit zum Aargau gerechnet, da, wo jetzt die Häuser stehen, die man das Bühl heißt, ein klein Schlößlein. Im Schlößlein wohnten Edelleute und zwar stolze, von Koppigen geheißen; aber sie lebten so armütig in Speise und Gerätschaften, daß jetzt kaum irgend ein Koppinger Bauer mit ihnen tauschen würde oder ein St. Niklauser, Öschberger, Tannwalder, Willadinger. Diese Orte waren aber damals nicht im Glanze wie jetzt. Die Emme kam es manchmal an, statt durch ihr übliches Bette der Aare zuzuströmen, zu lustwandeln durch die Koppigerfelder in die Koppigersümpfe, dort zu leben auf eigene Faust, statt der Aare zu dienen ohne Lohn und ohne Namen. Wenig Land war bebaut, wenige Einwohner besetzten die Gegend, und die wenigen waren sehr arm, denn sie gehörten den Edelleuten im Schlößchen, und dieses Schlößchen war

Tauner Tagelöhner

einer Wunde gleich, welche die gesunden Säfte eines Körpers verzehrt, einem Wirbel im Strome, welcher alles niederzieht auf den Grund, was in seinen Bereich kommt.

Nicht alle Schlösser waren so; es gab viele, welche einer heilsamen Quelle gleich waren, die ihre Wasser erquickend und fruchtbringend den Menschen entgegensprudelt oder über die Fluren fließen läßt. Die Edeln aber in jenem Schlößchen waren wild und arm, daher gewalttätig; sie waren die Magnaten der damaligen Zeit, und was andere hatten, betrachteten sie als das Ihre und brachten es an sich, freilich auf andern Wegen, als die Magnaten dieser Zeit es zu tun pflegen. Früher waren sie reicher gewesen; aber wenn der Hochmut kommt und die Hoffart und die Sucht, den Höchsten es gleichzutun, dann kommt die Armut hintendrein. Hochmut und Hoffart bleiben; aber übel dran, greifen sie nun zu jeglichem Mittel, die Armut einstweilen zu verdecken und so möglichst schnell in Reichtum sie zu wandeln. Aber ein eigentümlich Wesen ists mit solchem Streben; es kehrt sich ins Gegenteil um, alle Tage wird der Strebende ärmer, und im Maße seine Armut zunimmt, wird er gewalttätiger, und im gleichen Verhältnis wächst seine Schande, wird alle Tage die Schwierigkeit, wieder reich zu werden, größer.

Die Herren von Koppingen waren ein ansehnlich Geschlecht gewesen, eigentlich von je vornehmer als reich. Es waren große, schöne Leute, kamen dadurch in vornehme, reiche Verwandtschaft, hatten davon aber wenig anders als den Trieb und die Sucht, gleich vornehm zu tun wie die vornehmen Verwandten, welche aber zugleich auch reich waren.

Zur selben Zeit wohnten in dem Schlößchen nur noch zwei Glieder der Familie, Mutter und Sohn; der Vater war jung erschlagen worden. Die Mutter war eine Gräfin gewesen aus großem Hause, aber von je böser als schön, hatte sie jetzt lange, lange Haare um den Mund, die geradeaus stunden, fast wie es bei Katzen üblich ist. Dazu war sie groß, hager und hatte eine krumme Nase unter stechenden Augen; war fürchterlich hochmütig und unbarmherzig hart gegen Menschen und Tiere. Ihr Sohn hieß Kurt, war ein gewaltiger Mensch, aber wild und roh und übermütig, daß erschrak, wer ihn von ferne sah. Zu ihrem Schlößlein gehörten auch Fronleute; aber Fronleute haben es akkurat wie Äcker, saugt man diese aus, so fehlt am Ende die Ernte, und saugt man seine Leute aus, haben sie nichts mehr, so können sie keine Gefälle mehr entrichten. Wahrscheinlich zu selber Zeit wars, wo das Sprüchwort aufkam: wo nichts ist, da hat selbst der Kaiser sein Recht verloren. Denn damals eben wollte niemand dem Kaiser mehr was geben, weil nichts mehr war, indem die zügellosen Edeln und fremdländische Kriege alles verschlungen hatten. Wenn der Bauer kein Vieh mehr hat, was helfen ihm Äcker? Und wenn der Bauer nichts mehr erntet, was helfen dem Junker Zehnten und Bodenzinse? Dahin war es in Koppigen gekommen, daß das Land nichts mehr ertrug, weil man nichts mehr hatte, es zu bebauen, daß Herr und Knecht vom Ertrag des Waldes und des Wassers, von Jagd und Fischfang leben mußten. Freilich waren damals die Fische häufiger als jetzt und länger als ein Finger; die guten Forellen waren schon damals dort, auch der Salm stieg in einzelne Bäche herauf, und manch geringere Fischart, namentlich Karpfen, bevölkerten die stehenden Wasser. Das Wildschwein ward fast so häufig gefunden als jetzt der Hase, das Reh strich durch Wald und Flur, und manch stolzer Hirsch brach durch die Gebüsche, schwamm durch die Flüsse und suchte, wenns ernst war mit der Jagd, seine Rettung in des blauen Berges dunkeln Klüften.

An Fisch und Wildbret hatte also Frau Grimhilde, so hieß nämlich die Frau von Koppigen, keinen Mangel, auch das Holz brauchte sie weder zu sparen noch zu kaufen. Aber Wildbret und Fisch, so gut sie sind, wenn man sie alle Monat einmal kriegt, so

der blaue Berg der Jura

wird man ihrer doch so satt als der Erdäpfelsuppe und des Krautes, wenn man sich alle Tage daran erlaben soll. Zudem hat eine ehemalige Gräfin noch mehr Bedürfnisse, als nur zwei- oder viermal des Tages sich satt zu essen; sie will auch was vorstellen, was in Händen haben, das Gewalt gibt und Ansehen, will unter ihresgleichen nicht die mindeste sein in Aufzug und Gastieren, wenn sie es aber sein muß, so wird sie bitter und böse, und jegliches Mittel ist ihr willkommen, welches ihr zu etwas verhilft. Grimhilde hatte ihrem Eheherrn außer etwas an Schmuck und Kleidern nichts eingebracht, er selbst hatte ebenfalls nichts als ein verödetes Erbe; aber Grimhilde wollte den gemeinen Edelfrauen zeigen, was eigentlich eine Gräfin sei, und wenn sie einmal nach Buchegg oder Burgdorf kommen konnte oder in Solothurn einritt, dann wollte sie nicht weniger scheinen als die Kyburger Gräfin oder die Bucheggerinnen. So war bald Mangel in Koppigen, und als ihr Eheherr diesem auf eine damals unter den Edeln übliche Weise abhelfen wollte, ward er von einem Küher, dem er seine Herde wegnehmen wollte, erschlagen. Er hinterließ also nichts als seine kleine ausgesogene Besitzung, einige verwilderte Angehörige und Kurt den Sohn, einen Knaben noch, aber starken Leibes und mit dem Sinne behaftet, der alles erlaubt glaubt, was zu vollbringen man sich imstande fühlt. Da ging es Frau Grimhilde böse; Zufluß von außen kam ihr nicht, aber was sie an Kostbarkeiten hatte, das ging dahin. Sie mußte der Welt entsagen, ward darob immer böser im Gemüte und hielt dem Sohne alle Tage seine Jugend und Schwachheit vor, und wie es ganz anders gewesen, als ihr Eheherr noch gelebt, wie er ihr nichts als eine Last und Bürde sei. Kurt tat, was er konnte, auf der Jagd und beim Fischen war er früh der erste, schon hielt er dem Eber stand, und seinem Ger entrann kein Salm. Aber wenn er stolz mit seiner Beute heimkehrte, so höhnte ihn die Mutter, daß er ihr

Ger Spieß

nur bringe, was jedes arme Weib ebenfalls habe. Anfangs empörte er sich über diese Vorwürfe, aber mit gewaltiger Kraft hielt ihn die Mutter nieder, und diese Vorwürfe wurden nur zu Stacheln, die ihn trieben, mit dem regsten Eifer sich zu üben, in jeder Wehre und jeder Waffe mächtig zu werden. Jürge, der Knecht, des Vaters Geselle, übte des Knaben Kräfte ein und gab seiner Seele Unterricht über die Ausführung jeglicher Gewalttat, über nötige Grausamkeiten und kluge Listen.

So förderte sich die Erziehung des Knaben rasch; bald war er seinem Waffenmeister gewachsen, und nicht mehr als achtzehn Jahre zählte er, als er seiner Mutter die ersten Früchte dieser Erziehung heimbrachte: den Kram eines Hausierers, den er erschlagen. Die Mutter freute sich der ersten Heldentat ihres Sohnes, aber vorüber waren die Zeiten des geselligen Verkehrs, wo sie sich gerne im Schmucke gezeigt, die Zeit war da, wo der Mensch das Sammeln beginnt in immer ängstlicherer Hast, als ob er damit Leib und Seele vom Tode erkaufen könnte. Sie verschloß die Beute in eine der vielen leeren Truhen und spornte zu neuen Heldentaten. Sie mußten aber mit Vorsicht verübt werden, verschlagene List mußte sie zu bedecken wissen mit dem Schleier des Geheimnisses. Den Grafen des Landes war an der Sicherheit des Verkehrs viel gelegen, und namentlich den Weg, der von Burgdorf nach Solothurn nahe bei Koppigen vorbei führte, wollten sie gesichert wissen, daß auf demselben niemand ihnen ins Handwerk pfuschte, und wenn Kurts Streiche bekannt geworden wären, so wäre sein Schlößchen nicht lange mehr gestanden, und seine Mutter hätte zusehen müssen, in welchem Lande sie ihr bös Haupt zur Ruhe legen wolle. Er trieb daher seine Streiche nicht in der Nähe und nicht auf dem Wege zwischen Burgdorf und Solothurn; aber je länger je häufiger sprach man von einem wilden, schwarzen Räuber zwischen Burgdorf und Langenthal oder Solothurn und Herzogenbuchsee oder Solothurn und Büren, der besonders einzelnen Marktleuten gefährlich war und von übermenschlicher Kraft und Größe sein solle. Man stellte ihm nach, aber wie er erschien, verschwand er auch. Kurt kannte jede Kluft, jede Furt, jedes Wildweglein durch Wälder und Sümpfe; zu Roß war ihm in dieser Gegend nicht zu folgen, und zu Fuß eilten seine jungen Beine allen andern voraus. Auch war Jürge gewöhnlich in der Nähe, entweder zur Hülfe oder auf falsche Spur allfällige Verfolger zu leiten. So trieb er es einige Jahre, und Frau Grimhilde hatte manche Truhe wieder gefüllt, ward aber doch wieder unzufriedener mit dem Sohne, der weniger heimbrachte und seltener heimkam als früher. Kurt war bekannt geworden mit vielem Gesindel, und was er erbeutete, nahm dasselbe ihm ab auf verschiedene Weise, die Männer im Spiel, die Dirnen mit Schäkern und Kosen, und ob dem wilden, luftigen Leben in Wäldern und Klüften vergaß er gerne die keifende Mutter im düstern Schlößlein. So meinte es aber die Mutter nicht, und Jürge war es auch nicht recht. Die Mutter wollte den Sohn für sich haben. Darum hatte sie es auch nicht versucht, ihn auf irgend einem Edelhofe in ritterlichen Dienst zu bringen; dort hätte er dem Ritter dienen müssen, ihr wäre die Entbehrung geblieben. Jürge fand dieses gemeine Räuberleben nicht nach seinem Sinn; er hatte es wie alte Knechte, die am Hause hangen fast ebensosehr wie am Herrn und an den alten Zeiten, welche wieder neu werden sollten. Nun war der alte Herr auch ein wilder und verwegener Geselle gewesen, aber auf ritterliche Weise zu Roß mit Schwert und Lanze und nicht zu Fuß mit Keule und Dolch und unritterlich verstellt. Zu Roß war er hinter ihm drein gewesen und hatte seinen Klepper zu tummeln gewußt, fast einem Ritter gleich. Daß das Schlößlein nichts Besseres sein solle, als eine gemeine Räuberhöhle, wo man zu Fuß sich einschlich und sie ebenso wieder verließ, das wollte nicht in seinen alten Kopf.

Lange hatte er umsonst seine Gewalt über Kurt versucht; Kurt kannte nichts Besseres, ihm war wohl in dieser Gesellschaft, und vor Vornehmeren hatte er die natürliche Scheu dessen, der eine Zurücksetzung fürchtet, während er in seiner gegenwärtigen Gesellschaft als der Erste galt. Da kam ein Zufall Jürgen zu Hülfe.

Es war Solothurner Markt. Kurt hatte dem wilden Volke sich beigesellt; auf gut Geschick lauerten sie im Walde jenseits der Emme Subigen zu; auf Kundschaft hatten sie Dirnen in die Stadt gesandt. Gegen Abend kamen diese, brachten Wein, aber auch wilde Gesellen aus dem Buchsgau herauf, mit denen sie Bekanntschaft gemacht in den Herbergen; das Lumpengesindel kennt sich allenthalben, es kannte sich zu allen Zeiten. Der Wein ward getrunken und stieg Kurt ins Haupt, er begann Streit, derselbe ward blutig, und wie Gleiches und Gleiches am Ende immer zusammenhält und unwillkürlich die Niedern, sobald sie die Macht haben, sich zusammentun gegen die Höheren, wie treu sie auch verbunden, wie einig sie schienen, so geschah es auch hier. Kurt sollte erst nachgeben, Kurt sollte sich sänftigen. Da das ritterliche Blut so was nicht verstand, so erhoben sich alle Hände wider ihn, und als er am Morgen sein Bewußtsein wiederfand, da lag er im Blute, und die vertrockneten Wunden brannten ihn wie Feuer aus der Hölle. So wund war er nie geschlagen worden als jetzt von den eigenen Gefährten, darum brannte der Zorn noch glühender in ihm als seine Wunden außerhalb. Mühsam erhob er sich, wusch in einem der vielen Bäche sich rein und suchte einen einsamen Weg nach Hause. Es war Herbst, rauh jagte der Wind die Wolken und schüttelte die Eicheln von den Eichen und die Buchnüsse von der roten Buche, die sich gefärbt hatten, dem Ritter gleich oder Knappen, der von morgens früh bis abends spät Humpen um Humpen versorgt ungezählt. Das Wild tat sich gütlich, denn reich hatte ihm sein und unser Herrgott den Tisch gedeckt, und stolz und üppig führten alte Schweine ihre jungen Tiere spazieren im üppigen Fraß, leicht und sonder Gefahr kam zu guten Braten der erfahrne Jägersmann. Es war Kurt bei all seinem Zorn doch bang vor der Mutter, und ohne Beute kam er nicht gerne heim; er wußte, daß die Speise rar war daheim, wenn Jürgen nicht etwa Rat geschafft, was aber kaum zu erwarten war, da Gliederschmerz seine Kräfte fesselte. So ein Sohn, wie stark er wird und wild, hat Angst vor der Mutter, so lange sie lebt, sobald die Mutter ein räß Weib ist, ihre Zunge wie ein zweischneidend Schwert und gewandt in der Handhabung von Liebe und Hohn, je nach den Umständen. Oberhalb Halten stieß er auf ein Rudel Schweine unter einer Eiche, scheute die Mutter und erwarf ein junges, schönes Tier.

Von da wars ein kurzer Weg nach Koppigen, aber er ging ihn nicht unbemerkt. Auf des Herrn von Halten Gebiet hatte er das Schwein erworfen, dessen Töchter waren auch im Walde, sahen ihn nahe bei sich vorbeistreifen mit seinem Raube, fürchteten sich erst, dann, als sie ihn so scheu davonschleichen sahen, höhnten sie ihn, und er, der ebenbürtig war, mußte hören, wie sie seiner spotteten als eines gemeinen Knechtes, der Wildraub treibe des Hungers wegen. Er durfte sich nicht rächen, denn Halten war zu nahe an Koppigen, und ein Frevel an den Fräuleins hätte er schwer büßen müssen, denn die Herren von Halten hatten noch Leute, Diener und Rosse; in ihrer Hand lag sein Schlößlein. Aber daß er das alles so hinnehmen, von Gesindel sich blutig schlagen, von Weibern sich höhnen lassen mußte, das grollte heftig in ihm; immer klarer stellte es sich ihm heraus, daß er auf diesem Wege zu nichts komme, seine Jahre vergeude, ein jämmerlicher Bursche bleibe, daß er anders tun, auf andere Weise zu etwas zu kommen suchen müsse.

Und als er heimkam, Wunden und Zornes matt, die Mutter ihn schalt seines nichtsnutzigen Lebens wegen, zu dem sie freilich den Anstoß gegeben, das ihr aber doch jetzt nicht recht war, wie es denn sehr oft Mütter haben, als sie das Schweinchen verächtlich von sich stieß, als Jürg ihn traurig ansah und ihm dann erzählte, wie sein Vater von seinen Zügen so ganz anders heimgekehrt sei, hoch zu Roß, auf Rossen Beute nach sich führend, oder von Turnieren, geschmückt mit Preisen aus hohen Händen, da fühlte sich Kurt sehr elend im Gemüte, und es war ihm, als müsse er entweder toben oder weinen. Toben durfte er nicht aus Furcht vor der Mutter, zu weinen schämte er sich, und so griff das Elend innerlich und grub den Entschluß fest, auszuziehen und was anderes zu werden. Er teilte ihn zuerst Jürgen mit, welcher große Freude daran hatte und mit neuem Mute alte Geschichten erzählte von früheren Heldentaten, Ehren und Reichtümern, von Schlössern und Turnieren, von Kriegslisten und Ritterfräuleins. – Sie feilten und nagelten mit munterm Eifer aus einer alten Rüstung eine neue zusammen, putzten verrostete Schilder, schliffen Schwerter, um zu erkunden, was unter den alten Überbleibseln annoch das währschafteste sei. Alle Tage versuchte Kurt sich in der Rüstung, ging klirrend umher, hieb mit dem Schwerte in Pfosten und Bäume und ließ durch Jürgen auf den Schild sich hämmern. Des Nachts träumte er, wie er in die Welt gefahren als ein großer Kriegsheld, in Schlachten und Turnieren unbesiegt zu großen Ehren gekommen, und wie er dann mit großem Gefolge und starker Macht nach Hause gekommen, ein neu Schloß habe bauen lassen mit hohen Türmen und tiefen Gewölben, wie er darauf die Burg Halten gebrochen, die Herren an den Toren aufgehängt, die Fräuleins aber ins tiefste Loch des neuen Schlosses geworfen und gefüttert habe ihr Leben lang mit alten Buchnüssen und schwarzen Eicheln.

Der Frühling dämmerte über die Erde herauf; Kurt und Jürg glaubten den Helden fertig gefeilt, genagelt und eingehauen, nur eines fehlte noch zum Zug in die Welt und zwar etwas ziemlich Wesentliches für einen, der Ritter werden will, ein Pferd nämlich. Ehemals hatten sie wohl Pferde gehabt, aber die alten waren den Weg alles Fleisches gegangen. Zu kaufen hatten sie kein Geld gehabt, und da sie dieselben nicht zu brauchen wußten, wohl aber leicht Händel sich hätten zuziehen können, so hatten sie bis dahin noch keine gestohlen. Jetzt aber war Not am Mann, denn Kurt konnte doch nicht wohl zu Fuß ausziehen als Kriegsheld. Jetzt mußte eines gestohlen werden. Jürg ging auf Kundschaft aus. Für seinen jungen Herrn hätte er gerne einen jungen Hengst gehabt, stark und schön, brausend und schäumend, daß die Leute von weitem ihm aus dem Wege gesprungen wären, und männiglich geglaubt hätte, es käme ein Königssohn dahergeritten. Allein ein solcher Hengst war, da jetzt die Rosse nicht auf der Weide liefen, nur in wohlverwahrten Ställen zu finden, wo stehlen kein Spaß war. Zudem traute er den Reiterkünsten seines Herrn nicht recht. Reiten konnte derselbe wohl, aber einen jungen wilden Hengst meistern ist mehr als reiten. Endlich stöberte er einen alten Klosterhengst auf, der bei einem Meier seine Tage in Ruhe verbrachte. In einer dunkeln Nacht ward derselbe richtig gestohlen, wenn aber der dicke Meier nicht einen so dicken Klosterschlaf gehabt hätte, so leicht wäre es nicht abgegangen, denn bekanntlich ist Hengstestehlen ein kitzlich Ding; die brüllen, und zwar laut, besonders wenn unbekannte Hände von ihren bekannten Mähren sie wegführen. Als er im Schlößchen einstalliert war, erregte sein Wiehern Aufsehen in der ganzen Gegend: die Wasserhühner tauchten auf unter den Erlenstöcken hervor, die Enten flohen, die Rehe sprangen auf und horchten mit zitternden Beinchen, was der ungewohnte Laut bedeuten sollte, das wilde Schwein grunzte zornig, daß noch jemand die freie Rede oder vielmehr das freie Lautieren in Anspruch nehme in diesem Revier. Nur zwei alte Jagdhunde sprangen freudig auf und wedelten wohlgefällig mit den kurzen Schwänzen über die heimeligen Laute, welche sie an manchen frohen Tag erinnerten.

Doch nicht bloß Hühner und Rehe waren in Verlegenheit und zornig das wilde Schwein, zornig war die alte Grimhilde und verlegen Kurt und Jürge. Zornig ward jetzt die Mutter, denn nun entwich ihr die rüstige Kraft aus dem Hause, und mit dem alten Jürgen sollte sie vorlieb nehmen. Wer schaffte ihr nun Nahrung für den Leib und Nahrung für den Geiz? Früher hatte ihr Verstand die Notwendigkeit dieses Ausrittes eingesehen, jetzt, da er getan werden sollte, ward die Selbstsucht Meister, die nichts als das eigene Entbehren sieht, ward des Alters kurzer Sinn Meister, der vor allem nur alle Tage das Gewohnte begehrt. Darum belferte sie bitterlich, und daß sie je dazu ihre Einwilligung gegeben, davon wollte sie nichts mehr wissen. Dieses Belfern war es nicht, was Kurt und Jürg in Verlegenheit brachte. Sie hätte es immer so gemacht, sagte Jürg, der Herr hätte sich dessen nie viel geachtet und er auch nicht. Plätzen sprenge sie damit niemand ab; sei er einmal fort, werde sie wohl schweigen. Aber in Verlegenheit waren sie, welchen Weg Kurt ausreiten solle, Ruhm und Geld zu suchen. Jetzt ging es ihnen, wie es vielen Eltern geht, wenn sie ihre Kinder in die Welt schicken wollen, sie fühlten erst jetzt den Mangel an ehrbarer, gewichtiger Bekanntschaft. So geradezu auf einen Edelsitz reiten, sagen: «Ich bin der und der, Vater und Mutter lassen Euch grüßen, und sagen, es wäre ihnen anständig, wenn Ihr mich eine Weile bei Euch behieltet, ich bin stark und will treu sein»; das konnte Kurt nicht. Vater- und Muttername waren keine Empfehlung; wo sie bekannt waren, da war kein gut Anmelden; es ward daher am besten befunden, aufs Geratewohl auszureiten und gut Schick vom Glück zu erwarten.

Aber welchen Weg sollte er reiten? Damals waren es gute Zeiten für junge Freibolde, welche in ihrem Schwerte ihr Heil suchten auf anderer Leute Kosten. Es sei einmal kein König in Israel gewesen, und damals hätte jeder getan, was ihm wohlgefiel, steht geschrieben; so war es damals in Deutschland. Da war kein Kaiser, der Ordnung hielt, und jeder lebte auf eigene Faust.

Kaiser Friedrich war ein hochgesinnter Mann und gewaltiger Held, aber er unternahm, was über der Zeit und seinen Kräften

Plätzen absprenge Hautstücke abziehen

lag; den Papst wollte er unter dem Kaiser haben, unter dem Reiche die Kirche; kühn und kräftig schritt er seinem Ziele zu. Aber wie ein edles Pferd Wespen und Hornissen erliegt, so erging es Kaiser Friedrich dem Zweiten; der Papst hetzte ihm so viel Ungeziefer auf den Leib – er vermochte des Kaisers eigene Söhne in solches Ungeziefer zu verwandeln – das abscheulich den edlen Helden plagte, in allem Streben ihn lähmte, so daß er an sein Ziel nicht kam, daß ihm, während er den Sieg in Italien suchte, Deutschland zerfiel, daß er zu dem Kaiser ward, der am höchsten strebte, am wenigsten erreichte, nicht viel mehr als im Tode Ruhe für seinen matten Leib und Friede seiner Seele. – Im Westen, da begannen die Städte Ordnung zu halten, in des Bernerbären Klauen zu kommen, war nicht richtig, und Freiburg suchte ebenfalls Sicherheit rundum; die Kyburger mußten um der Städte willen Ordnung halten und begehrten sie damals teilweise noch selbst. Im Osten, das Land ab, da war ein lustiges Leben, das heißt, da ging es drunter und drüber, da tat jeder, was ihm wohlgefiel, denn da war niemand viel stärker als der andere; Streit und Fehde war da überall, und wem das Schicksal wollte, der konnte täglich einen herrlichen Griff tun in dessen verhängnisvolle Urne.

So drückte sich freilich Jürg nicht aus, aber so ungefähr meinte er es doch, als er Kurt bestimmte, das Land hinunterzureiten. Sie ließen Fastenzeit und Ostern vorbei, nicht weil sie sich selbst viel darum kümmerten, sie aßen, was sie hatten, ihre Religion war die, zu tun, was in ihrer Macht stand, und Ostern hatte für sie keine andere Bedeutung, als ihnen den Anfang des Frühlings zu bezeichnen. Aber zumeist ruhten während dieser Zeit die Fehden, und im Frieden war es eben nicht, wo Kurt sein Glück zu machen gedachte.

Ein schöner Aprilmorgen wars, als Kurt noch einmal soviel Habermus verzehrte, zu welchem der Haber nicht auf ihrem Felde gewachsen war, ein gewaltiges Stück Fleisch dazu versorgte, denn er wußte nicht, wann es wieder Essenszeit für ihn wurde, und nun seiner Mutter ankündigte, heute wolle er ausreiten, Jürge rüste das Roß. Wohl, da brannte die alte Frau Grimhilde auf wie noch nie, und Kurt wäre daheim geblieben, wenn Jürge nicht dazugekommen und ebenfalls ein lautes Wort dazwischen gesprochen hätte von seines jungen Herrn Bestimmung, und dann noch ein gutes, wie er das Seine tun und Seybolds wilden Jungen ins Schlößchen nehmen wolle zu besserer Verrichtung des Dienstes. Endlich willigte Grimhilde in den Ausritt, stattete Kurt noch mit einem alten Wamse aus und steckte ihm einige Münzen bei, die er früher heimgebracht hatte, und denen sie eben nicht großen Wert zutraute.

Stolzer war noch kein Ritter aus seinen Toren geritten mit hundert Lanzen im Gefolge als Kurt auf seinem alten Klosterhengste aus dem niedern Torwege seines Schlößchens; stolz sah ihm Jürge nach und dachte, wie er wohl heimkehren werde, böse schaute Grimhilde hintendrein, bis plötzlich mütterliche Gefühle über sie kamen. Wenn er nicht wiederkommen würde, dachte sie, und heiß schoß es ihr in die Augen. Unglücklicherweise hüpfte ein alter Rabe ihr um die Füße und ward der willkommene Sündenbock, an ihm ließ sie den Zorn aus, daß ihr Herz einmal wieder weich geworden. – Verwundert schauten die Bewohner der verfallenen Hütten ihrem aufgeputzten Junker nach, und wie wilde Katzen schlüpften nackte Kinder durch die Gebüsche, ihn zu sehen solange als möglich. Bei Kurt ließ der Stolz bald nach; er fühlte sich unheimlich zu Roß mit der Lanze am Bügel, so sicher er auch über die Erde schritt mit der Keule in der Hand. Wild und scheu ritt er langsam fürbaß und wälzte schwer die Gedanken in sich, ob er, um sein Glück in der Welt zu machen, den ersten, der ihm begegne, spießen oder ihn demütig um Dienst bitten solle? Er war nicht mit sich einig, denn schon damals war das erste Auftreten in der Welt schwer, wie keck einer auch sein mochte in gewohnter Umgebung. Heutzutage freilich kann man den jungen Leuten die Sache ungemein erleichtern; man tut sie ein Jahr ins Welschland oder ein halbes Jahr in irgendeine Schreibstube, und Keckheit ist da, mehr als überflüssig.

Er hatte Zeit zum Nachdenken, denn ganz einsam ritt er dahin, und je länger er ritt, desto gespannter wurde er; der Wind trug ihm die wunderlichsten Laute zu, er hielt stille, paßte auf, aber niemand wollte sich zeigen. Endlich sah er zwischen den Buchen die Burg der Junker von Seeberg; er stellte die Lanze hoch, zäumte den Hengst, machte sich gewaltig im Sattel; er hoffte, der Turmwärter werde ihn anblasen, denn er wußte, der Junker droben war nicht ungastlich.

Aber nichts regte sich oben, nicht einmal eine Dohle flog um den düstern Turm. Er ritt fürbaß, sah aber oft zurück, ob niemand ihm nachgeritten käme, aber siehe da, es kam niemand. Das wurmte ihn; als er daher das Schlößlein des Edelknechts von Oenz erblickte, da gedachte er, was Jürge ihm gesagt, daß man auf solchen Fahrten nicht blöde sein und anklopfen müsse ans erste beste Tor, ehe der Hunger einem über den Kopf gewachsen. Er war freilich noch nicht so weit von heim; aber der Ritt war sehr langsam, und große Spannung macht bekanntlich hungrig; er ritt daher dem Tore des Schlößleins zu, das nicht hoch und nicht weit vom Wege lag. Aus alter Erinnerung her merkte der Hengst gleich, was Trumpf war, stieß ein fröhliches Wiehern aus und ersparte dem Junker das Hornen vor verschlossenem Tore; er fand es offen und den Herrn selbst im Hofe zu freundlichem Empfang.

Es war ein lustiger Herr, über die mittlern Jahre hinaus, war ehedem ein wackerer Haudegen gewesen, jetzt ein wackerer Trinker, hatte drei hübsche Töchtern und brauchte sich die Sorge nicht übers Haupt wachsen zu lassen, denn für einen Edelknecht besaß er bedeutende Güter, hatte mit Freunden, wenn auch nicht an der Stiftung, so doch an Bau und Wehrung des Klosters St. Urban geholfen, und manchen frohen Tag hoffte er mit lustigen Mönchen zu verleben. Von dem jungen Wilden in Koppigen hatte er wohl schon gehört, sein Ruf war nicht der beste; denn wenn schon einstweilen nicht alles an die Sonne kommt, so geschehen doch wenige Sachen, von denen man nicht munkelt. Der Herr von Oenz hatte sich aber nicht viel darum bekümmert; als er ihn jetzt an dem Koppiger Zeichen erkannte und so seltsam ausstaffiert einreiten sah, da mußte er herzlich lachen, daß Kurt nicht wußte, wie er es nehmen, und ob er die Lanze gebrauchen sollte oder nicht.

Kurt war groß und sein Gesicht nicht häßlich, aber ungewaschen, struppig, sah der junge Mann seltsam aus dem alten Zeug heraus, ungelenk waren seine Bewegungen, und was der alte Herr von ihm gehört, machte ihm diese Erscheinung um so lächerlicher. Doch Kurt konnte nicht zur Lanze kommen, denn der Empfang war freundlich und der Imbiß in der Halle so, wie er daheim ihn nie gehabt, der Wein war nicht auf dem Steinhof gewachsen und auch nicht zu Willadingen, es war ein edler Rebensaft, der alte Herr trank nicht schlecht, und am Fleisch war mehr Gewürz, als ein ganzes Jahr durch Frau Grimhilde verbrauchte.

Drei schöne Töchtern waren zugegen, Kurt konnte sie nicht genug ansehen, obgleich sie ihn ebenso zornig als verlegen machten, indem sie fortwährend kicherten und lachten. Als der alte Herr hörte, wie Kurt seinem Glücke entgegenritt, hatte er fast Mitleid mit ihm. Wenn irgend etwas bei ihm zu tun wäre, so wollte er ihn bei sich behalten zu besserer Vorbereitung, äußerte derselbe, denn gar manches scheine ihm noch zu fehlen zum handlichen Kämpfer; einige Tage jedoch solle er dableiben, es würde Gelegenheit geben zu manchem Rat und einiger Übung. Aber Kurt wollte nicht, der Rebensaft brauste in seinen Adern, er wäre mit seiner Lanze auf den Riesen Goliath losgefahren, er wollte nicht länger den Mädchen zum Spotte sein, er wollte zurückkehren als vornehmer Ritter und dann keines von ihnen ansehen, nicht einmal über die Achsel, denen wolle er es dann eintreiben, dachte er.

So ritt er weg, stolz im Gemüt, aber unsicher im Sattel, und lange wurden er und sein Hengst nicht einig; der wollte immer wieder dem Stalle zu, Kurt vorwärts, so schnell wie möglich, und hinter Kurt kicherte es immer lauter, er wurde immer zorniger, sein Hengst immer stettiger. Kurt wußte noch nicht, daß, je zorniger der Reiter tut, desto eigensinniger das Pferd wird. Ins Weite wäre er nicht gekommen, sondern auf den Boden, wenn nicht Knechte seiner sich erbarmet und dem Hengst Beine gemacht hätten. So kam er fort, aber so zornig, daß er die Welt hätte anspießen mögen.

Nach Zürich hatte ihn der Edelherr gewiesen, dort sei fortdauernd Fehde, reicher Sold von beiden Seiten und reiche Gelegenheit zur Beute; an selbem Abend sollte er herbergen in St. Urban, wohin er freundlichen Gruß entbieten ließ.

Auf dem Wege dahin geriet Kurt mitten in eine Jagd. Hirsch und Rüden stoben an ihm vorüber, hintendrein die muntern Jäger, die wilde Dienerschaft, die im Vorüberflug den unbehülflichen Reiter neckte und längst entronnen war, als derselbe mit eingelegter Lanze sich rächen wollte.

Die Mönche empfingen ihn gastlich. Wenn es immer so gehe, Mittag und Abend, dachte er, so sei kein schlecht Leben in der Welt. Seinem Hengste gefiel es noch besser. Schon am Abend hatte er, sobald er das Kloster erblickte, sich in Galopp gesetzt und fast sich geberdet wie ein in ferner Haft gehaltener Hund, wenn er entrinnt und wieder in die Heimat kommt. Am folgenden Morgen aber wollte er Kurt erst nicht aufsitzen lassen, und als der endlich nicht regelrecht, aber in mächtigem Schwunge im Sattel saß, da half es ihm nichts, der alte Hengst hatte erkannt, wohin er eigentlich gehöre, und war weder mit Sporen noch mit Peitschen oder Zerren vom Fleck zu bringen. Die Knechte witterten etwas von der Wahrheit, aber da er nicht ihrem Kloster gehört hatte, blieb es

stettig störrisch

beim bloßen Vermuten. Die Mönche erbarmten sich des roßlosen Junkers und schenkten ihm einen Klepper, dessen Herr in ihrem Kloster gestorben war.

Dieser Klepper war Stall und Klosters satt und trug rasch und gern den Junker ins Freie. Aber wohin man jetzt in einem Tage bequem kommt, dahin mußte man damals in Kreuz und Quer durch Wald und Sumpf manchen Tag, und trotzdem dachte man weder an neue Straßen noch an Straßenkorrektionen. Dieser Klepper paßte besser zu Kurts früherer Lebensweise als der alte, steife Hengst, und Kurt fand sich alle Tage besser im Sattel zurecht, doch Abenteuer stießen ihm keine auf, auch ging es ihm nie mehr so gut wie am ersten Tage. Burgen öffneten sich ihm nicht, er mochte davor hornen, so laut er wollte; bei manchem Gehöfe kriegte er nichts als Käse, er mochte drohen, so hart er konnte. Es gelüstete ihn manchmal, den Klepper zu lassen und auf frühere Weise sich zu behelfen, allein Erfahrungen und Hoffnungen hielten ihn zurück. Unfern von Zürich fand er gastfreie Leute, welche ihn anriefen, nach neuen Dingen aus den oberen Landen fragten und freigebig waren mit ihrem Weine, den sie nicht aus der Ferne zu holen brauchten, und der doch besser war als der Willadinger. Um Mittagszeit hielt er Rast in einem Walde, um ganz rüstig einzureiten in die damals schon berühmte Stadt. Allmählich begannen seine Gedanken zu hüpfen und zu springen wie Irrlichter im Moor, Nebel kam vor seine Augen, und Träume füllten seine Seele. Es brauste und sauste um ihn her wie ein Gewittersturm im Wald, Wildschweine scharenweis trieben an ihm vorüber; da rannte ein großer, schwarzer Eber auf ihn ein, er wollte ausweichen, es war zu spät, er fühlte dessen Hauer in seiner Seite, juckte auf, schlug die Augen auf, ein wieherndes Gelächter erscholl.

Vor ihm hielt auf hohem Roß ein Ritter, der hatte mit der Lanze in die Seite ihn gekitzelt, um ihn hielt sein Gefolge, das an Kurts verwunderten Augen sich weidlich ergötzte. Heldentaten sah er da keine zu vollbringen, ein Versuch dazu hätte, wenn der Wille bös gewesen, ein Gespießtwerden an die Eiche zur Folge gehabt. Er gab daher auf die gestellten Fragen Bescheid, wenn auch knurrigen. Er sagte, daß er ein Ritterssohn sei, der seine Burg verlassen, um sein Glück zu suchen, und nun in Begriff stehe, in Zürich einzureiten.

Der Ritter lachte und meinte, er hätte gute Lust, ihn gehen und durch ihn den Herren von Zürich einen Gruß vermelden zu lassen, indessen sei in solchen Zeiten kein Arm zu verachten, und einen starken scheine er zu haben. Er solle mit ihm reiten, mehr als in Zürich finde er bei ihm. Kurt wußte nichts Besseres, klepperte ihm nach und vernahm, daß der Ritter der Freiherr von Regensperg sei, Zürichs gefährlichster Feind.

Solch großen, prächtigen Haushalt hatte Kurt noch nie gesehen, solch beständiges Aus- und Eingeritt, solche Hülle und Fülle in allen Dingen. Junker seiner Art war eine schöne Anzahl vorhanden, aber alle waren bereits geleckt, dabei aber ein mutwillig, loses Volk; der Neuling, der unter sie trat, hatte schweren Stand, und schwere Folgen hatten oft die jugendlichen Redereien; sie wurden damals freilich selten gerichtlich geahndet, waren aber oft Ursache langjähriger Feindschaften, in denen viel Blut vergossen wurde. Kurt war das Ziel ihrer Spöttereien auf dem Heimritt, ein halblauter Witzhagel umströmte ihn, dem er gar nicht zu begegnen wußte. Kehrte er dem seine zornigen Augen zu, so trafen ihn von der anderen Seite her neue Pfeile. Das ging so, bis sie zu Regensperg eingeritten waren, die Herren sich entfernt hatten, und Kurt festen Boden unter den Füßen hatte.

Noch am selben Abend berichtete der Waffenmeister dem Herrn, der neue Junker sei vom rechten Schlage, stark und gewandt wie keiner, und einmal eingeübt, werde was Tüchtiges aus ihm;

geleckt geschult

aber schwer werde er zu zähmen sein, hart hätten es einige Spötter empfunden, und fast unmöglich sei es gewesen, die Ausbrüche seines Zornes zu dämpfen.

Von selbem Tage an hatte der Freiherr ihn im Auge und erkannte Kurts Tüchtigkeit. Kundschaften konnte er wie keiner, auf der Jagd war er der Kühnste und Schlauste, im Gefecht von unerschütterlichem Mute; seine Waffenfähigkeit nahm alle Tage zu, aber seine Ungeberdigkeit nicht ab. Seine Genossen ließen ihn äußerlich wohl in Ruhe, sie scheuten seine Überlegenheit, sie neckten ihn aber durch heimliche Streiche ohne Unterlaß und freuten sich dann höchlich seines Zornes, der um so wilder war, je weniger er einen Gegenstand hatte, an dem er ihn auslassen konnte. Sie machten seine Waffen stumpf, den Sattelgurt ihm los, versteckten ihm, was sie konnten, oder lockten ihn auf falsche Fährte; es ging selten ein Tag vorüber, daß ihm nicht ein Schabernack gespielt wurde. Das erleidete ihm das Leben, bei dem er auch keinen Gewinn für sich sah. Er konnte den Dienst erlernen, aber weiter gewann er nichts; er konnte jahrelang Knappe sein, aber was half ihm das? Er konnte alle Tage sein Leben aufs Spiel setzen, aber Abenteuer, die Ehre und Reichtum brachten, fand er keine.

Eines Abends kam er nicht nach Regensperg zurück; als er auch am folgenden Tag nicht wiederkehrte, glaubte man ihn verunglückt und vermißte ihn lange; die einen, weil ihnen die Stichscheibe ihrer Bosheit fehlte, der Freiherr wirklich um seiner Tüchtigkeit willen.

Kurt aber war nicht verunglückt, sondern davongeritten. Auf einem Ausritt in Aufträgen des Herrn kam ihm auf engem Wege ein Reiter entgegen, gut gerüstet, mit eingelegter Lanze. Kurt, nicht blöde, rannte ihn nieder, worauf der andere ganz freundlich war, als hätte er zum Willkomm einen sanften Handschlag empfangen, und Kurt einlud, sich zu ihm ins Gras zu setzen. Der Reiter hatte ein altes, verwittertes Gesicht, in welchem trotz seiner Wildheit ein

Zug von Gutmütigkeit nicht zu verkennen war; er war einer von den Gesellen, die ihr Lebtag einem guten Schick nachziehen und nie ihn machen, weil sie jedem Genuß sich preisgeben, die nie Herren ihres Lebens werden, weil sie Knechte jedes Augenblickes bleiben. Er hatte in vieler Herren Länder gefochten und für alles, wofür man ihn bezahlte, aber nichts davon gebracht als viele Wunden und zuweilen eine volle Flasche, aus der er Kurt jetzt zutrank. Dieser ließ sich nicht lange bitten, saß ab, legte jedoch das Schwert neben sich, zog den Dolch zurecht und tat Bescheid. Der Alte lachte über diese Vorsichtsmaßregeln, spottete über den Waffendienst in großer Herren Schlösser und pries das freie Leben, wo man heute hier sei, morgen dort, jedesmal, wo es am lustigsten hergehe, die beste Beute sei. Er hatte Welterfahrung genug, um schnell den wunden Fleck in Kurts Herzen zu erkennen, und ehe die Flasche zu Ende war, war auch der Bund gemacht. Kurt zog mit dem alten Hans ab Gütsch aufs neue dem Glücke nach.

Kurt gelüstete nicht nach neuem Dienst bei einem Herrn, auch konnte er dort leicht erkannt werden; ihn gelüstete Wegelagerei auf eigene Faust. Er gedachte, wie viel er früher als gemeiner Räuber erbeutet, um so reichlichere Beute müsse ihm, dachte er, werden, wenn er das Handwerk auf ritterliche Weise triebe. Hans lachte zu diesem Wahn, aber half ihn ausführen. Er wußte wohl, daß die adelichen Herren es hatten mit dem Wegelagern wie mit der Jagd, daß sie in ihrem Revier nicht fremde Schnapphähne duldeten und aufgegriffene alsbald hängen ließen; aber er vertraute auf sein gut Glück, welches ihm den Hals schon oft aus der Schlinge gezogen, und wenn auch einmal die Schlinge zugehe, so sei geschehen, was doch einmal hätte geschehen müssen, ob nun einen Tag früher oder später, so dachte er. Sie legten sich also auf dieses Handwerk, trieben es hauptsächlich zwischen Zürich und Luzern, streiften auch wohl weiter hinter der Aare zu; sie warfen Marktleute nieder, überhaupt jeden, dem sie sich überlegen glaubten.

Der Herr, auf dessen Gebiet es geschehen war, wurde der Gewalttat angeklagt, er leugnete sie, er bezüchtigte derselben irgendeinen Nachbar, denn klüglich wußte Hans ab Gütsch Farben und Zeichen zu wählen, so daß der eine oder der andere verdächtig wurde. So kamen die Herren erst selbst hintereinander, ehe sie es merkten, daß Fremdlinge auf ihrem Gebiete ihr Spiel mit ihnen trieben. Als man sich endlich dessen vergewissert hatte, wurde mit desto größerm Eifer ihnen nachgestellt. Sie aber hatten Freunde unter dem gemeinen Volk, in den abgelegenen Hütten; hier hatten sie niemand verletzt, manchen guten Bissen mit den Armen geteilt und manche lustige Nacht ihnen verschafft. Niemand verriet sie, aber oft wurde ihnen zugeflüstert, wo man ihnen nachstelle. So erfuhren sie auch eines Abends, daß der Freiherr von Eschenbach sie am nächsten Morgen auf seinem Gebiete, wo sie einige Zeit sich aufgehalten hatten, aufsuchen werde. In der Nacht zogen sie das Land herab näher gegen Zofingen zu, wo diesseits entweder in den Sümpfen und Büschen oder jenseits in den Hügeln und Klüften sie sich bequem zu sichern hofften. Sie zogen die Pferde hinter sich durch dunkle Wege und hatten das Gebiet des von Eschenbach längst im Rücken, als sie gegen Tagesanbruch in eine Waldecke einbogen. Plötzlich wieherten ihre Pferde hell auf, es wieherte im Gebüsch wider, es ward lebendig rund um sie, und ehe der alte Hans zu Pferde saß, hatten ihn flinke Gesellen niedergeworfen, andere sprengten Kurt nach, welcher der hintere, behende im Sattel war, und, da er Hans nicht helfen konnte bei der Übermacht, mit Windesschnelle von dannen stob. Jetzt kam es ihm wohl, daß er unterdessen reiten gelernt, und daß er den alten Klosterhengst nicht mehr hatte.

Es waren die Zofinger, denen mancher Bürger niedergeworfen und beraubt worden war; sie hatten von des Eschenbachers Jagd auch gehört und beschlossen, im Verein mit denen von Dagmarsellen und Knutwyl, wohl aufzupassen, ob nicht vielleicht die

Flüchtlinge aufgefangen werden könnten außerhalb des Eschbachers Gebiet. Die Schnapphähne hatten davon keine Ahnung und liefen so den Lauernden in die Hände. Der arme Hans wurde in hohem Triumphe durch die Dörfer geschleppt gen Zofingen, verlor aber dabei den heitern Mut nicht, antwortete harmlos und lustig auf jeglichen Spott, und ehe man nach Zofingen kam, war er allen, wenn nicht lieb geworden, so doch hatten alle Erbarmen mit ihm, und, wo er hinkam, konnte man nie vernehmen, gehangen wurde er jedenfalls nicht, wenigstens nicht in Zofingen.

Kurt, dessen Verfolger halb zurückblieben, jagte unaufhaltsam fort und war schon weit über Hergiswyl hinauf, als er seinen Gaul in langsameren Gang brachte und darüber nachdachte, was jetzt zu tun sei. Von Hans hatte er oft gehört, daß diesseits Willisau in einem dunkeln Waldtale ein Waldbruder wohne, der früher sein Kamerad gewesen, aber, lahm geschlagen, mit einer Einsiedlerkutte den schlechten Leib bedeckt, und jetzt von seiner Schlauheit und der Menschen Dummheit lebe, wie früherhin von seiner Kraft und anderer Schwäche.

Diesen Waldbruder aufzusuchen, beschloß er; bei ihm konnte er vielleicht sich bergen und guten Rat finden. Wer in Feld und Wald aufgewachsen ist, der findet sich ungefragt und ungeführt leichter zurecht als ein zartes Stadtkind mit einem Plane in der Hand und hundert Anweisungen in der Tasche. Es ging nicht lange, so sah Kurt die bezeichnete Höhle, vor ihr den Waldbruder sitzen und neben ihm eine muntere Frau, welche dem Waldbruder von einem mächtigen Schinken eifrig vorlegte, während er ihr aus gewaltigem Krug herzhaft zutrank. Man sah, sie saßen nicht zum ersten Male so beisammen, und eins verstund des andern Art und Weise. Ob der rauschende Waldbach das Geräusch des Nahenden verschlang, oder ob sie sonst so vertieft in einander waren, kurz, sie hörten ihn nicht, bis Flucht oder Verbergen nicht mehr möglich war. Die Frau merkte ihn zuerst. Absichtlich sagen wir merkte, denn die Weiber haben zumeist ein eigenes Gefühl; es liegt nicht im Auge, nicht im Ohr, nicht in der Nase, wir glauben, es liege überall im ganzen Leibe, es sei ein ganz appartes Gefühl, was sie haben, wenn ein Mann in ihre Nähe kommt. Wie das Gefühl sich kündet, ob es sie juckt, ob das Blut schneller läuft, es sie anweht ganz eigen, wir wissen es nicht, denn sie sagen es einem nicht. – «Jesus Mareie!» schrie sie und sprang auf und ward ganz kreideweiß. Da sah der Waldbruder auch über den Krug weg, aber er blieb kaltblütig, sein geübtes Auge hatte gleich den Fremden erkannt. – «Frau Gertrude, sitzt nur!» sagte er, «Euer Herr, der Pfarrer von Zell, hat Euch nicht zu einem Kranken und durch lange Fasten Matten gesandt, um ihn zu stärken, als wie zu einem Sündenwerk, worob ihr Furcht haben müßt. Ihr seid auf frommem Wege gegangen und habt mich sehr gestärkt, darum esset auch und trinket, denn Stärkung braucht Ihr auf dem schweren Heimwege! Du aber, Junge, von welchem Herrn kommst du? Für wessen Seele soll ich beten oder wem gesund machen ein krankes Kalb oder einen lahmen Hund?»

«Hans ab Gütsch läßt Euch grüßen, frommer Vater», antwortete Kurt, «er hat mich hergewiesen.» – Da zuckte der Waldbruder zusammen, weil er diese Art von Sünden nicht gerne in die Bekanntschaft von des Pfarrers Köchin brachte, obschon er anderer Sünden wegen keine Scheue vor ihr hatte. Aber halb faßte er sich, hieß ihn sein Roß abzäumen und teilnehmen an den Stärkungen, welche ihm der fromme Pfarrer von Zell, der freilich kein Wort davon wußte, gesandt hatte.

Der Waldbruder suchte unter der Hand Kurt und die Köchin auseinanderzuhalten und auf seine Weise die Letztere zum Aufbruch zu stimmen, aber die tat, als merke sie nichts; sie hatte Gefallen an Kurt gefunden, dem stattlichen, derben Jungen, und als dieser zufällig fragte, wie weit es nach Zell sei, erbot sie sich, ihm den Weg zu zeigen. Erst als sie hörte, daß Kurt nicht Lust hätte mit ihr zu spazieren, und merkte, daß die beiden was zu verhandeln hätten, was sie nicht hören sollte, brach sie auf, machte dem Waldbruder ein ganz kaltes Gesicht und gab keine Antwort auf seine Einladungen. Desto freundlicher war sie gegen Kurt, den sie recht dringlich bat, vorzusprechen bei ihnen, wenn er auf Zell käme. Als sie endlich den Rücken kehrte, grinste der Waldbruder ihr nach, sagte aber nichts, sondern begann nach seinem Freunde zu fragen. Kurt erzählte ihren Unfall, wie die Not ihn dieses Tal hinaufgetrieben, und wie er keinen andern Zufluchtsort gewußt hätte als diesen.

Der Waldbruder schüttelte bedenklich das Haupt, fragte genau, wie weit er verfolgt, und von wem er gesehen worden sei, endlich sagte er: «Hier bist du nicht sicher. Ich habe schon lange vom Groll der Herren gehört gegen die, welche so unbefugt ihnen ins Handwerk pfuschen, aber nie gedacht, daß Hans, der alte Fuchs, so was Tolles treibt; es müßte aber wunderlich zugehen, wenn er endlich einmal in der Falle bleiben müßte. Deine Spur werden sie verfolgen, soweit sie können, in solchen Dingen sind die Herren einig. Hättet ihr dem einen oder andern einen Zoll entrichtet von eurer Beute, so hättet ihr auf seinem Gebiete Schutz gefunden, und wenn er euch mit den andern auch gesucht hätte, so hätte er euch doch nicht entdeckt. Hier bist du nicht sicher; die Herren haben keinen Respekt vor den Heiligen, wenn es ihr Interesse gilt; vor den Bauern würde ich dich zu schützen wissen, bei denen wohnt noch der wahre Glaube. Ich heile den Herren ihr Vieh umsonst und bereite ihnen selbst manchen Trank, und doch sehen sie mit scheelen Augen mich an, und vollends die Pfarrer haben mich auf dem Korn und predigen gegen die Scheinheiligkeit, daß es kracht an den Bergen; es ist verfluchter Brotneid, und doch wissen sie nicht um das Halbe, was man mir bringt. Aber predigen sie nur, je mehr sie predigen, desto gläubiger kommt das Volk gelaufen, desto weniger reuen ihns feine Gaben. Aber eben deswegen muß ich klug sein und den Feinden keine Handhabe bieten, kriegten sie einmal eine, die Klemme, in welcher der gute Hans sitzt, wäre ein Narrenwerk gegen die, in welche ich käme. Iß, trink, dann will ich dir sagen, wo du die beste Sicherheit findest.

Sieh, wenn du dem Bache nach reitest, dann, wo er aus der Erde bricht, über den Hügel gehst, so kömmst du in ein langes Tal, in welchem du zu oberst, wo es sich zu schließen scheint, ein Kirchlein und über demselben eine Burg finden wirst; ehe die Sonne untergeht, bist du dort. Dort wohnt ein Ritter von ächtem Schrot und Korn, des Tags zu Roß, des Nachts hinter dem Humpen. Gastfrei und tapfer ist er wie keiner, aber mit nichts hat er viel Federlesens; was ihn ärgert, zertrittet er, und wo ihn was gelüstet, greift er zu, wer sich auf ihn versteht, hat bei ihm das beste Leben. Barthli von Luternau wird er genannt. Der hatte reiche Vettern, denen war er schuldig; weil sie kinderlos waren, so hoffte er sie zu erben, und deswegen machte er sich aus diesen Schulden nicht viel, im Gegenteil, er suchte sie täglich größer zu machen. Und wenn die Vettern nichts geben wollten, so ritt er bei ihnen ein, mit vielen Leuten, und schwur Stein und Bein, dableiben zu wollen, bis er wieder zu Geld komme. Die alten Vettern waren griesgrämliche Leute und fragten, schlecht genug, ihrem leiblichen Vetter nichts nach; darum kam auch der Teufel über sie, und sie vergabeten alle ihre Habe samt den Gülden, welche sie bei Vetter Barthli hatten, zu Bau und Äuffnung des Klosters St. Urban. Daß das dem Vetter nicht recht war, kannst du denken, er bot Himmel und Hölle gegen diese Vergabung auf, aber umsonst; er drohte, alles zu verbrennen von Luthern weg bis hinunter gen St. Urban, aber man lachte sein und forderte die alten Schulden ein. Darüber ist er wütend, will nun selbst Schulden eintreiben, zu dem ihm schändlich gestohlenen Gute kommen und liegt daher in beständiger Fehde mit dem Kloster. Daß er in den nächsten Tagen einen bedeutenden Zug tun will, um zu dem zu kommen, was Gottes und Rechtes wegen ihm gehört, das weiß ich. Du wirst ihm sehr willkommen sein, sage nur, Jost im Tobel sende dich.»

«Stehst du denn mit diesem Herrn auf besserem Fuße als mit den andern?» frug Kurt, der auch seine Portion Mißtrauen im Leibe hatte. – «Es ist nicht jeder Edle wie der andere Edle, so wie auch nicht jeder Pfaff ist wie der andere Pfaff; die andern Edeln hassen den Ritter von Luthern, weil er lebt, wie es ihm gefällt und nicht, wie sie ihm die Regel machen wollen, die andern Pfaffen hassen mich, weil ich in meinem Tobel um sie und ihren Brauch mich nicht kümmere, nehme, was man mir bringt, und tue, was man von mir verlangt; so werden ich und er gehaßt von denen, die uns beneiden und unterdrücken möchten. Warum sollten ich und er nicht auch zusammenstehn, und einer dem andern helfen, wo er kann? Gehe ohne Sorge, du wirst willkommen sein.»

Kurt hatte noch einiges einzuwenden gegen den Herrendienst, welchem er entronnen sei, weil er ihm unleidlich geworden, aber Jost belehrte ihn, daß er zu Ritter Barthli nicht komme als ein blöder Junge, sondern als ein Kriegsmann, daß in Luthern kein hohes Leben sei mit vielem Respekt und Zeremonien, sondern wo einer des andern Kamerad sei, und Herr und Knecht am gleichen Tische zeche. Der Waldbruder trieb Kurt zum Abritt und mit Recht, denn kaum war Kurt fort, und der Waldbruder saß Körbe flechtend und ein geistlich Lied summsend vor seiner Höhle, als man unten im Tale einzelne Hörnerklänge hörte, und lange ging es nicht, so drängte sich ein Trupp Reisiger durch die Gebüsche, stöberte um die Höhle wie eine Meute Hunde, welcher die Spur ausgegangen, und schnell war der Platz gefunden, wo Kurts Gaul den Grund zerstampft hatte. Nun stürmten sie mit hellem Geschrei auf den Waldbruder ein, der aber flocht ruhig an seinem Korbe fort, als ob

Reisige bewaffnete Reiter

all das Ding ihn nichts anginge. Mit unehrbietigen Titeln und drohenden Gebärden drangen sie an den Waldbruder, den Gesuchten ihnen auszuliefern, der aber sagte, er wüßte nichts von selbigem, erst sei er heimgekehrt von einem Dorfe jenseits des Berges, und seither sei niemand da gewesen. Übrigens könnten sie suchen in seiner Hütte, und wenn sie jemand fänden, ihn nehmen. Sie fanden niemand und trauten doch dem Handel nicht, es führte keine Spur von der Hütte weg, denn Kurt war ein gut Stück auf Josts Rat bachauf geritten, und als sie später Spuren fanden, war der Gesuchte längst geborgen.

Es war Abend, als Kurt oben im Tale das Kirchlein sah und oberhalb die graue Burg. Ein wildes Bergtal führte dazu, aber gute Gehöfe sah man, Kühe hörte man brüllen, manch mächtiger Mann ging an ihm vorüber, schlanke Dirnen mit trotzigen Gesichtern huschten über den Weg. Die Burg war offen, sorglos und wild ging es im Hofe zu, man sah, daß die Bewohner keinen Überfall fürchteten. Ein mächtiger Mann trat aus einem der Ställe, riß einen Knecht am Halse nach sich, traktierte ihn mit Faustschlägen und schmiß ihn, einem Ungeziefer gleich, weit von sich weg; wie ein Hund kroch der Knecht noch weiter, heulend, bis er etwas erreichte, hinter das er sich bergen konnte; dann schwieg und verschwand er. Der Ritter war Barthli der Luthener oder der Edle von Luthernau, ein wilder Mann, dessen Schädel ergrauet war unter harten Streichen, dessen Blut aber noch heiß durch die Adern rollte, heißer jedoch am Abend als am Morgen, wie es noch heutzutag bei manchem Edlen und Unedlen der Fall sein soll. Gegen Abend, wenn er daheim war, machte er seine Wanderung durch den Stall und Haus, und wen er lässig fand oder ungereimt gegen die Tiere, dem machte er kurzen Prozeß und züchtigte ihn mit eigner Hand. So kurz jedoch wäre vorhin der Knecht, der des Herrn Roß mit Fußtritten mißhandelt hatte, kaum weggekommen, wenn nicht Kurts Eintritt des Herrn Aufmerksamkeit auf sich gezogen hätte. Die Erscheinung war ihm seltsam und fremd; hart und rasch trat er herzu und fragte Kurt, was er da wolle? Einen Gruß bringe er vom Waldbruder Jost im Tobel, sprach Kurt, und weiter nichts. Da flog es hell über des Ritters Gesicht; er hieß ihn absteigen und führte ihn in die Halle, wo auf dem Tisch noch viel Eß- und Trinkbares stand; dort erst frug er ihn: «Bringst eine Botschaft?» Kurt hatte keine, er mußte also, um sein Dasein zu rechtfertigen, mit dem Begehren, Dienst zu nehmen, herausrücken, obgleich es ihm vorhin fast erleidet war.

Der Ritter setzte sich in den schweren Eichenstuhl und begann ein schwer Examen über das Wer und das Warum; denn schon damals waren die Menschen pfiffig, und wem sie aufs Leder kommen wollten und selbst nicht konnten, dem schoben sie einen falschen Freund in den Busen. Das Examen fiel nicht schlecht aus; es fand sich, daß der von Luthernau den Alten von Koppigen wohl gekannt und manches mit ihm bestanden hatte, daß Hans ab Gütsch bei ihm wohl gelitten war, und daß er von den zwei unbekannten Strauchdieben, dem großen Ärgernis aller untern Herren, gehört hatte zu seiner großen Freude. Er freute sich daher Kurts, schenkte ihm volles Vertrauen, und wie üblich ward der Rest des Abends vertrunken und verschwatzt mit Erzählen vergangener Heldentaten, mit Prahlen von denen, die man noch im Sinne trug. Kurt vernahm, daß schon am folgenden Morgen der Ritter auszuziehen gedenke zu einem verwegenen Streich. Es gelüstete ihn an St. Urban selbst hin, indessen hatte er vernommen, daß man dort vorbereitet sei, und Hand an geweihte Mauern zu legen, hatte zu jenen Zeiten etwas Bedenkliches wegen den harten Folgen, die es früher oder später nach sich zog; man tat es nur in der äußersten Not oder in der äußersten Wut.

Morgens früh brach man von Luthern auf. Es war keine schöne, aber eine verwegene Schar, die aus dem Tore ritt, alle im Wetter gehärtet, in verwegenen Streichen gestählt, und alle hatten gute

Arme, behende Glieder, führten Rustig aller Art mit sich, nicht um Mauern zu brechen, sondern um heimzuführen, was sie mit ihren Händen fassen konnten. Deswegen liebten die Dienstleute ihren Herrn auch sehr und halfen ihm, wie sie konnten; er kramete ihnen viel und erlaubte ihnen oft, mitzukommen und den Kram selbst zu holen. Kurt hatte ein ander Pferd erhalten und andere Rüstung, und munter jauchzte der Rappe unter seinem jungen Herrn. Der Führer hatte erst im Sinne, durch Wald und Berg zu brechen über Eriswyl, Rohrbach und von da das Tal hinab, er fürchtete aber, mit Rohrbach Händel zu bekommen und mit denen um Madiswyl herum, die sämtlich Begünstiger des Klosters waren. Er zog daher das Tal ab, dann gegen Großdietwyl und Altbüren zu; auf dem Wege stieß noch mancher Freund zu ihm, und seine Schar war zu einer recht ansehnlichen herangewachsen. Es gelüstete Herrn Barthli fast, einen raschen Überfall auf St. Urban zu versuchen, besonders da er hörte, einer seiner Vettern sei dort, dem hätte er gar zu gerne seine Frömmigkeit eingetrieben. Allein er vernahm bald darauf, daß viele Edle dort Einkehr gehalten, der Handel ein sehr gefährlicher werden konnte, daher bog er links ein ins waldige Gebirge, durch das er bedeckt und unvermerkt bis gegen die reichen Langenthalerhöfe sich ziehen konnte.

In Langenthal ruhte die ländliche Arbeit, das Vieh war eingetrieben, das Gesinde in die Gehöfe heimgekehrt; die Nacht dämmerte herauf, und leise nahte sich im Schatten der Nacht der Schlaf den Augen der Menschen, doch nicht allen. Es war eine ungewohnte Unruhe auf der Straße noch zu später Abendzeit. Eine große Weinfuhre fürs Kloster war gegen Abend durchs Ort gekommen, denn damals führte die Straße durch Langenthal, ja schon unter den Römern soll die sogenannte Kastenstraße den Westen mit dem Osten der Schweiz verbunden haben. So eine Weinfuhr

Rustig Ausrüstung

war ein Ereignis zur selben Zeit, sie waren seltener als jetzt, es werden wahrscheinlich auch nicht so viele Weinreisende im Lande herumgefahren sein wie jetzt. Zudem blieben noch zwei Wagen stecken, und dem einen brach unter den Hülfsversuchen die Achse, dem andern die Deichsel, sie konnten den andern Wagen nicht folgen und mußten zu Langenthal über Nacht gelassen werden.

Nun war aber zu selber Zeit etwas gerade gleich wie jetzt, und das war das Volk. Zwei Weinwagen in seiner Mitte eine ganze lange Nacht lang, das war etwas, das man damals zu Langenthal noch nicht erlebt hatte, und da sie an einem dem Kloster zugehörenden Orte stecken geblieben, so hatte man keine besondere Bedeckung dabei zurückgelassen, sondern nur die Fuhrleute. Ein jeder wollte die merkwürdigen Wagen schauen, man riet, wie viel jedes Faß enthalten möge, riet, wie wohl der Wein, der drinnen sei, schmekken möchte. Ein vorlaut Knechtlein wollte anbohren, daß es niemand merke, ein anderer ein großes Loch ins Faß machen und dann sagen, es sei von selbst gesprungen. Ob solchen Reden entrüsteten sich die Meister und jagten die vorlauten Knechtlein heim, blieben aber stehen und sahen die Fässer an, und je länger je besser gefielen sie ihnen, und je länger je mehr dünkte es sie, es sollte wohl da etwas zu machen sein, daß sie einen rechten Begriff von deren Inhalt bekämen. Endlich, als sie unter sich waren, sagte einer: «Es ist der Brauch, daß man jeder Wache einen Nachttrunk gibt, und wenn die Herren da wären, sie wären die ersten, die uns einen geben würden; wie wäre es, da sie nicht da sind, wenn wir ihn selbst nehmen und sagen würden, wies gegangen?»

Selb sei nicht richtig, sagte ein anderer; selber nehmen sei ihnen ja verboten, aber so was herauslassen, könne nichts schaden; die Herren könnten denken, das Faß hätte geronnen. Oder man könnte mit Wasser nachfüllen, meinte ein dritter; er hätte gehört, die Fuhrleute machten es auch so. Es seien ihrer nicht so viele, und was sie trinken möchten und mit Wasser ersetzen, das werde den Wein nicht schlechter machen.

Der Rat schien gut, und man war im Begriff ihn auszuführen, als man die Bemerkung machte, daß fast die sämtlichen Weiber auf dem Platze seien. Die Knechtlein hatten gedacht, wartet nur, wenn ihr uns nicht wollt, so müßt ihr andere haben, hatten es daheim merken lassen, wies lustig hergehe bei den Fässern, und das hatte daheim die Weiber nicht leben lassen, sie wollten wenigstens sehen, wie die Männer sich erlabten.

Nun war guter Rat wieder teuer, denn nun war die Lücke, die es in den Fässern geben mußte, nicht mehr unbedeutend; die Männer wußten wohl, welchen Schluck die Weiber hatten. Man riet hin und her, bis endlich eine den Rat gab, sie wollten beide Fuder ganz nehmen und dann sagen, sie seien über Nacht gestohlen worden, von einem Klosterfeind, zum Beispiel vom wilden Barthli. Um die Sache glaubwürdiger zu machen, könnte man ein alt Scheuerlein anzünden, das Vieh auf eine entfernte Weide tun und vorgeben, es sei weggetrieben worden, einige könnten verbunden sich legen, und dann könnte man ins Kloster Bescheid machen lassen, das alles hätte der Feind getan. Die guten Herren glaubten es gewiß, und plaudern werde niemand, wenn jedes sein Teilchen von der Beute erhielte. Der Rat war gut gefunden, rasch ward Hand ans Werk gelegt; da hörte man schreien von der Bergseite her, Lärm und Getöse erhob sich auf der andern Seite, wilder Roßlauf brauste die Straße herauf, voran auf schwarzem Hengste ein Reiter schwarz gerüstet. «Der Barthli, der Barthli!» fuhr ein Schrei durch aller Gebein, und auseinander stob, wie Spreu im Winde, der ganze Haufe, die Weinlust war plötzlich erloschen, und Angst und Schrecken zitterte in den Gliedern. An Widerstand dachte weder Mann noch Weib; sie hatten mit dem bösen Feind ihr Gespött getrieben, jetzt war derselbe mitten unter ihnen, unerwartet, wie aus der Hölle herauf. Es war wirklich Ritter Barthli, der, während seine Schar die einzelnen Gehöfe überfiel, dem Menschenknäuel zusprengte, der zu so ungewohnter Stunde, von einigen Kienspänen beleuchtet, auf der Straße sichtbar war. Als derselbe auseinandergestoben war, da erst sah er die beladenen Wagen und erkannte den unerwarteten, willkommenen Fang.

Während aus allen Gehöfen das Vieh zusammengetrieben, das Beste in den Häusern als Beute zusammengelesen ward, versuchte man jubelnd die Wagen in Gang zu bringen, es gelang aber nur mit dem einen, ein Wagen zum Überladen fand sich nicht; da erlaubte der Ritter in toller Lust, zu trinken, was man trinken möge, den Rest dann laufen zu lassen; den Pfaffen sollte kein Tröpflein davon zugut kommen. Dieser Befehl brauchte nicht wiederholt zu werden, und eifriger als an dieses Geschäft waren seine Leute nie an eins gegangen; aber kurios, je eifriger sie damit umgingen, desto weniger wurden sie mit demselben fertig.

Unterdessen war in St. Urban die angekommene Weinfuhr mit Freuden empfangen worden. Wenn die köstlichste Reliquie eingeholt worden wäre, so würde wohl die äußere Feierlichkeit größer gewesen sein, aber herzinniger hätte die Freude nicht sein können, als sie jetzt war. Wie der Bauer seine Freunde ladet zum Wurstmahl und auch zur Sichelten, wenn er sein Köstlichstes eingebracht, sein Bestes eingeschlachtet hat, so hatten die Klosterherren auch auf diesen Tag ihre Freunde und Gönner eingeladen, das neue Gut zu kosten und mit dem alten zu vergleichen. Und da die guten Ritter den Ihren auch was gönnten und besonders auf fremde Kosten, sowie zum Beispiel ein guter Bauer es seinem Knechtlein von Herzen gönnen mag, wenn er bei einer Fuhrung an fremdem Tisch für acht Tage ißt und trinkt, so war keiner allein gekommen, sondern hatte die Besten der Seinen oder gute Freunde, lustige Brüder, mitgebracht. – Barthli von Luthernau hatte einiger Einritt wohl ver-

Sichelte Erntefest

nommen, aber unbegreiflicherweise die Veranlassung dazu nicht, sonst würde er wohl seine Maßregeln anders genommen haben. Wahrscheinlich hatten bei den unsichern Zeiten die Klosterherren diese Fuhr geheim gehalten, doch sagt davon die Chronik nichts.

Auf den Bericht über die zwei fehlenden Fuder sandte der Abt alsobald zwei seiner vertrautesten Leute als Wache zurück. Der Abt war ein kluger Mann, er wußte wohl, daß die Leute da oben, wenn sie Wein in die Nase kriegten, nicht ruhen würden, bis sie ihn auch im Munde hätten. Die zwei Klosterknechte merkten in dem mächtigen Walde zwischen St. Urban und Langenthal etwas Verdächtiges; der eine ging alsbald zurück mit der Mahnung, auf der Hut zu sein; der andere spürte dem weitern vorsichtig nach. Er kannte wohl Herrn Barthlis Leute, aber was im Spiele sei, wußte er nicht, bis es auf Langenthal losging; davon brachte er schnellfüßig Kunde ins Kloster.

Er fand alle im rechten Tempo zu einem muntern Streit; der Neue war vortrefflich gefunden worden, der Alte nachgetrunken, und eben war man daran, den Neuen wieder vorzunehmen, um klug zu werden zum Urteil, welcher der Beste sei. Da fiel, wie eine Flamme in eine Tonne Branntenwein, unter die Zechenden die Nachricht: d'Sach sei richtig und Barthli auf Langenthal losgebrochen. Es fuhr alles auf im Jubel, und manch Klosterbruder schnallte eine Rüstung um mit kundigerer Hand, als er des Klostergewandes sich entledigte; selbst der Abt konnte des Mitrittes sich kaum enthalten. Da auf die frühere Warnung hin alles in Bereitschaft gesetzt war, so konnte man rasch aufbrechen, und wohl selten ist ein lustigerer, mutigerer Trupp, so eben recht in der Stimmung zu einem wilden Strauß, aus einer Klosterpforte geritten.

Lustig ging es um die Weinwagen zu; je mehr Barthlis Leute tranken, desto besser dünkte es sie, sie klebten an den Fässern wie Wespen an den Trauben. Vergebens schien es Herrn Barthli Zeit zum Aufbruch, vergebens setzte er sich zu Roß und Kurt mit ihm, das Beispiel half nichts, Schimpf und Schläge ebensowenig; schon hatte er mit seinem Schwerte ein Faß gespalten und holte nach dem zweiten aus, da brauste wieder durch die Straße herauf, in gewaltigem Rosseslauf, eine mächtige Schar. Das weckte die Trunkenen, sie hörten wieder ihres Herrn donnernden Ruf und suchten taumelnd das Versäumte einzuholen, während der Ritter mit Kurt und ein paar andern der Schar sich entgegenwarf. Sie versuchten, dieselbe aufzuhalten bis die Knappen mit der Beute hinweggezogen, denn in solchen Künsten waren diese wohlerfahren.

Aber bald merkte der Ritter von Luthern, daß ein Hinhalten unmöglich sei; er entwich dem Streite, die andern mit ihm, nur Kurt nicht. Der hatte die Seele in den Streit gelegt, und fesselte mit seiner gewaltigen Leibeskraft lange den Streit. Fast schüchtern bewegten sich um ihn die Kämpfenden, denn bei solchen Sträußen war man sonst nicht gewohnt, so mit ganzer Seele zu kämpfen, wenn nichts zu gewinnen war, so rettete man Roß, Leib und Leben. Das ward endlich einem riesigen Klosterbruder langweilig, er ritt Kurt an, fing dessen Schwertstreich mit wohlbeschlagener Keule auf, ließ sie dann schmetternd fallen auf dessen Helm, daß er splitterte, die Bänder sprangen, das Haupt sich beugte, die Glieder erschlafften, und der ganze Körper bewußtlos unter die Pferde fiel.

Der Kampf war vorüber, die Hitzigsten kehrten allgemach von der Verfolgung der Fliehenden zurück und gesellten sich zu den Behaglichen, die vor allem sich an die Fässer gemacht, ihren Zustand untersucht und sich emsig bemüht hatten, ja nichts verlaufen zu lassen. Es ging nun an ein Erzählen der verübten Heldentaten, und so geschah es, daß, wie grausig die Nacht begann, ein um so lustigerer Morgen dämmerte. Aber Wein blieb nicht viel übrig von dem geretteten, wobei man allerdings bedenken muß, daß die Fuder damals nicht so groß waren, wie sie heutzutage sind. Als man endlich an den Aufbruch dachte und die Pferde zusammensuchte, fand man auch Kurt. Da er eine gute Rüstung trug, so wollte man ihn derselben entledigen, sah aber dabei, daß noch Leben in ihm war. Man sammelte sich um ihn, ratschlagte, was mit ihm zu machen. Endlich kam ein schwerer, ältlicher Herr herbei, der eben nicht der erste im Streite gewesen, aber der erste beim Faß und jetzt noch nicht gerne von ihm ließ; es kostete ihn einige Mühe, ehe er stillestand und den zu Besehenden im Auge hatte. Alsbald aber erkannte er ihn, sagte, den solle man ihm überlassen als seine Beute, mit dem hätte er noch eine Rechnung auszugleichen. Und als man ohne Widerrede es ihm gestattete, gab er zweien seiner Leute Befehle; diese trugen ihn weg und verschwanden mit ihm im dämmernden Morgen.

Es war der Alte von Önz, der Kurt erkannt und diese Verfügung getroffen hatte. Er war eine gute Seele; der Junge hatte ihm einen guten Mittag verschafft, darum war er ihm lieb geworden; er war sein Nachbar, den Vater hatte er gekannt, darum ließ er nicht gerne etwas auf ihn kommen. Dergleichen Strauchdiebereien waren weder selten noch eben ehrrührig zur selben Zeit, aber eben schon damals waren die Sündenböcke Mode, und wenn man eben bei Laune war, so griff man gerne jemand auf und machte ein Exempel aus ihm, um andere abzuschrecken; besonders mit Unbekannten und solchen, die weder mächtige Verwandte hatten noch ein mächtiges Lösegeld bezahlen konnten, verfuhr man so. Der Herr von Önz war alt genug geworden, um den Weltlauf zu kennen, zu wissen, daß der Laune im Kloster nicht zu trauen sei, und daß, wenn man einmal nüchternen Leibes nach durchwachter Nacht beisammensäße, leicht die böse die Oberhand gewinnen, und einhellig überstimmt werden könnte, wer von Schonung reden wollte. Aber da er einer von den Käuzen war, die um so rascher und klüger im Kopfe werden, je mehr Wein sie im Kopfe haben, so machte er kurzen Prozeß und schickte Kurt gleich heim zu seinen Töchterleins.

Die Knechte, welche ihn heimgeleiten sollten, waren dessen

übel zufrieden, ungefähr wie Knechte es zu haben pflegen, die sich auf eine Kilbi gefreut und statt dessen einen verschütteten Brunnen ausgraben sollen. Sie legten ihn quer über ihre Rosse und borgeten ihm nicht mit Stößen und Traben, sie ritten noch den längern Weg über Herzogenbuchsee, weil sie dort einsprechen durften und auf einen Imbiß hofften unter dem Vorwande, für den Verwundeten sorgen zu lassen. Es war Mittag, als sie heimkamen, und noch immer war Kurt bewußtlos.

Fräuleins waren schon damals zuweilen der Langeweile unterworfen. Sie verstunden freilich das Spinnen und Weben und nach einigen Nachrichten sogar das Nähen, sahen dazu zu Milch und Eiern, zu Küche und Keller, was nicht mehr nach der heutigen Mode ist, eben von wegen weil es altväterlich ist, und doch hatten damals schon die Fräuleins Langeweile und sahen nach etwas Neuem aus, besonders wenn der Vater nicht zu Hause war. So Mädchen sind zuweilen wunderlich, es fehlt ihnen etwas, und wenn man sie frägt, so können sie es einem nicht einmal sagen. – So geschah es eben auch, daß sie zu ihrem Türmlein ausschauten, als die zwei Knechte mit Kurt daherkamen. Sie meinten, sie brächten den Vater, schrieen laut auf, liefen wehklagend entgegen, voran die jüngste, Agnes mit Namen, ein Mädchen, scheu wie ein Reh, aber üppig wie Milch und Blut. Auf das Haupt des vermeintlichen Vaters stürzte sie zu, und erst als sie es in den Armen hielt, gewahrte sie, daß es kein graues, sondern ein junges Haupt sei. Dessen erschrak sie sehr, doch da dasselbe die Augen zu hatte und nicht sah, was geschehen war und noch geschah, so ließ sie es nicht fahren, sondern trug es sorgsam in beiden Händen zum Schlößchen hin, bettete es so weich als möglich und tat, was üblich, zu des kranken Hauptes Pflege.

Für die drei Schwestern war dies ein Ereignis in ihrem einsamen Leben, und daß der Jüngling, der ohnmächtig in ihrer Wacht war, sie anzog und fesselte, wird jedes Mädchen begreifen, wenn auch nicht gestehen. Kurt war zum mächtigen Jüngling herangereift, hatte das Wilde und Trotzige im Gesicht, das Jünglingen wohl ansteht und Mädchen ganz besonders anzieht, das sich dann freilich beim Mann verlieren und in sichere Ruhe übergehen muß, wenn er schön bleiben will. Dieses Wilde zeuget von einer Gemütsart, welche dem Manne übel ansteht, denn sie zeiget, daß das Leben diesen Mann nicht zur Reife bringen, sondern daß dieser Mann im Leben ausarten wird. Wenn drei rasche, lebendige Mädchen einen ohnmächtigen Jüngling pflegen, so muß es sehr übel mit ihm stehen, wenn nicht bald das Leben in ihm wieder rege werden sollte. So geschah es auch Kurt, und sehr lustig war es anzusehen, wie die Mädchen, als er sich regte und die Augen aufschlug, von seinem Lager flohen, wie scheue Rehe, wenn der Jäger das Feld betritt, wo die Rehe weiden, und wie sie dann, wie die Rehe an des Waldes Rand, wenn keine Hunde folgen, wieder sichtbar wurden, hinter Posten und Türen lauschten und lauerten, was er mache, und wie er aussehe. Und wie es bei solchen Anlässen zumeist geht, und wie es die scheusten Rehe haben, daß sie allgemach ganz zahm werden, so geschah es auch hier; die Scheu verlor sich bei den beiden ältern schnell und ganz, nur die jüngste wagte sich am langsamsten herbei, ward rot und hatte viel zu tun mit Augen niederschlagen und doch wieder aufblicken. Gerade daran schien Kurt ein besonder Wohlgefallen zu haben; denn waren alle drei um ihn, so tat er doch, als wäre Agnes allein da, und fehlte Agnes, so fehlte ihm alles, die andern mochten sich mühen, wie sie wollten.

Kurz, die Sache ging damals schon ungefähr so, wie sie heutzutage zu gehen pflegt, und als der alte Herr gemächlich heimritt, nachdem man sich alle Zeit gelassen hatte, des Abtes Wein gemächlich zu probieren, war der Liebeshandel im vollen Gange. Der Alte hätte aber nichts davon gemerkt, wenn Brigitte, die älteste, ihn nicht darauf aufmerksam gemacht hätte. Sie hätte Kurt für ihr Leben gerne gehabt; sie fand, es wäre Zeit mit ihr. Nun, da er für sie keine Augen hatte, sondern nur für Agnes, fand sie sein Betragen schändlich, die Ehre des Hauses gefährdend, und meinte, der Vater solle den Bösewicht stehenden Fußes aus dem Hause jagen.

Es ist sehr kurios, wie man die gleiche Sache ganz anders ansehen kann, wenn sie uns selbst angeht, als wenn sie jemand anders angeht. Aber Brigitte hatte sich verrechnet. Ihr Vater war sehr schwer aufzuweisen und im Alter nicht so dumm geworden, daß er meinte, man könne jungen Leuten das Lieben verbieten, und wenn es einmal angegangen, es ausblasen, wie man ein Licht ausbläst. Zudem fühlte er sein Alter und sah es nicht ungerne, wenn seine Töchter in dieser wilden Zeit ihre Beschützer fanden. Kurt war ihm gar nicht ab der Hand, war er auch arm, so war er doch tapfer und daher imstand, ein Weib und ihr Gut zu wahren, und viel sicherer war ein Weib mit einem starken Manne als mit einem reichen, aber schwachen. Als Brigitte ihm ihre Entdeckung mitgeteilt hatte mit einem Gesichte, als ob sie einem Könige die gräßliche Verschwörung entdecke, so schmunzelte er, fuhr nicht auf, sondern blieb kaltblütig sitzen, trank behaglich Schluck um Schluck und immer behaglicher, je mehr Brigittens Heftigkeit wuchs, je gräßlicher sie das Verbrechen der beiden schilderte.

Diese Gelassenheit brachte Brigitte außer sich. «Und jetzt, Vater», sagte sie, «sollen ihn die Knechte hinauspeitschen oder ins Loch im Turme werfen?» – «Einstweilen keins von beiden», sagte der Herr von Önz; «die Sache ist nicht halb so schlimm; am besten ist, man besinne sich darüber.» – Jetzt brach Brigitte in Vorwürfe aus von allen Farben, der Schluß von allem war immer: wenn die Mutter im Grabe es wüßte, wie wenig er für seine Kinder sorge, sie würde wieder lebendig; und als er alle diese Reden kaltblütig mit dem Spruche abtat, sie solle nur ruhig sein, die Sache sei nicht halb so bös und werde ganz gut kommen, so ertrug sie es nicht länger, sondern stürzte hinaus, zerraufte sich jammernd ihr Haar und gelobte sich, die Welt zu verlassen, die so schlecht geworden sei, daß die leiblichen Väter sorglos dem Verderben ihrer Kinder zusehen und nicht einmal durch die Mutter im Grabe sich wecken ließen aus ihrer Gleichgültigkeit.

Da war nun Kurt wieder nach mehr als zweijährigem Herumtreiben zwei Stunden entfernt von seinem Schlößchen und hatte weder Beute noch Ruhm; der Helm war ihm zerschlagen worden, der alte Hengst dahin, barhaupt und zu Fuß sollte er zurückkommen, Jörgens Kopfschütteln sehen, der Mutter Schelten hören; das war ihm sehr zuwider, und was er anderes tun könnte, das wußte er nicht; er war trotz seinem Liebeshandel in großer Verlegenheit; ans Heiraten dachte er nicht, so dumm war er noch. Das merkte der alte Herr bald, denn er hatte Kurt gesagt, er sei kein Gefangener, sondern frei, könne gehn, wohin er wolle, oder heim, zu sehen, was die alte Grimhilde mache, und Kurt ging doch nicht fort, und mit der Agnes machte er auch nicht ab Brett. So saßen sie einmal des Abends auf dem Söller, tranken einen guten Wein aus dem Markgrafenland, schauten übers Land an die gegenüberliegende Bipperburg und hinunter, wo die Bechburg die Klus bewacht, tranken viel und redeten wenig. Kurt war es nicht drum, denn je länger er da war, desto weniger wußte er, was anfangen.

Nun wars, als ob der alte Herr dessen Gedanken gemerkt hätte, plötzlich frug er ihn, was er zu beginnen gedächte, so auf der Bärenhaut könne er nicht immer bleiben? Da wußte Kurt nicht, was sagen, würde wahrscheinlich rot geworden sein, wenn seine Haut nicht zu dick dazu gewesen wäre. Es dünke ihn, sagte der Alte, er sollte gehn und sehn, was seine Mutter mache, er hätte lange nichts von ihr gehört, möglich wärs, daß sie gestorben. Kurt begann zu bekennen, wie er das nicht möge, wie er sich schäme, so mit leeren Händen, fast wie ein geschundener Bär, heimzukehren. Der Alte tat, als ob er ihm zusprechen wolle, es zu versuchen, als aber Kurt

ab Brett vorwärts

den Kopf immer stärker schüttelte, so frug er ihn, ob ihm die Heimkehr auch so zuwider wäre, wenn er einreiten könnte mit einer schönen Frau und reichem Brautschatz? Kurt machte Glotzaugen, sah halberschrocken den Alten an, ob er ihn vexieren wolle, da er aber bloß ein ernsthaft Gesicht sah, so ging ihm plötzlich ein Licht auf, er dachte bei sich, so könnte er mit Ehren heim, dachte, wagen gewinnt, wagen verliert, und sagte: ja wenn er ihm Agnes zum Weibe geben wollte, so sei ihm geholfen und die Sache richtig. Ihm sei es das Rechte, sagte der alte Herr, wenn man Mädchen habe, so seien Tochtermänner ein notwendig Übel; was ohne sie aus den Mädchen würde, könnte man nicht wissen, und wenn man einmal einen habe, so komme man zu dem andern, man wisse nicht wie. Es komme nur darauf an, ob das Mädchen ihn wolle, zwingen werde er es nicht; es sei aber scheu wie eine wilde Ente, mit der Ältesten würde er es leichter haben.

Wenn es nur das sei, so glaube er, es sei eine ausgemachte Sache und zwar mit Agnes, die sei nicht halb so scheu, als man meine, wenigstens gegen ihn nicht, besonders wenn es sonst niemand sehe, und er glaube, mit ihr viel schneller richtig zu sein als mit Brigitte, die er noch nicht recht angesehen, antwortete Kurt. Der Bescheid sei gut, sagte der alte Herr, er solle das Mädchen holen, damit es selbst sage, wie es es meine. Jetzt schien es doch, als ob Kurt sich geirrt. Das Mädchen barg sich vor ihm wie eine Gemse vor dem Jäger, er suchte es lange und fand es nicht, als er es erblickte, floh es mit Windeseile, er holte es nicht ein, er verlor es wieder aus dem Gesichte. Als er endlich keuchend und schwitzend zum alten Herrn zurückkam, saß es dort neben demselben, durch ihn scheinbar festgehalten. Die kleine Hexe hatte ihre Rolle, ohne sie studiert zu haben, gut gespielt, hatte wahrscheinlich gehorcht gehabt nach Mädchenart, war dann geflohen, aber ewig fliehen, was trägt das ab? War daher an dem Vater vorbeigerannt, um den Schein zu meiden, als hätte es sich absichtlich fangen lassen. Natürlich rief der Vater, das Kind mußte dem Vater gehorchen, als er es festhielt, durfte es nicht Gewalt brauchen, nicht das Wüsteste alles machen. So fand es Kurt beim Vater, aber wie es schalkhaft aus einem Augenwinkel nach ihm hinblinzte, und wie es dasselbe innerlich lächerte, als es ihn so erhitzt und keuchend sah, das sah er nicht. Aber er hatte doch fast den Mut verloren und meinte, dem Mädchen sei er zum Schätzelen wohl gut genug gewesen, zum Manne aber doch zu schlecht, denn wie die Mädchen wenigstens zweierlei Röcke haben, die einen für das Haus, die andern für den Staat, so haben sie oft auch zweierlei Herz, ein Herz für einen Schatz und ein appartes für einen Mann, den Mann mögen sie nicht zum Schatz, den Schatz nicht zum Mann. Sind kuriose Dinger, die Mädchen! Verblüfft stand er da und fand das rechte Wort nicht, da redete der Vater drein und frug Agnes, ob sie Kurt zum Manne wolle oder lieber nicht. Der Vater könne es machen, wie er wolle, sprach sie, riß sich los, und verschwunden war sie. Da sahen die beiden sich an, und endlich lachte der Alte und sagte: «Nun so dann, wenns auf mich ankömmt, so ist die Sache richtig, aber ein Wetterding ist das, nimm dich in acht, am besten ists, man mache abweg so schnell als möglich.» So geschah es auch. Damals war das Verkünden noch nicht eingeführt, und das Heiraten konnte sehr rasch vor sich gehen und sehr einfach, ausgenommen bei hohen Staatspersonen, die Aufsehen machen, oder bei Leibeigenen, deren Herr ihnen die Erlaubnis nicht geben wollte. Vorräte zur Aussteuer waren vorhanden, einige Kühe und Rosse trieb der alte ungeduldige Herr von seinen Meierhöfen her, und ehe einige Tage um waren, und gäb wie Brigitte immer unverblümter mit der gestorbenen Mutter drohte, hatte der Pfaff zu Herzogenbuchsee sie getraut. Dispensen waren ebenfalls keine nötig gewesen.

gäb wie sehr auch

Gleich den andern Tag sollte in stattlichem Gefolge der Zug nach Koppigen vor sich gehen; Kurt war es anfangs ganz prächtig vorgekommen, so unverhofft zu solchen Herrlichkeiten gekommen zu sein und in Koppigen einziehen zu können wie ein Fürst, mit einem Weibe, mit Kühen und Pferden und vielem Geräte. Was das für Augen geben, wie sie luegen werden! Er konnte sich nicht satt daran denken. Aber als der Tag nahe war, fiel ihm auf einmal ein, wie es in Koppigen aussehen müsse, und was seine Frau und ihr Vater dazu sagen werden; es wurde ihm ganz blöde, als er daran dachte. Anfangs kam es ihm in Sinn, er wolle voranreiten und etwas zurecht machen, aufputzen lassen, aber mit was und durch wen? und so allein heimreiten war ihm auch zuwider. Er hatte sich das so schön gedacht, wie der Knecht mit wackelndem Haupte unter dem Tore stehen, die Mutter die Hände über dem Kopfe zusammenschlagen und lange, lange Zähne machen, wie aus jeder Hütte Alte und Junge kommen, die Herrlichkeiten bewundern würden: ihn voran auf schönem Roß, hintendrein den schönen Troß. Den Traum mochte er sich nicht selbst verderben, und doch Verwandte und Diener in die grenzenlose Armut einzuführen, sich all dem Spott auszusetzen, davor graute ihm. Er hatte sich freilich nicht reicher gemacht, als er war, nicht von Gütern gefaselt, die näher dem Monde als seinem Bereiche lagen, aber eine rechte Darstellung ihrer Dürftigkeit hatte er doch nicht gemacht; wußte er doch selbst nicht, wie arm sie waren, solange er daheim war, und erst seit er gesehen, was in andern Häusern vorhanden und Bedürfnis war, wußte er, wieviel ihnen fehlte. Er begriff je länger je besser, daß jetzt nicht das die Hauptsache sei, was für Augen seine Mutter und Jürge machten, sondern das, was für Gesichter die machen würden, welche er mit sich brächte. Der Herr von Önz sah diese Verlegenheit wohl und um so leichter, weil ihm ihre Ursache nur zu gut bekannt war. Er hatte gar manchen Hirsch dort vorbeigetrieben und des Scheltens gelacht, welches Frau Grimhilde ihnen nachsandte, weil sie so lustig über ihren Grund und Boden jagten, hatte gesehn, wie armselig alles aussah, und gar oft, wenn sie bei reichem Imbiß unter einem Baume in der Nähe saßen, von einem der wilden hungrigen Jungen, die den Brosamen nachschlichen, gehört, wie hungrig es im Schlößchen zugehe. Aber er hob die Verlegenheit nicht, sorgte indes für alles Nötige, sowohl für den ersten Tag als für die folgenden. So ritten sie früh morgens aus, ein stattlicher Zug, und sputeten sich so mächtig, daß sie nicht länger als vier Stunden zu dem Wege brauchten, den man jetzt füglich in einer Stunde zurücklegen kann.

Als sie auf die Höhe kamen, welcher gegenüber ihr Schlößchen lag, schien es Kurt so grau und klein auszusehen, obgleich golden die Morgensonne es beleuchtete, daß er gerne vorgegeben, das sei ihr Schlößlein nicht, das, welches er verlassen, sei gestohlen und dieses an dessen Stelle gesetzt worden. Er hatte seither so ganz andere Schlösser gesehen, daß ihm unvermerkt ein anderer Maßstab eingewachsen war.

Der Herr von Önz freute sich wie ein Kind auf den Spaß, er ließ blasen aus Leibeskräften, wer etwas hatte, in das er blasen konnte; er hetzte die Hunde, daß sie anschlagend in allen Lauten den Zug umschweiften, und was er wollte, geschah. Frau Grimhilde fuhr zweg und meinte, es nahe sich wieder eine der vermessenen Jagden ihrem Gebiete; sie rief ihre Leibwache zusammen, den grimmigen Jürg, der aber bedenklich mit dem Kopfe zu wackeln begann, ihre zwei Hunde, von denen der eine blind geworden war, der andere seine Zähne verloren hatte; dem Jungen rief sie umsonst, er war um etwas Eßbares aus, da dessen nichts mehr vorhanden war. Obgleich ihr die rüstigste und tapferste Mannschaft fehlte, so stellte sie sich doch kühn unters offene Tor, sandte einen Hagel voll Schimpfwörtern dem Zuge entgegen, und da derselbe ungeachtet

fuhr zweg schreckte hoch

dessen frech näher und näher kam, so riß Jürg eine alte Armbrust hervor zu eisernem Gruße, aber den Haken zum Spannen konnte er nicht finden, und mit bloßen Händen vermochte er es nicht. Das minderte aber den Mut von Grimhilde nicht, kühn behauptete sie ihren Posten, merkte aber doch endlich, daß das keine Jagd sei, sondern was anderes. Und so wie Frauen von Grimhildens Art immer das Schlimmste denken und von andern das Schlimmste erwarten, so fuhr es ihr durch den Kopf, daß man das Gespött mit ihr treiben und ein Besuch zum Imbiß bei ihr einreiten und an ihrer Verlegenheit sich ergötzen wolle; an Kurt dachte sie nicht. Die Erinnerung alter Zeiten erwachte in Grimhilde; während sie trotzig ihren Platz im offenen Tore noch behauptete, befahl sie Jürgen, es zu schließen; in kaltem Hohn wollte sie die Spötter vor der Türe lassen, aber sie hatte vergessen, daß der eine Flügel aus den Angeln gefallen und anderwärts verwendet worden war. So blieb sie stehen in innerm Grimme und wartete ab, was kommen werde; matt bellten hinter ihr die Hunde, und an der alten Armbrust zerrte der alte Jürge. Als sie den von Önz erkannte, stieg noch ihr Grimm; sie wußte wohl, wie manchen Spaß er mit ihrer Schwachheit gehabt; was der wolle mit Saumrossen, hintendrein noch Wagen, das begriff sie nicht, Kurt sah sie nicht, ihre Augen hafteten nur auf ihrem Feinde.

Der begann eben eine seltsame Anrede, die Zähne der Dame deckten mehr und mehr sich ab, so wie alte Klippen ihre drohenden Zacken dem Schiffenden erst dann weisen, wenn er den Anprall nicht mehr meiden kann, da ließ Jürge einen Schrei aus und wackelte zu dem großen Reiter, der hinter dem Herrn von Önz neben dem schmucken Frauenbilde hielt, hinter Jürge wackelten die beiden Hunde, zärtlich ihre haarlosen Schwänze hin und her bewegend. Tief beugte Jörg sich vor dem Reiter in altertümlichem Respekte, und mächtig strengten die Hunde sich an, am Rosse emporzustehen, doch vergeblich. Rasch schritt nun auch die Schloßfrau vor, sah dem zu Roß ins Gesicht und fuhr rasch in die Grüße mit der Frage: was das zu bedeuten hätte, ob er ein Gaukler geworden oder sonst ein Narr? Da sprach Kurt: er führe sein Weib heim, das er sich erbeutet, und bringe ein neues Leben mit in die alte Burg, wie sie es abgeredet, als er ausgeritten, und willkommen hieß er die Mutter. Dann hätte er besser getan, antwortete Grimhilde, wenn er allein gekommen und nicht mit einem Narren voran, machte jedoch Platz, und ins Höfchen ritt der Zug ein. Das Höfchen faßte sie kaum, war hoch mit Gras bewachsen, denn da war nicht nur niemand, der es ausriß, sondern nicht einmal jemand, der es fraß, sonst war es leer, denn wo man nichts hat, ist eben das das Bequeme, daß immer alles schon aufgeräumt ist, ungefähr wie ein Küchenschaft, in dem man nichts zum Kochen hat. Sie hatten keine Ahnung, daß die schöne Dame des Herrn von Önz Tochter sei, sondern meinten, derselbe habe bloß das Geleite gegeben. Jürge träumte von einer Prinzessin aus dem Morgenlande und die Rosse bepackt mit Gold und Edelstein, Grimhilde nahm ihre alte Grandezza wieder zur Hand und führte ihre Gäste ins öde Gemach, in welchem die Federn von allen Sorten Vögeln, von denen man eben lebte, herumstoben, lustig von den Hunden gejagt und immer neu aufgestöbert. Dort hinein brachten alsbald Diener Speise und Trank, und dort fand sich auch der alte Torflügel als Tisch aufgestapelt auf groben Holzblöcken. So arg hatte Agnes es sich doch nicht vorgestellt und machte ein eigenes Gesicht, die alte Dame dagegen beharrte noch immer in ihrer hohen Haltung, halb aus Respekt vor der fremden Sohnsfrau, halb um ihr Respekt einzuflößen, und sah gleichgültig dem Treiben der fremden Diener zu, als ob ihr das ein Alltägliches wäre, und die Sache sich von selbst verstehe.

Als endlich die Erörterungen stattfanden, und die alte Schloßherrin auf ihre Frage, aus welchem Land sie kämen, vernahm, daß ihre Schwiegertochter nur die Tochter des Edelknechtes von Önz sei, zwei Stunden landabwärts geboren, da schwand Haltung und Respekt, die alte Frau machte ein Gesicht, wie sie ihr Lebtag noch keines gemacht, und doch hatte sie schon manch wüstes gemacht, und immer schrecklicher ward dieses Gesicht, je mehr der alte Herr darüber lachte. Endlich, wie aus den Wolken, wenn sie recht schwarz und wild geworden, das Gewitter losbricht, so brach es auch los aus der alten Dame Gesicht. Hagel und Donner und alles nur mögliche und über alle; erst über Kurt, daß er zwei Jahre gebraucht, um zwei Stunden von da eine Frau zu holen von gemeinem Schlage, über den Alten, der schon manch Wildschwein ihr gestohlen und jetzt noch den Sohn verraten und verführt, dann über die arme Agnes, die wieder gehen könne, woher sie gekommen und zwar je eher je lieber. Was hilft aber einer alten Dame alles Schimpfen und Wettern, wenn sie nicht Hände hat, welche es unterstützen?

Als Jürge wieder Wein durch die Glieder floß, schien in ihm wieder aufzugehen die alte Kraft, fest stund er wieder, fest wurden seine Glieder, laut freute er sich, daß der junge Herr wieder da sei, denn ohne ihn sei doch das Leben gar zu elend gewesen. Nach und nach ließ sich selbst die alte Dame herbei, anfangs nur aus Neugierde, die näheren Schicksale des Sohnes zu vernehmen, und ob er wirklich nicht weiter als bis Önz gekommen wäre. Nach und nach griff sie aber auch zu, sie wußte nicht wie, und als sie das Nähere vernahm, wie der von Önz ihren Sohn gerettet, und als der ungewohnte Wein sie wärmte, die trefflichen Speisen ihr Wohlbehagen kitzelten, wurde sie freundlicher, zog nach und nach die Zähne ein und machte mildere Einwendungen, wie sie zum Beispiel nichts mit einer Schwiegertochter anzufangen wüßte, da sie ihr weder etwas zu essen noch etwas sie zu kleiden hätte und in ihrem Schlößchen kaum genug trockenen Raum für sich selbsten, geschweige noch für zwei mehr.

Mit innerem Schauer hatte Agnes längst die grenzenlose Dürftigkeit gesehen, von welcher sie sich wirklich keinen Begriff gemacht hatte, und das Schelten der alten Herrin hatte ihn nicht vermindert, obgleich man damals noch nicht so zimperlig war als jetzt, und wegen einem harten Wort nicht gleich an Krämpfe dachte. Nur der alte Herr nahm das lustig auf, und je greller die Armut hervortrat, desto mehr hatte er Ursache, zu lachen und zugleich auch Gelegenheit, seine Gutmütigkeit an den Tag zu legen, zu helfen und zu spenden. Was er mitgebracht hatte an Geräten, Gewändern und Vorräten reichte schon etwas aus, machte die alte Höhle wohnlicher, aber daß noch vieles fehlte, sah er wohl, und daß Bauleute notwendig seien, wenn wieder was Vierbeinichtes untergebracht werden solle. Kurt hatte sich um die Gemütsstimmungen der andern nicht viel bekümmert, erstlich war es nicht seine Art, und zweitens hatte er selbst etwas, das ihn sehr ergriff. Was sollte er mit den zwei alten Hunden jagen? Hunde hatten sie wohl begleitet, aber für ihn waren sie nicht bestimmt, an diesen Umstand hatte man nicht gedacht, und wie das zur Sprache zu bringen sei, das machte den Gegenstand seines Kummers aus. Die beiden alten Tiere saßen ihm zur Seite und nickten und wedelten nach Vermögen ihrem Herrn den Willkomm zu, dann ließen sie den Kopf tief sinken zwischen die Vorderbeine herab, schlossen die Augen, taten als studierten sie über wichtige Eröffnungen, die sie machen wollten, dann ermannten sie sich wohl wieder nach geraumer Weile und leckten dem Herrn die Hand. Der alte Herr sah diesem Spiele mit Behagen zu, rühmte die Tiere, wie sie ehedem gewesen, ergötzte sich aber am Gedanken, was das jetzt für ein Jagen mit ihnen sein müsse, wo der eine alle Viertelstunde einen Schritt tue, der andere alle Viertelstunde einen Laut von sich brächte. Und doch werde er mit ihnen es versuchen müssen, sagte endlich Kurt, denn andere hätten sie nicht. Daran hatte der Herr von Önz wirklich nicht gedacht, daß es ein Schlößlein in der Welt geben könnte, wo man nicht bessere Jagdhunde hätte als diese alten Tiere, und dieser Mangel ging ihm tiefer zu Herzen als jeder andere; er begriff ihn am klarsten, und alsobald ihm abzuhelfen, versprach er. – Als der Tag sich neigte, nahm der alte Herr Abschied, versprach, sie nicht zu vergessen und für das Nötigste baldigst zu sorgen, damit sie auch wieder leben und wohnen könnten wie es sich zieme. Der Tochter war es doch schwer ums Herz, als sie den Vater dahinreiten sah und alleine zurückblieb im verfallenen Bau. Indessen an sentimentale Betrachtungen war sie nicht gewohnt, sondern daran, Hand anzulegen wos nötig, trotzdem daß sie eines Edelknechts Tochter war; und so viel war zu ordnen und zu bereiten, daß Rührung und Bangen bald verschwanden.

Nun regte es sich anders in Koppigen als früher. Der Vater hatte Wort gehalten, hatte viel gespendet, es wurde gebaut, geackert, soviel möglich alles in bessern Stand gesetzt. Jürge führte mit großem Behagen die Aufsicht, und wie manchmal des Tages er sagte, wenn es ihm nicht in Sinn gekommen, den Junker fortzuschicken, so wäre noch alles im Alten, das zählte er nicht. Kurt trieb sich mit den neuen Jagdhunden herum, besuchte die alten Anstände. Dort hatte er das Lager einer Sau gewußt und hier den Wechsel des Wildes, hatte gewußt, wo es sich zur Tränke einfand und wie manches Stück des Abends über eine Wiese strich. Er kannte die Tiefen in den Bächen und die alten Weidstöcke, unter denen die größten Forellen sich bargen, und die Stellen, wo sich Hechte fanden und Äsche, und über dieses alles mußte er Musterung halten, mußte sehen, ob sich was geändert, sich vermindert oder gemehrt. Er mußte sich zeigen hoch zu Roß, in eines Knappen stattlichem Geleite, in Solothurn, oder wo sonst eine Gelegenheit sich gab, ein Zulauf des Volkes, und wenn es dann hieß, wie man den so oft ohne Roß gesehen, und wie er jetzt mit großer Beute aus fremden Kriegen heimgekehrt, und wie er an Männlichkeit den Grafen und Rittern ringsum nicht nachstehe, so tat ihm dieses wohl, und er hörte es je öfter desto lieber.

Die beiden edlen Frauen dagegen, die zu Hause blieben, die rühmten einander nicht, und keine fand von der andern, daß sie Rühmens wert sei. Agnes meinte, das jetzige Wohlleben hätte man ihr zu verdanken, sie hätte Reichtum eingekehrt, und deswegen stehe ihr ein Wort zu jeder Sache frei, und wie ihre eigenen Sachen zu verwenden und zu gebrauchen seien, darüber hätte sie zu bestimmen. Dagegen meinte Grimhilde, sie sei die Vornehmere, eine Gräfin gewesen und jetzt noch eine Ritterswitwe, und die andere sollte Gott alle Tage auf den Knieen danken für die Ehre, in ein so vornehmes Haus gekommen zu sein, und wenn sie damit fertig sei, vor ihr die Knie beugen in Ehrfurcht und als gehorsame Magd auf ihre Befehle warten. Da nun Grimhilde nicht gewohnt war, wenn sie etwas meinte, es nicht auch zu erklären, und was sie erklärt hatte, durchgesetzt sein mußte nach Vermögen, so kann man sich denken, wie die beiden miteinander lebten, und was für eine Zärtlichkeit zwischen ihnen herrschte. Kam dann Kurt heim, so klagte ihm seine Frau, redete von Fortlaufen oder begehrte auf, oder schmollte, kurz, machte alle Manövers, welche Frauen in solchen Umständen zur Hand sind. Kurt wußte nicht recht zu helfen, er hätte auch lieber gemacht, was er, nicht, was seine Mutter wollte, aber nur unter der Hand, eigentlich aufgelehnt hatte er sich nie gegen sie. Es ist sehr merkwürdig, was so ein alt Weib, dessen Glieder nur noch zusammengeleimt scheinen, für eine Gewalt über baumstarke Söhne üben kann, und wie die Söhne sich derselben nicht zu entziehen wissen, wie schmerzlich sie dieselbe auch fühlen. Er suchte seine Frau zu trösten, wie er konnte und mochte; seine Beredsamkeit in diesem Fache war aber nicht groß, er wußte wenig anderes zu sagen als: er begreife nicht, was Agnes zu klagen oder worüber sie sich zu beschweren habe, wie heftig Waldi, der zahnlose Hund, auch belle, es werde ihn deshalb niemand fürchten, wenn es ihn freue, so lasse man ihn bellen ungestört; er wüßte darum nicht, warum man seine Mutter nicht auch sollte reden lassen. Oder er sagte: Agnes solle sich nur ein klein wenig gedulden, die Mutter werde nicht lange mehr leben, und dann sei sie ja allein Meister, könne dann schalten und walten, wie sie wolle. Abgesehen davon, daß es für ein erzürntes, klagendes Weib keinen schlechtern Trost gibt als ein Hinweisen auf die Zukunft, und daß man zumeist nur Öl ins Feuer gießt, hatte dieser Trost hier auch nicht den geringsten Schein von Wahrscheinlichkeit. Sichtbarlich nahm die alte Frau Grimhilde zu am Fleische, schien sich ordentlich zu verjüngen, seit sie wieder mit jemand recht keifen und zanken konnte; es war als ob sie ein Fisch wäre, der wieder in sein Element gekommen. Zudem mochte das bessere Essen, das behaglichere Sein überhaupt auch das Seine beitragen, Frau Grimhilde aufzurichten und ihren Leib mit neuer Kraft zu füllen. Freigebig spendete der Herr von Önz, aber was kam, nahm Frau Grimhilde in Empfang, schaltete damit, als ob es ihre Sache wäre, kein Wort sollte die junge Frau dazu sagen, sollte, wenn sie etwas von ihrer Sache wollte, von der Alten es erbitten.

Das war wohl stark, und auf Erden würden wohl wenig Weiber zu finden sein, welche solches geduldig verwinden könnten. Nun sind sie aber nicht alle vom gleichen Schlage, man möchte fast sagen, nicht von gleicher Materie. Während die einen durch ein solches Verhältnis zerrieben, in Tränen und Jammer aufgelöst zu Staub und Asche wieder werden, werden andere gehärtet wie Stahl und Eisen im Feuer; von denen welche geläutert und gleichsam verklärt werden, wollen wir hier nicht reden. Agnes war von denen eine, von welchen man lange nicht wußte, welchen Weg es mit ihr gehen werde, sie war noch gar zu jung, ihr Wesen nicht entfaltet; nach und nach zeigte es sich jedoch, daß sie zu dem festeren Schlage gehöre, das Leben sie härte, nicht erweiche, ihr Weinen begann seltener zu werden, aber desto geläufiger ward ihr Mundwerk. Mit einer Art von Behagen sah Frau Grimhilde, wie ihre Sohnsfrau ihre würdige Schülerin ward und manchmal fast ihr die Stange hielt.

Jedoch fehlte in Agnes das Bösartige, Giftige, was in Grimhilde hervorstach, Agnes konnte mitleidig sein, konnte mit großer Anhänglichkeit lieben, was Grimhilde nie imstande gewesen war. Begreiflich war aber das Leben zwischen diesen zwei Weibern nicht das angenehmste, namentlich für Kurt nicht.

Je weniger er zu helfen wußte, je unschlüssiger, feiger möchte man in dieser Beziehung sagen, er innerlich war, desto barscher stellte er sich äußerlich, polterte, stampfte, machte ein Gesicht, daß eine alte Eiche ein zartes Aussehen dagegen hatte, und suchte je länger je mehr außer dem Hause sein Behagen und etwas zu tun. Es kam sein Schlößchen ihm immer kleiner vor, und alle Tage schien es ihm dümmer, daß er ein Weib genommen und heimgezogen, die Welt war so groß, das Glück so reich, und so schnell hatte er sich zurückschrecken lassen in sein altes Loch, ehe er ins Weite gekommen, ehe er ein ansehnlich Glück gewonnen!

Der Herr von Önz war gestorben, Kurt hatte ein Ansehnliches geerbt, aber es kam ihm gar erbärmlich vor, weil er nicht betrachtete, was es ihm sein konnte, sondern weil er es mit seinen Träumen verglich, welche immer häufiger ihm kamen und ein unendlich Glück ihm vorspiegelten, welches ihm bereitet gewesen, und welches er durch seine unzeitige Heirat sich habe entgehen lassen. Heutzutage hätte man gesagt, er hatte an der Zerrissenheit gelitten, damals kannte man diese Krankheit nicht, man sah bloß, daß Kurt daheim nichts vorzunehmen wußte, daß er immer häufiger nicht zu Hause war, daß seiner Jugend ungestüme Kraft nicht sattsam ausgetobt, sein Verstand nicht gekommen war. Kurt hatte Händel mit einem Schwager, welcher seiner Frau Schwester, Trude, geheiratet hatte. Hatte Händel mit dem Kloster, in welches Brigitte ihr Erbteil verschleppt hatte. Er machte manchen wilden Streit, kam aber doch meist gepanscht nach Haus und ärmer als er ausgezogen.

gepantscht gezaust

Wie ein Spieler, je mehr er verliert, desto rücksichtsloser setzt, das Verlorne wieder zu gewinnen und zumeist zum Gegenteil kommt, so versuchte Kurt immer Wilderes, das Verlorne einzubringen, aber es gelang ihm nicht, das Glück lächelte ihm nicht, er hatte eine unglückliche Hand, wie stark sie auch war. Dazu ward sein Name immer anrüchiger, ward immer häufiger genannt, wenn hier oder dort eine wilde Tat begangen worden war, und hat einmal jemand einen anrüchigen Namen, so wird ihm jeder Frevel aufgebürdet, dessen Urheber nicht offenkundig ist, und jeder, der zu seinem Namen Sorge tragen will, meidet des Anrüchigen Umgang und Gesellschaft. Es ist die menschliche Gesellschaft ein gar eigentümlich Gebilde, und wie ein gesunder Körper kranken, unsaubern Stoff absondert und ausstößt, langsam freilich zumeist, tut es auch die menschliche Gesellschaft, sie schiebt das Faulende mehr und mehr hinaus, bis sie es ganz auszustoßen vermag. Wo aber ein Leib diese Kraft nicht besitzt, wo das Kranke, Verdorbene dem Gesunden nicht mehr weicht, da erkrankt dieser Leib ganz und gar, sein Zustand ist rettungslos, die Fäulnis erhält die Oberhand, löst das ganze Gebilde auf. Kurt erfuhr das mehr und mehr, ward immer weiter gestoßen aus den Kreisen, in welchen gesundes Leben war, hinaus in wüstes, wirres Treiben, an dessen Ende der Schlund ist, dem alles verfällt, was ausgestoßen wird aus den gesunden Lebenskreisen.

Seine Mutter war endlich gestorben. Agnes schaltete allein im Hause, führte die Zügel mit Verstand und Festigkeit, aber der wieder zunehmenden Armut vermochte sie nicht zu wehren, was sie eingebracht hatte, ging allmählich dahin, Kurt verschleppte es, eine Schar Kinder half es verzehren. Das Land wurde wieder alle Jahre schlechter gebaut, weil Kurt in seinen Händeln die besten Leute verlor oder doch die beste Zeit vergeudete. Je weniger Kurt daheim fand, desto häufiger war er nicht daheim, und je mehr er auswärts war, desto mehr ward er geflohen und verachtet, und in ein ordentliches adeliches Haus durfte er nicht mehr einreiten. Die Häupter der großen benachbarten Häuser Kyburg und Buchegg waren in die großen Welthändel verflochten, hatten viel in den italienischen Landen zu tun, um so wilder konnte es zugehen in ihren Landen, und so mehr Triftig hatte das Gesindel jedweden Schlages. Kurt ward freilich nicht mehr zu dem Räuber mit der Keule, der auf einzelne lauerte hinter Bäumen und Zäunen, er war zum adelichen Strauchdieb geworden, der zu Roß mit Lanze und Schwert sein Wesen trieb und nicht in Gesellschaft von gemeinem Raubgesindel, sondern da war einer von Flumenthal, einer von Landshut, einer von Inkwyl, vermessene, wilde Gesellen, welche mit ihm das gleiche Handwerk trieben, welche, wie er, zu Hause nicht hatten, was sie begehrten, ihre Weiber flohen und Kindern und Mäusen daheim nicht im Wege sein mochten. Da war aber auch so recht ein Land für ihr Treiben, Sümpfe und Wälder, Bäche und Flüsse, Straßen und Dörfer; es war viel zu rauben, und doch schwer den Räubern zu folgen, sie aufzufinden in ihren fast unzugänglichen Verstecken; aber je mehr sie raubten, desto ärmer wurden sie zu Hause, im Raube lag ein zehrender Fluch. Wie den Pferden das Ungeziefer folgt, das Blut ihnen absaugt, wie sie ihm nicht entrinnen mögen, wie rasch sie laufen, und wie immer ein frischer Wald kömmt, wo zu den alten Bremsen neue Scharen sich gesellen, so geschah es auch unsern Rittern. Sie trieben ihr Handwerk wohl für sich, aber umschlichen waren sie vom gemeinsten Raubgesindel, und wenn dasselbe sich auch stellte dem Hunde gleich, der sich begnügt mit den vom Herrn benagten Knochen, wenn sie für Kundschaften und allerlei Dienste, zu denen sie sich drängten, nichts zu begehren schienen als die Nachlese, so kriegten sie doch immer den besten Teil und taten sich dabei am gütlichsten. Es waren die Dirnen, welche um die adelichen Räuber schwärmten, de-

Triftig Lust, Gelegenheit

nen ein guter Teil zufiel; es war das Verschleppen des geraubten Gutes, das Handeln und Schachern, welches einen andern Teil des Gewinnes in ihre Hände brachte; was den Herren endlich übrig blieb, das nahmen die ihnen ab, bei welchen sie schlemmten und praßten, und diese gehörten natürlich dem Diebsgesindel ebenfalls an.

Wo jetzt Landshut liegt im Kanton Bern, da stand ehemals kein Schloß, das alte Schloß Landshut, später von Bernern und Solothurnern zerstört, stand auf der linken Seite der Emme, wo man im wilden Altisberg noch den Schloßhügel sehen kann. Ein seltsamer Fels stand da, wo gegenwärtig das Schloß steht, mitten im bebuchten Sumpfe, eine Art natürlicher Warte in weiter großer Ebene, wie sie in der westlichen Schweiz selten sind. Unbewohnt war der Fels, einige Tannen waren im Gestein gewachsen, Brombeerbüsche bedeckten den Boden. Aber hinter diesem Hügel, mutmaßlich wo jetzt die Säge steht, stand eine niedere aber umfangreiche Hütte, deren graues Dach nur in der nächsten Nähe gesehen werden konnte; denn dort in den sich fast kreuzenden Bächen, in Sumpf und Erlenbusch hätte niemand eine menschliche Wohnung gesucht. Wer, vom Wege abgekommen, seltsamerweise auf sie gestoßen wäre, denn es verdiente wirklich ein sonderbarer Zufall genannt zu werden, wenn jemand auf den Weg dazu kam, denn der eine Zugang begann in der Emme, der andere mußte durch einen Bach gesucht werden, dem man eine lange Strecke entgegenreiten mußte, der hätte kaum etwas Verdächtiges an ihr bemerkt, solange der Tag am Himmel stand. Die Größe wäre ihm vielleicht aufgefallen, indessen hätte er gedacht, es hätten einige Fischer diesen trockenen Fleck in Mitte der fischreichen Wasser zu einer gemeinsamen Hütte auserlesen, und wenn er daran geklopft hätte, so wäre er in der Vermutung bestärkt worden. Er hätte lange klopfen müssen, ehe jemand ihm Bescheid gegeben, endlich wäre hinter der einen Ecke hervor ein wildes Mädchen gekommen, halb gekleidet, oder eine Alte mit eingesunkenen Augen aber bösem Gesichte, und hätte ihn angefahren, als ob er ein Räuber wäre, und hätten ihn zurückgewiesen auf dem Wege, auf dem er gekommen, vorgebend, es führe kein anderer zur Hütte. Wohl ihm, wenn er solchen Winken gehorchte, und doppelt wohl ihm, wenn er wohlbehalten wieder auf den rechten Weg gelangte, manchem ward das Glück nicht. Wenn er irgendwie verdächtig war, oder sein Äußeres Beute versprach, so konnte er sicher sein, auf dem Rückwege plötzlich niedergeschlagen, oder ebenso plötzlich in den wilden Bach geworfen und dort niedergehalten zu werden, bis sein Leben erloschen war. Denn in dieser Hütte wohnten nicht bloß die Dirne und die Alte, sondern wenigstens noch ein Mann. Ein Mann, der groß gewesen wäre, wenn er nicht ein lahmes Knie gehabt hätte, sein Haar war schwarz gewesen, jetzt nur schwarz gespregelt, was noch da war, sein Gesicht war dunkel, ob von Natur, oder weil es nie gewaschen wurde, wußte man nicht. Unter dem kahlen Vorderhaupt stach sonderbar das Gesicht hervor, denn nicht bloß die Nase war gebogen, sondern selbst das lange Gesicht war es, das Kinn schien zurückgekrümmt, und unter der Nase stach der Mund hervor, seltsam bissig anzuschauen, und obgleich er viel redete, wenn er abkam, gings ihm doch schwerfällig von Handen, und deutlich sah man, daß dieser Mund eben mehr zum Beißen als zum Reden geschaffen sei. Das war der Herr der Hütte, angeblich allerdings ein Fischer, aber er war der Diebshehler und die Hütte eben nichts anders als der Versammlungsort der adelichen Räuber und der seltsame Fels obenher die treffliche Warte.

Hier war der Platz zu einer Räuberherberge, wie wohl nirgends das Land auf und ab es einen gab, denn unbemerkt konnte man kaum nahen, wenn nur irgendwie aufgepaßt wurde, und entfliehen konnte auf hundert Wegen, wem Flüsse, Sümpfe und Wälder

abkam sich gehen ließ

bekannt waren. Hier konnte gelauert werden oder Kundschaft abgewartet über alles, was von Bern nach Solothurn ging, von Solothurn nach Burgdorf; ja selbst ins Gäu hinab und der Aare nach hinauf konnte man sich wenden; von allen Seiten her war es leicht, sich hiehin zu verlieren, ohne daß Verfolger, wenn sie nicht zunächst auf der Ferse waren, folgen konnten; und war Not an Mann, so durfte man nur sein Roß laufen lassen, und seine Rettung auf Wegen suchen, auf denen kein Reiter folgen konnte, während das Roß die sichere Stätte um so rascher ohne Reiter fand. Das tüchtigste Lumpengesindel kannte aber ebenso gut als die Herren diese Herberge und wußte auf die oben angegebene Weise dieselben auszubeuten. Der Besitzer der Hütte war den Herren der untertänige Knecht, aber des Lumpengesindels Freund, nach dem Sprüchworte: Gleich und gleich gesellet sich. Das ist ein seltsam Ding, daß die Menschen wohl alle zu gleicher Tiersorte gehören, aber in verschiedene Stände gesondert, ebenso viele Sorten geworden zu sein scheinen, wo die eine die andere durch Gewalt oder durch List auszubeuten, zu verzehren sucht; jede Sorte hält ziemlich treu zusammen, sodaß, wie nahe zum Beispiel ein Schwacher und Niederer mit dem Großen und Mächtigen zu stehen scheint, er dennoch demselben bei gegebenem Anlaß ein Bein unterzuschlagen, ihn zu seinem und seinesgleichen Nutzen zu erniedrigen suchen wird, es sei denn, daß er sich einem Zäggen gleich am Blute des Großen so vollgesogen hat, um zu glauben, er könne selbst für einen Großen gehalten werden. Dann steht er an einem Scheidewege. Erkennt ihn die obere Sorte als ihresgleichen, so wird er ihr treuster Verfechter, und weil er den Sinn der Untern kennt, um so gewalttätiger gegen sie, sorgt um so schärfer, daß sie an ihm sich nicht vollsauge, also nicht ebenfalls emporkomme; stößt ihn aber die obere Sorte aus, will ihn nicht anerkennen, dann wird er ihr mächtiger Feind, denn er vereint mit der Niedern List seine Macht, und mit derselben vereint er die vereinzelten Kräfte, er wird zum Band, das die giftigsten Pfeile zusammenbindet. Wo der Mensch zum Christ wird, da wird er freilich anders, damals war aber in jener Hütte das Christentum ein unbekanntes Ding. Diese Hütte war eingerichtet, wie die meisten es sind, welche so oft beschrieben worden, sie war weitläufiger als es schien, barg geheime Gemächer und geheime Ausgänge, und sowenig als die meisten Herren die Kniffe ihres Gesindes kennen, ebensowenig kannten die Herren alles, was diese Hütte barg; mehr kannten des Wirtes Freunde, das meiste er alleine.

In der Hütte war ein weiter Raum, in dessen Mitte zumeist ein Feuer brannte, über welchem an eisernem Haken ein Kessel hing, der gekochtes Fleisch in seinem Bauche barg, so daß zu jeder Stunde der hungrige Freund seine Speise fand. Kam lange niemand und fürchtete die Alte, das Fleisch möchte ihr in Fetzen auseinandergehn, so konnte sie den Kessel ab dem Feuer drehen, oder sie nahm das Holz weg und ließ auf der Glut den Kessel schweben, so daß für den ersten Hunger immer alsobald gesorget war. Wahrscheinlich hätten sie für gemeine Räuber, wenn schon ihresgleichen, nicht diese Sorgfalt getragen; aber vornehme Räuber sind ein gar ungeduldig Volk und aufbegehrlich wie der Satan, und da es der Hüttenbewohner Vorteil war, warum sollten sie sich nicht in ihrer Gäste Eigentümlichkeiten schicken? Wer ankam, saß ans Feuer, tat sich gütlich einstweilen bei warmer Speise und gutem Weine, der bald gekapert war, bald abgekauft dem Kellermeister in einem Solothurner Kloster, mit welchem der Wirt eine gar innige Freundschaft pflog; das Band, welches diese beiden zusammenhielt, kannte aber die Welt nicht. Kam dann einer nach dem andern und eine nach der andern, so wurde Würfelspiel gepflogen auf dem Steintische seitwärts oder loses Spiel mit den Dirnen, oder es ward gehandelt und geschachert mit dem Volke, welches diesen Schlupfwinkel wohl kannte, und gar oft war das Ende von diesem allem ein wilder Streit und blutige Wunden. Die Leidenschaften kennen weder Freund noch Feind, kennen den eigenen Herrn nicht, sie sind die Geister des Abgrunds, sind sie heraufbeschworen aus dem Abgrunde, gelöst aus ihren Banden, dann treiben sie Zerstörung rund um sich, zerstören den eigenen Sitz, den Körper in dem sie wohnen, den eigenen Herrn, die Seele, die sie heraufbeschworen, und kehren erst in den Abgrund zurück, wenn sie ihr Werk vollbracht, wenn sie keine Stätte mehr haben zum Weilen auf dieser Erde, wenn sie Körper und Seele, denen sie angehört, zerstört.

Daheim bei Kurt sah es sehr traurig aus; der Haushalt war durch und durch zerrüttet, und Agnes wußte oft nicht, woher sie Speise nehmen sollte für ihre Kinder. Jetzt kam es ihr wohl, daß sie an der Schwieger sich gestärkt hatte; nun vermochte sie ihre wenigen Vasallen anzuhalten, das Nötigste ihr zu verschaffen, Wild und Holz in die Küche, vermochte die Kinder zu kuranzen, daß sie nach Kräften spannen oder der Jagd und dem Fischfang oblagen, denn Kurt tat von allem dem nichts mehr; er war selten mehr einen Tag zu Hause, anders als um zu schlafen, Wunden heilen oder den Zorn über seine Gefährten austoben zu lassen. Er hatte es noch immer wie ehedem, in der Gefahr konnte er der Sturmbock sein, hintendrein war er aller Narr, und jeglicher beutete ihn aus auf seine Weise. Die adelichen Freunde übervorteilten ihn beim Teilen, hauptsächlich aber mit den Würfeln, welche der von Flumenthal meisterlich zu handhaben wußte; der von Inkwyl half dem von Flumenthal, der von Landshut aber, ein Raufbold und arger Kumpan, hielt scheinbar mit Kurt zusammen, trank ihm zu, bis derselbe seiner nicht mehr mächtig war, dann ward er auch des Landshuters Beute, der ihm abborgte, was er noch besaß. Der graue Hüttenherr oder Schelm war gegen Kurt am kriechendsten, schmeichelte ihm wie keinem, gab ihm immer recht, half ihm schimpfen

kuranzen antreiben, anpeitschen

über die andern, wenn sie nicht zugegen waren, und er war es, der Kurt am meisten betrog auf jegliche Weise und sich nicht satt spotten konnte über ihn, wenn er nicht zugegen war. Er war ein armer Teufel, der arme Kurt; etwas davon fühlte er, aber wo es fehlte, das wars, was er nicht wußte. Was das nun für einen Hausvater abgibt, der nichts heim bringt als Wunden und Zorn, und was ein Weib an einem solchen zu gaumen hat, das kann man sich denken. Glücklicherweise war die Natur damals reicher als jetzt, sie wären sonst verhungert. Zu allem dem noch hatte Agnes keinen Menschen, dem sie klagen konnte, sie mußte alles alleine in sich verwerchen. Jetzt hätte sie die Schwiegermutter gerne wieder gehabt, jetzt fühlte sie, wie wohltätig sie ihr gewesen, aber eben zur Zeit, wo man es hat, fühlt man selten, was einem eigentlich gut und was einem böse ist.

Es war aber auch eine besonders böse Zeit eingebrochen für die damaligen Räuber, der Winter nämlich und noch dazu ein schlimmer Winter. Im Winter waren die Wanderer selten auf den Straßen, und je seltener jemand auf der Straße war, desto leichter waren Spuren von Räubern zu verfolgen, wenn allfällig jemand Lust dazu hatte. Es ging daher knapp zu am Lustorte der Herren, wenn sie auch zuweilen einen Meierhof plünderten oder an einem Markte einige Fänge taten, wobei sie sich jedoch immer der größten Gefahr aussetzten.

Es war einer der dunkeln Nebeltage, wie sie um diese Zeit in der Nähe von Flüssen und überwasserreichen Gegenden zu finden sind, an denen man glauben sollte, die Sonne sei einer Lampe gleich, deren Öl aufgezehrt worden, so daß nur noch an einer Ecke des Dochtes ein Funken klebe. In der vorgedachten Hütte brannte das übliche Feuer, aber halbleer war der Kessel, denn die Einsprache war seit einiger Zeit bedeutend gewesen, das Eingebrachte aber

gaumen Haus führen, wirtschaften

gering. Am Feuer kauerte die Alte und schaltete, gegen ihr über saß auf einem Holzblocke der Flumenthaler, das schmale, blasse Gesicht in beiden Händen, stierte ins Feuer und gab unwirschen Bescheid der Dirne, die ab und zu ging und ihn neckte auf allerlei Weise. Es war gar kein Respekt in den Reden der Dirne, offenbar lag noch mehr darin, ein bitterer Widerwille nämlich gegen den Flumenthaler. Er war ihr Verführer gewesen und doch von allen der Kargste gegen sie; sie sah, wie er die andern ausbeutete und seine Beute nicht hier ließ, sondern anderwärts verschleppte, wahrscheinlich für sich und die alten Tage sorgte, wie er sich selbst schonte und, während er am meisten sich zueignete, am wenigsten tat. Das Betragen der Dirne kümmerte ihn wenig, er behandelte sie, wie jemand einen Hund behandelt, dem die Zähne ausgebrochen sind. Der Alte brachte in eigentümlicher Reuse, die man im Kanton Bern Wartlef nennt, schöne Fische herein, Forellen absonderlich mit den schönen roten Punkten geziert; Bart und Haar starrten ihm in weißem Reife, und weiter noch als sonst starrte seine Nase aus dem gebogenen Gesichte. Auch er war nicht in der besten Laune, denn draußen war es kalt und das Fischen in solcher Jahreszeit nur eine Notsache. Mürrisch brachte er dem Flumenthaler den geforderten Wein mit der Bemerkung, daß das Zechen sein Ende finden werde, wenn kein Wein mehr da sei, welche Bemerkung jedoch den Flumenthaler im Trinken durchaus nicht störte. Es war ein unheimlicher Sinn in der Hütte, kein freundlich Wort ward gegeben, einzelne flogen, giftigen Pfeilen gleich, hin und her, und dunkler ward es immer, mächtig ging der Tag zur Neige, der nichts gebracht hatte als den bittern Bodensatz der Herzen auf die Oberfläche, auf die Zunge.

Endlich klang es draußen wie ein Pfiff; vorsichtig öffnete der Alte, und obgleich steinhart und an alles gewöhnt, fuhr er doch zurück, denn draußen stand Kurt, neben ihm sein Pferd und auf demselben querüber meinte er im Halbdunkel einen nackten toten

Menschen zu sehen, alles voll Schnee und Reif. Kurt lachte des Alten Schreckens, denn was er auf dem Sattel hatte, war kein Mensch, sondern ein totes Schwein. Sie hatten einen reichen Müller aufgefangen, der mit Korn und zwei Schweinen nach Solothurn wollte. Die Beute sollte herbeigeschafft werden, so versteckt als möglich; so brachte Kurt das eine Schwein vorauf, der Landshuter und der Inkwyler kamen auf andern Wegen nach, und was sie nicht mitschleppen konnten, war im Schnee verscharrt worden. Sie hatten nun wieder Vorrat, hatten noch Geld, aber Friede war nicht unter ihnen. Sie zankten mit dem von Flumenthal, der seine Haut am besten zu pflegen, und doch den bessern Teil der Beute sich zu sichern wüßte, und während des Zankes gewann der Flumenthaler im Würfelspiel einen bedeutenden Teil des Geldes, welches sie beim Müller gefunden.

In Kurt begann gemach das Feuer der Wut zu glimmen, das spöttische Gesicht des Flumenthalers reizte ihn immer mehr, wilde Worte stieß er aus, aber er gewann nichts, als daß der Hohn sich steigerte in des Flumenthalers Gesichte. Da hielt er sich länger nicht, faßte nach dem steinernen Kruge, der neben ihm stand, und warf ihn mit gewaltiger Kraft nach des Flumenthalers spöttischem Gesichte. Dieser war auf seiner Hut gewesen, beugte sich so schnell, daß der Krug ihn bloß streifte, riß seinen Dolch aus der Scheide und stieß ihn nach dem in blinder Wut auf ihn zustürzenden Kurt. Wahrscheinlich hätte er ihm das Lebenslicht ausgeblasen, wäre er nicht durch einen plötzlichen Stoß von der Seite her gegen den Tisch geworfen worden, so daß der Dolch Kurt nur schief traf und unbedeutend. Es war die Dirne gewesen, welche, solcher Auftritte gewohnt, das Ende voraus wußte und gerüstet war, Argem vorzubeugen und jedenfalls dafür zu sorgen, daß der Vorteil nicht auf des Flumenthalers Seite sei. Als nun Kurt, einem wütenden Löwen gleich, ihn erfassen wollte, hätte sie es nicht gehindert, das taten die beiden andern Gesellen, aber auf eine Weise, daß man nicht wußte, war ein neuer Streit entstanden, oder sollte dies eine Vermittelung sein. Sie brüllten, wie wilde Tiere in ihren Behältern, Schwerter waren blank, hart klirrten sie zusammen, immer weniger wußte man, wer Kämpfer sei, wer Vermittler, immer weniger hörte man auf des Alten Stimme, die drohend durch den Lärm ertönte, ein Ende mit Schrecken war nahe; schon blutete auch die Dirne, die unbedachtsam mit einem Feuerbrande zwischen die Streitenden gefahren war. – Da stürzte plötzlich aus der Höhe herab ein dunkler Körper mitten unter sie, daß sie auseinanderfuhren wie Funken aus glühendem Eisen, von des schwarzen Schmiedes schwerem Hammer getroffen. Was es war, sah keiner, aber daß es der Teufel sei, glaubte jeder; denn das Plötzliche ist es, was heraufsprengt das Eigentümlichste im Menschen und gewöhnlich bei den Ruchlosesten oder Ungläubigsten den dicksten Aberglauben. Wie versteinerte Bilder standen die vor einem Augenblick noch so Wilden an den Wänden und starrten bebend auf das dunkle Wesen, das langsam vom Boden auf sich richtete, und je höher es ward, desto heftiger bebten alle.

«Michel, dein Dach mußt neu machen, das hält ja keine Krähe mehr, geschweige denn einen Menschen!» so sprach jetzt der Schwarze mit kläglicher Stimme und rieb sich die Beine.

Da kam wieder Leben in die Männer, und ein groß Gelächter erscholl, denn sie erkannten alle Fränzli den Erzschelm. Und einer lachte immer ärger als der andere, damit man meinen sollte, er habe sich weniger gefürchtet als alle. Das Gelächter wollte nicht aufhören, bis Fränzli endlich zornig ward und ausrief, wenn sie die Narren machen wollten, so wolle er weisere Leute suchen für das, was er wisse. Da verstummte plötzlich das Gelächter; der Räuberinstinkt ward mächtig über alle andern Regungen, und Fränzli erzählte, wie heute abend, ungefähr um diese Zeit, reiche geistliche Herren von Solothurn wegreiten würden, um morgen in Fraubrunnen die Weihnacht festlich zu begehen; sie würden viel Wertvolles mit sich führen und nur einige Klosterknechte sie begleiten. Lange habe er draußen geklopft, gepfiffen, viel Lärm gehört, aber niemand ihn, da sei er auf das Dach gekrochen, habe guggen wollen, was da unten vor sich gehe, aber so wie er oben gewesen, sei es eingebrochen, das Hudeldach, und lieber wäre es ihm gewesen, er wäre nicht gekommen.

Wie durch ein Zauberspiel war das Leben in der Hütte verwandelt. Der Alte und die Dirne eilten ins Loch, so mußte man den unter der Erde gelegenen Stall wohl nennen, die Pferde bereit zu halten, die Reiter berieten sich mit Fränzli, wo und wie der Überfall am besten zu machen, und ließen sich zugleich Fische und halbrohen Schweinsbraten wohl schmecken. Sie fanden bei diesem fürchterlichen Nebel, in welchem man nicht drei Schritte vor sich sah, den Überfall am besten auf freier Heide, unterhalb Bätterkinden, wo man im Fall der Not nach allen Seiten fliehen, an jedem Orte durch die Emme reiten konnte. Fränzli stimmte auch bei und sagte, er hätte auf dem Wege einige Winke gegeben und ebenfalls gedacht, dort könnte man am bequemsten einander zu Hülfe sein, kommen und schwinden ungehindert. Rasch wurden nun die Pferde herausgezogen; sie folgten ungern, lieber folgte der alte Michel, wild und lustig sprang die braune Dirne nach.

Solothurn war von jeher eine gottselige, fromme Stadt gewesen; gegessen hatte man nie mehr und besser, als man es eben hatte, getrunken ebenso, gefastet nie länger, als man mußte, und Feste waren dort von je weit lieber und teurer als Arbeitstage, und wer eins auf irgendeine Weise verlängern konnte, der sparte es nicht. Fraubrunnen war noch ein junges Nonnenkloster, nicht vom strengsten Orden, nur drei Stunden von Solothurn, drei Stunden von Bern entfernt; aus vornehmen Familien beider Städte stammten die meisten Nonnen, und zu feierlichem, würdigem Gottesdienste bedurften sie natürlich Hülfe, dazu faßte ihr Kloster die Mittel nicht in sich. Diese Hülfe suchten sie zumeist lieber in Solothurn als in Bern. Sie verstunden dort von jeher das Ding besser, und waren überhaupt zu solchen Dingen auch zu jeglicher Zeit willfähriger, während der Berner wunderlicher war und gar oft mit Mangel an Zeit sich entschuldigte und wichtigen Geschäften.

So hatten sich mehrere stattliche geistliche Herren, deren Würden die Geschichte uns nicht aufbewahrt hat, gerüstet, am Vorabend des Festes nach Fraubrunnen zu reiten; mehrere Saumpferde waren bepackt zur Reise, denn den armen frommen Schwestern wollten die Herren nicht beschwerlich fallen. Mehrere, welche Schwestern oder Töchter im Kloster hatten, wollten ihr Scherflein dem Kloster darbringen. Wo viele zusammenreisen wollten, jeder etwas zu packen hat, und jeder meint, dem andern müsse man noch warten, und endlich alle noch dem letzten warten, da geht es lange, ehe man vom Flecke kommt. So war es länger gegangen als Fränzli gemeint, ehe der Zug von Solothurn fortritt, aber man war wohlgemut, hatte innerlich sich gewärmt, so daß man es drei Stunden lang auszuhalten hoffte; an Gefahr dachte man nicht; alle waren bewaffnet, auch die geistlichen Herren, denn von je war es so, daß wer sich nicht wehren konnte, vor allen andern darhalten mußte. Freilich sagte man ihnen damals ebenfalls schon: wehr dich nicht, es schickt sich nicht!

Solange sie im schwarzen Stadtholz ritten, die Abhänge auf und ab, hielten sie sich nahe zusammen mit üblicher Vorsicht; je weiter sie aber zogen durch den stillen, finstern Abend, in trübem, trägem Fackelschein, je weiter sie hinauskamen ins offene Land, desto sorgloser wurden sie; die losen Waffen wurden fester gesteckt, enger hüllte man sich in die warmen Gewänder und suchte rascher fortzutraben der freundlichen Herberge entgegen. – Da fuhr es plötzlich auf sie ein, von hinten, von vornen, von beiden Seiten, zu Fuß, zu Roß, wie vom Himmel herab; sie waren zusammengeworfen, sie wußten nicht wie. Die Pferde brachen ein, sie wußten nicht warum; es war, als ob die wilde Jagd über sie gekommen. In wildem, jähem Schrecken floh, wer fliehen konnte, rück- oder vorwärts. Zwei hatte der erste Anprall nicht getroffen, sie hatten Zeit gefunden, die Schwerter frei zu machen, und begannen mit aller Macht sie zu gebrauchen; es waren keine Klosterknechte, sondern zwei Junker, Gibeli hieß der eine und Gäbeli der andere. Kurt und der Landshuter warfen sich ihnen entgegen, während die andern die Tenne fegten, mit der Beute davonstoben. Der Flumenthaler und der von Inkwyl jagten Fliehende, während hart der Streit der Kämpfenden war. Die beiden Junker waren keine Milchbärte, waren gut gerüstet und machten den beiden verwetterten Schnapphähnen heißes Blut, und zweifelhaft war der Sieg. Da flog windschnell der Flumenthaler herbei und rief dem von Landshut etwas zu. Dieser führte einen wütenden Hieb auf des Gegners Haupt, daß dieser, durch den Helm vor Wunden geschützt, es betäubt bog bis auf den Sattelknopf, wandte sein Roß und sprengte der Emme zu. Der Flumenthaler ihm nach, hieb aber im Vorbeijagen einen scharfen Hieb nach Kurt, traf jedoch nicht hart genug zu schwerer Wunde, und Kurt war plötzlich allein zwei Feinden gegenüber. Da erfaßte ihn eine ungeheure Wut, in rasendem Anlauf stürzte er den ersten Gegner zu Boden und stürmte dann in den Nebel hinein. Wie der Klang der Waffen verstummte, hörte er, wie von Fraubrunnen her Reiter daherbrausten. Nun erst faßte er ganz den Verrat, tief in des Rosses Leib fuhren seine Sporen, und, mit Nebel und Gegend wohlbekannt, hatte er noch diesseits der Emme seine sogenannten Freunde eingeholt, mit einem Hieb den Flumenthaler vom Roß gehauen und brach auf die andern ein. Diese hatten sich vorgesehen und schützten sich; die fallenden Schwertstreiche waren die Wegeleiter der nachjagenden Verfolger. Es waren noch andere Edle in Fraubrunnen eingeritten, das Ausbleiben der Solothurner hatte sie wiederum zu Roß getrieben; was einem begegnen konnte zu selber Zeit, wußte man, und jedes Ausbleiben war verdächtig. Durch Flüchtlinge hatten sie oberhalb Bätterkinden den

Überfall vernommen und rasch den Entschluß gefaßt, wiederum zu überfallen. Mit der Gegend nicht unbekannt, verfolgten sie die Räuber und trennten derselben Streit, fingen jedoch keinen, denn diese kannten die Gegend noch besser.

Kurt ritt rechts und mied die Hütte. Er schnaubte Rache, glaubte alle gegen sich, sah sich um die Frucht der Arbeit gebracht, und zum Lohn hatte er nichts als Wunden. Die kochende Rache, der hintendrein schnaubende Feind, trieben ihn anfänglich zu hartem Jagen, aber der Feind blieb zurück, die Rache kühlte sich, langsamer ließ er seinen Hengst laufen durch den Schnee. Noch oft zischte die Rache in ihm auf, der Hengst fühlte die blutigen Räder, und es war Kurt, als müßte er auf die Herberge zu und blutige Rache nehmen noch in selber Nacht. Vor zehn Jahren hätte er es getan, aber zehn Jahre bringen den meisten irgendeine Art von Besonnenheit, welche die Kräfte wiegt und den Erfolg ermißt. Möglich war es ja, daß die Hütte umstellt, Hinterhalt gelegt war, und war das nicht, was sollte er allein unter so vielen, zudem noch müde und wundenmatt? So ritt er langsam über das Feld, auf welchem jetzt Utzenstorf lange sich ausstreckt, ritt dem Walde zu, hinter welchem sein Schlößchen lag. Schneller als sonst wirbelten ihm im Kopf die Gedanken, die sonst ziemlich gemächlich kamen und gingen; die Rache brütete ihre Pläne, der Stolz des Geschlechtes kündete sich, die Scham, was er geworden, regte sich, die Frage: Was willst du fortan? stund wie ein schwarzes Gespenst vor ihm im dicken, schaurigen Nebel.

Weiter unten als er sonst pflegte, gerade über den Hügel, tief unten im Felde kam er zum Walde und ritt durch die Eichen dem Bachtelenbrunnen zu. Daß es die heilige Nacht war, daran dachte er nicht. Es war ein roh, wild Zeitalter, roh und wild war zumeist, was im Leben sich zeigte, daß aber nicht auch in vielen Herzen tiefe, herrliche Gefühle blühten, in manchem Hause ein hehrer Geist wehte, der Frieden Gottes wohnte, wer wollte das wohl behaupten? Roh, wie sein Zeitalter, war Kurt, das Zeichen des Kreuzes konnte er machen im Notfall, und daß er an den Teufel glaubte, das haben wir vorhin erfahren; daß seine Religion aus mehr als den beiden obigen Stücken bestanden, glauben wir nicht.

Es war lebendig im Walde, die Wiggle schwirrte mit ihrem graulichten Rufe über die Eichen, Eber schnurrten an ihm vorüber, und hungrige Wölfe heulten durch die Nacht; Kurt achtete es kaum, es waren ihm gewohnte Dinge, und einmal beschäftigten ihn seine eigenen Gedanken mehr als eine wilde Sau oder ein hungriger Wolf. Matt war sein Hengst durch den Wald geschritten, seit ihn die Sporen nicht mehr trieben; nun begann er unruhig zu werden, warf hochauf den Kopf, drängte sich zur Seite, schnoberte gar seltsam mit den Nüstern; Kurt mußte fest in den Sattel sich setzen, mußte mit Kunst und Gewalt das Roß vorwärts drängen. Anfangs glaubte er ein wildes Tier in der Nähe, da aber kein Angriff erfolgte, da es immer stiller war, je tiefer er in den Wald kam, so wußte er nicht, was mit dem Tiere war, das zitterte, sich bäumte und rundum sich drehte auf den Hinterbeinen.

Er brachte es mit Angst und Not bis hinaus auf den Platz, in dessen Mitte der Bachtelenbrunnen quillt aus der Erde, dort stemmte es sich mit den Beinen gegen den Boden, als ob es wurzeln wollte in selbigem, nicht Sporn nicht Schlag nicht Fluch brachte es von der Stelle. Das Roß war ein treffliches, vielbewährtes Tier, das einzige Geschöpf, welches Kurt am Herzen lag, dem er besondere Aufmerksamkeit schenkte. Kurt wußte nicht, was das zu bedeuten hätte. Er spähte vorwärts, ob nicht etwas im Wege liege, ein grimmer Wolf, irgendein erschlagenes Wesen, doch blank war der Schnee. Da schien es ihm, als sei vor ihm der Nebel zu schwarzer Wand zusammengeflossen, als klaffe mitten in der Wand ein ungeheures Tor, innerhalb des Tores sei grause Finsternis und

Wiggle Steinkauz

durch die Finsternis tobe es heran, wie aus des Berges Bauch der Bergstrom tobt; da ward es ihm, als rolle ein fürchterliches Knäuel wirrer Töne heran, die rasch sich entwirrten als Hundegeheul, als wütender Jäger Jagdgeschrei, als tobe es heran aus dem Schoße der Finsternis dem klaffenden Tore zu. Wie der Blitz durch den Himmel fährt, der Gedanke durch die Seele, ins Herz hinab vom Auge die Angst, nahm Kurt dieses wahr, und unter dem Tore war die wilde, die wütende Jagd; mit einem gräßlichen Schrei wandte sein Roß sich in wütendem Jagen zur rasenden Flucht. Es war Kurt, als schrumpfe er mit seinem Roß zu einem Tiere zusammen, als werde er zum Wilde, hinter welchem her rase die wilde, die wütende Jagd. War er zum Schwein, war er zum Hirsch geworden, er wußte es nicht, aber die Haare alle auf seinem Felle sträubten sich, und jedes Haar ward zu einem Auge, und jedes der tausend Augen schickte ihm Höllenpein und Todesangst ins Herz hinein. Jedes dieser Augen sah eigene Greuel, besondere Schrecknisse, jedes schnürte das Herz in unsäglicher Angst, jedes trieb zu schnellerm Laufe. Sie sahen die schrecklichen Jäger, beschattet von hundertjährigen Bärten, verzehrt von hundertjähriger Wut, ihre Augen funkelnd, wie der Hölle Glut, ihre Hände Speere schwingend, Bogen spannend, sahen hinter ihnen her, schwarz wie die Nacht, den Herrn der Jagd; Nacht schien sein brausend Roß, aber sein Gesicht glich einem feurigen Ofen, einer schwarzen Wolke zerrissenem Schoße, der Strahlengarben sprüht auf die bebende Erde. Dicht hinter ihnen sahen sie die Hunde, schreckliche Ungeheuer mit Menschengesichtern, die nach Kurt schnappten, mit schrecklichen Tönen ihn jagten. Die Gesichter alle kannte Kurt, das vorderste hatte seinem eigenen Vater gehört, dicht hinter diesem sperrte sein Großvater den Rachen auf, der einem Krokodil zu eigen gewesen, und schäumend und grinsend jagten Mutter und Großmutter nebenbei, hackten die blutigen Zähne ihm ein, und hintendrein stob in grausem Geheul der Verwandten große Schar.

Und rings in Busch und Wald sah er hundert und aber hundert Gesichter, und die Gesichter kannte er; sie gehörten denen, die er gequält hatte im Leben, geschlagen, niedergeworfen, beraubt, gemordet; alle sahen mit Lust sein Jagen, alle riefen: «Huß Huß, Hatz Hatz», und wilder stürmte die gräßliche Meute nach, und manches Tier verrannte ihm den Weg, und manches Tier rannte aus Wald und Busch auf ihn ein, und er kannte auch diese alle. Es waren Rosse, die er mißhandelt, die er grausam hatte hinschmachten lassen, zahllose Tiere des Waldes, denen er unnötige Pein, dem erlaubten Tod mutwillige Marter beigefügt. Das alles sah er mit jedem Haare am Leibe; und grimmiger umheulten ihn die Hunde, wütender stürzten hinter ihm her die Jäger, zorniger warfen die Tiere sich in seinen Lauf, wilder, hitziger scholl es aus allen Büschen: «Huß Huß, Hatz Hatz». Tausendfache Angst brannte in seinem Herzen, Berge lagen ihm vor dem Atem, Welten hingen ihm an den Beinen, wütend bissen die Hunde auf ihn ein; in einem Ohre hatte die Mutter sich verbissen, hinten schlug der Vater sein Gebiß ein, grausiger tönte der Jäger Gebrüll; endlich konnte er nicht mehr, er stund, und des schwarzen Ritters Speer fuhr ihm in den Nacken, er fühlte, wie er das Leben ihm verschnitt. Aber er starb doch nicht, er fühlte in schrecklichem Schmerz Glied um Glied sich lösen von seinem Körper, sah zum eigenen Wesen jedes werden, und von des Schwarzen glühender Peitsche getroffen, flutete ihm Höllenglut durch Mark und Bein; er war ein eigenes Wesen geworden, der fürchterliche alleinige Hund der Jagd, und aller Peitschen brannten auf ihn ein, in gräßlichem Geheule stürzte er vorwärts. Vor ihm stoben dahin seine abgelösten Glieder, sie hatten zu Weib und Kindern sich gestaltet, es war sein eigen Weib, seine eigenen Kinder, die er jagte als Höllenhund mit gräßlichem Geheul. Weinend und schreiend flohen sie vor ihm, mit Höllengeheul er ihnen nach, von den Peitschen der Hölle gejagt, und näher und näher kam er ihnen, und markdurchdringender tönte ihr

Wimmern, und grimmiger und glühender jagten ihn die schrecklichen Peitschen zu immer schnellerm Lauf, zu immer gräßlicherem Geheul. Vor ihm eilte sein jüngstes Kind, es kam ihm näher und näher, es schrie laut auf, er hemmte den Lauf; aber in maßloser Glut schnitten und brannten die Peitschen ein, stachelten ihn zu wütendem Sprunge, in gräßlicher Verzweiflung schnappte er auf, ein Wehschrei, der durch Wald und Lüfte drang, stieß das Kind aus; da wandte die Mutter sich, riß es auf, und in gedoppelter Eile floh sie weiter. Und näher und näher kam er wieder einem andern Kind, voraus das Kind mit herzzerreißendem Schreien, hinterher der Vater mit Höllengeheul, der schwarzbraune Rachen mit glühenden Zähnen schnappend nach den zarten Gliedern, und je näher er kam, desto wilder hinter ihm drein die Jäger, desto zorniger sausten die Peitschen. Er schnappte wieder, wieder entrann ein gellender Schrei dem Kinde, wieder warf die Mutter sich zurück, warf auf den andern Arm das andere Kind, stürzte vorwärts in gedoppelter Hast. Aber näher und näher kam er dem dritten Kinde, und lauter und lauter, herzzerreißender tönte dessen Jammer, und je näher er kam, desto höllischer sausten die Peitschen ihm in Fleisch und Bein, und wie seine Schnauze das Kind berührte, wie es aufschrie in gräßlicher Not, da wurden die Peitschen zu Speeren, die Funken sprühend auf ihn einfuhren; in der Wut höllischer Schmerzen schnappte er zu, aber er faßte das Kind nicht, die Mutter hatte sich ihm entgegengeworfen, schlug mit wütender Kraft nach ihm. Da lähmten sich plötzlich seine Glieder, stumm ward alles rundum, er sank in schwarze Nacht, und die Nacht ward immer schwärzer, bis er nicht mehr sah, wie schwarz sie war.

In Nebel verschleiert ging diesmal der heilige Tag über der Erde auf, sonnig schien die Geburt des Herrn in Frau Agnesen Herz nicht hinein, auch in ihrem Herzen war Nebel; es wohnte dort der Nebel der Zeit, der Nebel der Not, die Not der Witwe, die Kinder hat und kein Brot, die große Not der Frau, die einen Mann hat, der braucht, was sie für ihre Kinder bereitet. Ehe noch die Dämmerung recht im Nebel war, hatte sie sich erhoben, des Tages Last auf die rüstigen Schultern genommen, öffnete eigenhändig das doch noch nicht verbrauchte Tor, um eine Magd nach der Milch einer Kuh zu senden. So wie das Törlein aufging, fiel ihr ein schwerer Körper zu Füßen, als sie niedersah, war es Kurt, der bewußtlos vor ihr lag. Sie schrie nicht hell auf, dazu waren ihre Nerven zu hart geworden, aber sie erschrak dennoch sehr; sie glaubte, er sei erschlagen und hieher gelegt worden, damit der Mörder Spur um so schwerer aufzufinden sei. Sie sah aber bald, daß er noch lebe, aber von fürchterlicher Krankheit ergriffen. Sie schleppte ihn hinein, sie pflegte ihn treulich, aber immer und immer wieder setzte der Tod an seine Beute, doch endlich umsonst; Frau Agnes trug den Sieg davon, das Bewußtsein kehrte Kurt wieder, anfänglich aber mit großer Angst. Die letzten Erlebnisse traten wieder vor seine Seele, und wie er erwachte, schauerte er neu zusammen, und das Fieber warf aufs neue untereinander seine Gedanken. Doch endlich verlor sich die Glut, die lichten Augenblicke wurden länger, die Gedanken verirrten sich immer weniger, er konnte wieder fragen und reden, daß man wußte, was er meinte. Er frug nach seinem Pferde, aber von dem wußte man nichts, nie vernahm man etwas von ihm, nie fand man seinen Körper, wie man ihn auch suchte. Er wollte wissen, wo man ihn gefunden, aber es nicht glauben, als man es ihm sagte.

Oft frug ihn sein Weib, wie er zu der Burgpforte gekommen; lange wollte er keine Auskunft geben, endlich ward doch durch die treue Pflege sein Herz weicher, weicher als es geworden wäre durch sentimentale Zärtlichkeiten, für welche ihm der Verstand gefehlt hätte, und er erzählte Agnes, wie es ihm ergangen auf dem Heimritt in der heiligen Nacht. Er konnte erzählen, was ihm alles vorgeschwebt, was er ausgestanden und was er zuletzt gesehen; aber wie er vor die Pforte gekommen, das wußte er nicht und ergründete es nie.

Mit besondern Herzensergießungen von Vorsätzen und Gefühlen über Vergangenheit und Zukunft gaben weder Agnes noch Kurt sich ab, sie waren damals nicht Mode und keins von beiden hatte die Natur dazu, aber Kurt fühlte doch zum erstenmal, wie wohl es einem zu Hause sein könne, und daß es einem da allein so recht behaglich sei, wie nach ausgestandenem Schneesturm in einer warmen Stube; er fühlte zum erstenmal, wie wohl einem ein gut Weib komme, und wie tüchtig das seine sei, er empfand zum erstenmal so recht die Freude des Vaters und den Stolz desselben, denn den Kindern zuzusehen und sie zu hören, war der einzige Kurzweil, den er hatte; man konnte fast sagen, er lerne erst jetzt seine eigenen Kinder kennen. Da die Krankheit nicht rasch vorüberhuschte, der Krankheit lange Schwäche folgte, nichts außerhalb war, das mit besonderer Gewalt ihn auswärts zog, so blieb er andauernd zu Hause, sah, was daheim war, und was jedes tat, gewöhnte sich ans Haus, gewann die Seinen lieb, nahm teil an ihrem Leben, half den Kindern Netze machen und Schlingen, lehrte sie die Künste der Jagd und des Fischfangs, lehrte sie leichte Waffen handhaben und die kleinen Kniffe in Feld und Wald, in Sumpf und Bach. Die Freude der Kinder an den Künsten, die der Vater sie lehrte, das Staunen über seine Kunst, die Freudigkeit, mit welcher sie sie übten, das alles flocht ein Band zwischen Vater und Kindern, welches nicht mehr zerriß, denn auch sie lernten erst jetzt den Vater nicht bloß kennen, sondern auch bewundern. Alles was er sie lehrte, schlug in ihr Leben ein. Weil sie lange gestümpert in dem, was die Mutter von ihnen forderte, erkannten sie um so gründlicher des Vaters vollendete Kunst in allem, in welchem sie bis dahin viel Mühe gehabt und die Mutter doch nicht befriedigt, während jetzt geringe Mühe reich sich lohnte.

Agnes sah mit Freude dem Treiben zu, aber Worte machte sie darüber nicht; nicht deswegen, weil sie wußte, daß man durch weitläufige Lobpreisungen, in denen aber nichts als ein Tadel der Vergangenheit steht, sehr oft das Gegenteil von dem wirket, was man beabsichtigt, sondern weil sie es halt natürlich fand, und damals das lange Predigen noch nicht Mode war.

So gewöhnte sich Kurt ans Haus, gewöhnte sich, das Haus anzusehen als sein Eigentum, des Hauses Wohl und Weh zu empfinden, als ob das Haus sein zweiter, weiterer Körper wäre, und im Maße als seine Schwäche schwand, nahm er Anteil am Tun seiner Buben, half ihnen die wilden Enten fangen, zeigte ihnen die besten Stellen zum nächtlichen Anstand, zur Lauer auf das Wild, das zur Tränke wollte oder zur Weide. An diesem freundlichen Leben, welches dem Frühling glich, in welchem auch jeden Morgen etwas Neues zum Vorschein kömmt, sei es eine Blume, sei es ein Kräutlein, hatte Kurt immer mehr Freude, es war doch ein anderes als das wilde, wüste Leben, welches er früher geführt, wo nichts als Streit und Zorn war, wo man erst sein Leben einsetzte, um zu rauben, und dann noch einmal, um den Raub zu verbrauchen. Je freundlicher dieses neue Leben ihn ansprach, desto grausiger traten ihm in die Erinnerung die Erlebnisse in der heiligen Nacht; wie sonst mit der Zeit solche Erinnerungen sich verwischen, schien ihm jeder Tag klarer und bestimmter auszuprägen, was in jener schrecklichen Stunde sich ihm eingeprägt, und wenn die Erinnerung so recht lebendig war, so sträubte sich noch jetzt sein Haar empor, und kalte Schauer rieselten ihm über den Rücken. Denken war seine Sache nicht, aber immer mehr kam es ihm vor, als sei das nicht so von ungefähr geschehen, sondern als hätte das eine sonderbare eigentümliche Bedeutung für ihn, als hätte er eigentlich vom Teufel und seinen Kumpanen sollen genommen, verdorben werden, und als hätte etwas ihn gerettet, ihren Händen entrissen, und zwar für immer. Aber war es das silberne Kreuz, welches er am Morgen dem Müller entrissen, es zu verspielen vergessen und noch bei sich getragen, oder war es ein Engel in Gestalt seiner Frau, was ihn gerettet, er wußte es nicht, und wie er vor seine Burgpforte gekommen, begriff er nicht; wahrscheinlich war es doch ein Engel, der ihn dahin getragen. Der beste Wildstand nah und fern war sonst der Bachtelenbrunnen, aber aus erklärlicher Scheu hatte er ihn seinen Buben nicht genannt, ein geheimes Grauen kam ihn allemal an, wenn er nur an denselben dachte. Und doch hatte er es nicht anders als das Kind, welches bei Märlein und dunkeln Geschichten an Leib und Seele bebt, in die dunkelste Ecke sich birgt und doch mit unwiderstehlicher Gewalt gerade zu solchen Geschichten gezogen wird, nicht satt an ihnen sich hört, denn auch ihn zog es trotz allem Grauen zum Bachtelenbrunnen hin; es war halb Neugierde, zu sehen, ob nicht irgendwelche Spuren des nächtlichen Graus zu entdecken seien, aber es war doch zumeist der wunderbare Zug im Menschen, der ihn im geheimnisreichen, ahnungsvollen, dunkeln Graus die wunderbare Lust aus Angst und Zittern empfinden läßt, welche Kurt zum Brunnen zogen.

An einem sonnichten Frühlingstage war es, als Kurt dem Zug nicht länger widerstehen mochte; nach eingenommenem Mittagsbrote machte er sich mit seinen drei Jungen auf den Weg nach dem Brunnen, der nur eine gute halbe Stunde von Koppigen liegt. Die Krankheit hatte Kurt gezimmert, das Gewaltige, Übermächtige lag nicht mehr wie früher in seinem Körper, und doch hätte er den meisten besser gefallen als früher, denn der rohe Trotz war auch nicht mehr da, der noch immer stattliche Körper schritt ruhiger daher, und auf dem Gesichte lag etwas Nachdenkliches, Besonnenes, das man früher umsonst auf demselben gesucht hätte. Die Jungens waren eine wilde Brut, stämmig und pausbäckig nach Schweizerart, und doch rasch und gelenkig, wenn Not an Mann kam, mehr in sich bergend, als man ihnen von außen ansah, ebenfalls eine schweizerische und namentlich eine bernerische Eigentümlichkeit. Wie junge Hunde in lustigem Gampel um die Mutter

Gampel Herumtollen junger Tiere

tanzen in weiten und engen Kreisen, wenn sie mit ihnen zum ersten Male zu Felde geht, so umgaukelten die Jungen den Vater, jeder sah etwas, sprang nach etwas, und mancher Pfeil ward versandt, der Sender wußte nicht wohin, suchte ihn traurig hintendrein, und kam jubelnd nachgesprungen, wenn er ihn gefunden, und schlich langsam nach, wenn sein Suchen vergeblich gewesen, ward von den andern ausgelacht, rächte sich erst mit einem tüchtigen Schlage, dann mit tüchtigem Auslachen, wenn auch der andere einen Pfeil verschossen.

Der Vater schritt ernst und sinnig durch den jugendlichen Jubel, mischte sich nicht in Kleines, aber sah zufrieden den Jungen an, der einen guten Schuß getan auf einen Reiher im Sumpfe, auf ein Eichhorn, das sein gwunderig Gesicht zwischen zwei Baumästen hervorstreckte.

Noch waren die Eichen nicht belaubt, niederes Gebüsch grünte, die selten sich findenden Buchen zeichneten rot, stille wars im Walde, nur hier und dort ließ ein eifersüchtiger Häher ein kläglich Geschrei los, während in süßer Liebe eine wilde Taube ruggete und girrte von hoher Tanne her. In stiller verborgener Liebe hüpften die kleinen Vögel von Zweig zu Zweig, und schwarze Amseln, durch die nahenden Tritte in süßem Gekose gestört, schossen rasch über den Boden hin von Tannenbusch zu Tannenbusch. Je näher er dem Brunnen kam, desto sinniger ward Kurt, das wohllüstige Grauen strich in reichen Strömen durch ihn hin, die wilden Jungen, die von der Sache wohl gehört, mitten unter Vögeln und anderm Getier nicht an so was denken konnten, hielt er zusammen und schritt langsam auf den Brunnen zu. Von weitem schon sahen sie einen gelben Glanz durch die Bäume schimmern, laut auf wollten die Buben jubeln, sie kannten die schönen gelben Blumen, die dem Brunnen den Namen gegeben, die Bachtelen, welche andere Leute an andern Orten Glockenblumen nennen, aber ernst winkte ihnen der Vater.

Still, friedlich, sonnig lag vor ihnen der Platz, mit goldenen Blumen dicht besetzt, wie der Himmel mit silbernen Sternen; wie so ganz anders als in jener Nacht, wo an der gleichen Stelle der Hölle Tor gestanden, der Hölle grimmigste Gebilde auf den armen Kurt hereingefahren waren in unerhörten Schrecknissen. So wechselt auch des Lebens Farbe und äußere Gestaltung, und dieser Wechsel, der alle Tage wiederkehrt, bleibt doch wie ein Fremdes dem Menschen, an das er nie Glauben gewinnt. Staunend stand Kurt an dem Rande, wo er den Platz übersah, und gedachte, wie er gewesen so schwarz und schrecklich und jetzt so sonnig, still und friedlich, und das ganze Grausen jener Nacht quoll neu in ihm auf. Da sah er auf einmal ein weiblich Wesen am Brunnen sitzen, ob dasselbe da gewesen, als er kam, oder plötzlich erschienen sei, das konnte er nie sagen, mit ihm sahen es seine Jungen und riefen laut dem Vater zu. Da kehrte das Wesen sich gegen sie, und als es sie ersah, so stund es auf; es war ein wunderherrlich Frauenbild, goldene Haare flossen in wunderbarer Fülle, einem goldenen Mantel gleich, um die hehre Gestalt, in milden Strahlen leuchtete dessen Angesicht, und näher winkte es mit freundlichen Gebärden dem versteinerten Kurt. Langsam schritt er heran zur Eiche am Brunnen, neugierig drängten die Buben sich nach. Freundlich harrte das Gebilde dem Vater und seinen Kindern; als sie nahe waren, machte es das Kreuz über die Nahenden und sprach zu Kurt: «Wahre mir den Brunnen, daß Ruhe sei um ihn, kein Blut ihn röte, keine Waffe die Eiche treffe, kein Wild seinen Tod hier finde! Wahrest du mir diese Stätte, dann soll dein Haus gesegnet werden und reich vergolten, was du mir getan.» Als Kurt gewährend sich neigte und wieder sein Haupt erhob, stand kein goldenes Frauenbild mehr vor ihm; es war entschwunden, wohin wußte niemand, jeder der Knaben meinte es anders; einer hatte es in die Eiche gehen sehn, ein anderer sich senken in den Brunnen, der jüngste schaute in die sonnigen Höhn und wollte gesehen haben, wie das Wesen ein Engel geworden und mit goldenen Flügeln zum Himmel aufgeflogen sei. Aber hold und lieblich glänzte die Erscheinung in aller Gemüter wieder, der Platz ward ihnen zum heiligen Platz, ein hohes Kreuz richtete Kurt neben der Eiche auf, und kein Bogen ward hier mehr gespannt, kein Speer geworfen, kein Netz ängstigte die Forellen im Bach, kein Tierlein ward am Trinken gestört.

Von selber Stunde an wuchs Kurts Wohlstand, er wußte nicht wie, was er unternahm gelang ihm wohl, seine Jagd brachte doppelte Beute, sein Vieh mehrte sich, seine Felder traf kein Mißwachs, seine Dienstleute hatten Glück zu allen Dingen und begannen an ihrem Herrn zu hangen mit Leib und Seele. Seine wüsten Gefährten suchte er nie mehr, die Rache hatte er aufgegeben. Als der alte Fischer und sein Weib bald darauf starben, zündete die Dirne mit eigener Hand die Hütte an und suchte Schutz bei Kurt, wo sie ihn fand und der Frau Agnes treuste Dienerin ward.

Mit dem Wohlstand wuchs auch sein Ansehen; als ein gerne gesehener Gast ritt er oft in Burgdorf ein, unter edlen Pannern lehrten seine Söhne das Waffenwerk, und niemand wie er wußte Sicherheit im Lande aufrecht zu erhalten, von Gesindel es frei zu halten, freilich kannte niemand besser dessen Schliche. Und bei allem Ernste blieb er doch milde, und weder einem Tierlein noch einem Menschen tat er unnötig wehe; daher kam es, daß die, welche er am meisten verfolgte, ihn wohl fürchteten, aber doch nicht haßten, daß gar mancher in seinen Marchen sich ansiedelte und ihm großen Nutzen brachte, der zu den kühnsten Schnapphähnen gehört hatte. Auf diese Weise kam er mit Bern in Berührung, ward Burger daselbst und leistete der Stadt große Dienste in ihren Kriegen gegen Rudolf von Habsburg und soll in einer der Belagerungen Berns geblieben sein. Sein Stamm erlosch in Bern, die Güter kamen an das verwandte Thorberg, gehörten später zu der von Peter dem Thorberger zu Thorberg gestifteten Kartause und kamen mit dieser an Bern, welches bereits im Jahre 1386 das Schlößlein zu Koppigen, schon dem Thorberger gehörend, zerstört hatte. Seither ward es nicht mehr auferbaut; den Hügel, auf dem es stand, sieht man noch, stattliche Bauernhäuser stehen jetzt darauf, und der Bauer ists, der das Land besitzt. Es gehört ihm aber auch mit Recht, denn er war es, der das Land urbar gemacht hat und so bebaut, daß der Boden, welcher einst kaum Kurt und Jürge samt Frau Grimhilde nährte, jetzt anderhalb tausend Menschen nicht bloß erhält, sondern manchem einen Reichtum gegeben, wie Frau Grimhilde in ihren besten Träumen ihn nicht geahndet.

Der Bäcker von Zürich

Der Kalendermacher wüßte manche Geschichte zu erzählen, wie hie und dort Bäcker und Müller wiederkommen sollen, Mehl zu putzen und zu tröcknen, Brot zu wägen und zu backen, die am Brot sich versündigt hatten während ihren Lebzeiten. Aber schon bei Lebzeiten werden schlechte Bäcker bestraft, die sich am Brot und armen Leuten versündigen. Man gehe nach Konstantinopel und frage dort nach, warum diesem oder jenem die Nase aufgeschlitzt, die Ohren abgehauen worden! Er hatte mit falschem Gewicht Brot gewogen. Fragt andere, die, an den Ohren angenagelt, an Straßenecken seufzen, um ihr Vergehen! Sie hatten schlechtes Brot gebacken.

Aber nicht nur die Türken verstehen nicht Spaß mit dem Brote, auch die Schweizer nehmen diese Betrügereien hoch auf. Es war einmal in Zürich ein Bäcker, der schnell reich werden wollte und mit der Gewicht lästerlich umging, den nahmen sie und hängten ihn in einem großen Brotkorb hoch über eine Pfütze auf. Jung und alt stund herum und höhnte den schwebenden Bäcker, der nicht gerne hinaus und in den Dreck sprang. Als ihm endlich der Hohn doch zu arg war, Wut und Zorn ihm überliefen, sprang er hinab, und der Schlamm schlug über ihm zusammen. Ein fürchterliches Jubelgeschrei stieg zum Himmel über den purzelnden Bäcker, begrüßte ihn, als er wieder zum Vorschein kam und den Kot sich aus den Augen wischte, und die halbe Stadtjugend lief dem nach Hause eilenden jubelnd und brüllend nach, ohne sich vor seinen glühenden Augen zu fürchten, mit welchen er fort und fort Blitze des Hasses, der Bosheit, der Rache auf die lärmenden Buben schoß. Er ging heim, backte wieder Brot und vollgewichtiges und verkaufte es mit demütigen, freundlichen Gebärden; aber im Herzen brannte die Rache glühender als in seinem Ofen das Holz. Er kaufte sich fleißig Holz, um es recht dürr zu haben, wie er sagte, und füllte damit sein Haus von oben bis unten. Niemand fiel es auf, alle glaubten, der Mann wolle gutmachen, was er früher gefrevelt.

In dunkler Nacht, als die Winde mit den Wolken spielten, rötete sich der Himmel über Zürich; der Flammen wildes Prasseln weckte die Schläfer, aus des Bäckers Hause sprühte himmelhoch ein gräßlich Feuer. Und die Winde faßten die flammenden Funken und wirbelten sie in gräßlichem Spiele über hundert Häuser; halb Zürich ging in Flammen auf.

Draußen gingen zwei Weiber zur Stadt, denen ein Mann begegnete. Er stellte sich bei ihnen und sagte, wenn sie zur Stadt kämen, so sollten sie den Zürchern sagen, er lasse sie grüßen, und hoffentlich werden sie jetzt auch lachen und spotten. Es war der Bäcker gewesen, von dem nie wieder etwas gehört wurde. Damals kam man ohne Paß weiter als jetzt. Der Bäcker war auch einer von denen, die meinen, der liebe Gott hätte die andern Leute nur gemacht, damit man sie prellen könne, und die dann, wenn man sie für ihren Frevel straft, zetermordio schreien, als ob ihnen das größte Unrecht geschehen sei, und die Rache brüten und Rache üben. Solcher Leute gibt es viele unter uns; man höre nur, wenn zur Seltenheit irgend jemand gebüßt wird, wie er aufbegehrt, wie er droht; man sehe nur, wie selten die werden, welche einen Frevler verleiden dürfen! Wer unverschant ist, der lebt dest bas.

dest bas umso besser

Wie man kaputt werden kann

Ein Geizhals war schwer erkrankt, lag einsam für sich alleine, und, wie er sich um niemand bekümmert hatte, so bekümmerte sich auch niemand viel um ihn. Als der Arzt ihn eines Tages besuchte, fragte ihn der Geizhals auf sein Gewissen um seinen Zustand, ob Rettung möglich sei oder keine, und ob es noch lange gehen könne. So gefragt, rückte der Arzt offen mit der Sprache heraus und sagte ihm, daß menschlichem Ansehen nach für ihn durchaus keine Rettung sei, daß er höchst wahrscheinlich morgen um diese Zeit eine Leiche sein werde. Dieses Urteil erschreckte den Kranken durchaus nicht; gelassen sah er den Arzt von hinnen ziehen.

Sobald derselbe hinaus war, kroch er müheselig aus dem Bette, kroch zu seinem Schreibtisch, nahm ein Päcklein aus demselben, welches aus Kassenscheinen im Wert von hunderttausend Talern bestand, legte dasselbe sachte aufs glimmende Kaminfeuer, setzte sich in den dabeistehenden Armstuhl und sah mit dem innigsten Behagen zu, wie es zu glimmen begann, die Funken hin- und herschossen, die Flamme aufloderte und wieder zusammensank, die einzelnen Scheine sich krümmten, schwarz wurden, in Asche zerfielen oder das Kamin aufflogen, und sein Behagen stieg von Schein zu Schein, bis das Häufchen verglommen war. Dann kroch er wieder zu Bette und legte sich zum Sterben hin; jetzt hatte er sein letztes Werk vollbracht, sein Zeitliches bestellt, sein Testament gemacht, und weil er keinem Menschen etwas gönnte, so hatte er die Flammen zu seinem Haupterben gemacht.

So lag er im Bette, ward bewußtlos, und als ihm, er wußte nicht, wie, seine Augen aufgingen, meinte er, jetzt werde er endlich sehen, wie es im Himmel sei. Aber der Himmel sah akkurat aus wie sein altes Zimmer, und als er den genau ansah, den er anfänglich für unsern Herrgott genommen, da war es der wohlbekannte Arzt. Der hatte mit Staunen ihn betrachtet, ihm den Puls gefühlt und sagte endlich: «Herr, was bei Menschen nicht möglich war, das hat wieder Gott getan; ein wundertätiger Schlaf hat sich eingestellt, Ihr seid gerettet.» Es war das wohltätige Gefühl, sein Werk vollbracht, alle Menschen betrogen zu haben, auch seine nächsten Verwandten, was eine wohltätige Krisis herbeigeführt, ihn gerettet hatte. Aber was er für Augen machte, als der Arzt so sprach, wie er glotzte, wie er stierte! Der Arzt meinte, der Schlaf komme wieder und werde noch länger dauern, er entschuldigte sich daher, daß er ihn geweckt, er solle sich nur stillhalten, fortschlafen, er sei gerettet; und somit ging er hinaus mit bedenklichem Gesichte, erwägend, was es eigentlich heiße, wenn ein Arzt sage, der sei gerettet, und der werde sterben, ob man das je könne, je dürfe, je solle.

Am andern Morgen polterte er etwas sorglos die finstere Treppe hinauf, sah gleich nach dem Bette hin, das war leer, sah im Zimmer herum, das war leer; am Fensterhaken hing etwas, aber dort pflegten gewöhnlich die Kleider zu hängen. Doch als der Arzt den Schaden nun sah, hing am Haken der Alte selbst; der hatte seine Genesung nicht überleben wollen, der hatte es nicht übers Herz bringen können, daß er alle habe betrügen wollen, aber am Ende sich alleine betrogen. Sein Leben, das nur zu seinem eigenen Betruge gedient, das warf er dem Gelde nach, um welches er andere betrogen. Der sah den Bschiß bei Lebzeiten ein, gar manchem werden aber erst an einem andern Orte die Augen aufgehen, zu sehen, wie gräßlich er sich selbst angeschmiert.

Die Rotentaler Herren

Ein wunderschöner Abend vergoldete das Schweizerland. Groß und klar ging die Sonne hinter den blauen Berg, und als sie oben auf dem Berge stund, wars, als ob sie stille stehe, nicht scheiden könne von ihrem lieben Ländchen, auch nicht für eine Nacht, und goldener noch strahlten ihre Liebesblicke, und sanft und wunderbar erröteten die jungfräulichen Berge ob dieser Liebesglut der untergehenden Sonne.

Auf hoher Egg stund ein freundlich Häuschen hell und blank. Die klaren Fensterscheiben glitzerten stundenweit in der Abendsonne Glut, daß mancher in der Ebene meinte, ein Brand erglühe auf hoher Egg. Üppig umwallten Gras und Korn das Häuschen im Abendwinde, süße Düfte strömten aus dem niedlichen Gärtchen, das vor dem Hause lag und Zeugnis gab von einer sorgsamen Hand, und zwischen Garten und Haus, vom unscheinbaren Bänkchen weg sah man der Abendsonne Untergehen am blauen Berge, der jungfräulichen Berge Erglühen in den scheidenden Liebesblicken, von den Freiburger Bergen weg bis zum Rigi, sah in vieler Täler grüne Pracht hinein, durchzogen vom silbernen Schlangenbette der trügerischen Emme.

Feierabend hatte es geläutet aus den Tälern herauf mit manchem schönen Klange, und aus den Händen hatten die Leute die Werkhölzer gelegt nach eigener Sitte, die am Samstag nach dem Feierabendläuten alles Arbeiten verbietet, aber unbedenklich am Sonntag die Stuben fegt und die Ställe mistet.

Ein Greis mit schönem Silberhaar setzte auf das köstliche Bänkchen sich, wie kaum ein König eines hat, und keiner, der es nicht hat in seinem Lande, es kaufen kann mit all seinem Reichtum. Vom köstlichen Schweizerluft umsäuselt machte er in behaglicher Ruhe sein Pfeifchen zurecht und weidete in stiller Freude am wunderherrlichen Anblick sich.

Da grüßte ihn eine freundliche Stimme: «Guten Abend, Hans! Hast Feierabend?» Es war der Nachbar, der bald neben Hans saß und, ebenfalls sein Pfeifchen stopfend, die Tagesarbeit verhandelte und die Viehpreise auf dem letzten Markt.

«Hör, Hans», sagte auf einmal der Nachbar, «was ist das? Donnert kann das nicht sein, es ist ja keine Wolke am Himmel. Wenn Kanoniere in Bern wären, so glaubte ich, sie schössen auf dem Wylerfeld, aber es sind keine dort. Ich hätte letzten Dienstag sie sehen müssen, als ich drinnen Spreuer holte. Horch, schon wieder. Narre etwa die Solothurner wieder um ihre Stadt, aber man hat doch nichts gehört, daß sie wieder hintereinander seien.»

«E, Nachbar», sagte Hans, «es donnert ja nicht gegen Bern, nicht gegen Solothurn, und am Himmel ist keine Wolke, merkst du nicht, daß es die Rotentaler Herren sind, die schießen? Es wird ander Wetter geben wollen.» «Du hast recht, Hans», sagte der Nachbar, «an die habe ich nicht gedacht. Aber sage mir doch einmal recht gründlichen Bericht, was ist mit den Rotentaler Herren? Ich habe schon oft von ihnen gehört, sie oft schießen hören so an stillen Abenden, und niemand konnte mir andern Bericht geben, als es seien die Rotentaler, die schössen im Sommer, wenn es ander Wetter geben wolle. Aber wer die Rotentaler seien und wo sie wohnten, das konnte mir niemand sagen.»

«Das glaube ich gerne», sagte Hans. «Das sind Sachen, die heutzutage wenige Leute mehr wissen. Man will alles lernen und

die Rotentaler Herren schießen Das Rottal oder Rotental ist ein vergletschertes Hochtal im Jungfraugebiet; Gletscherabbrüche verursachen dort oft lautes Krachen

verlernt darob die Hauptsache, wie nämlich Gott den Hochmut und den Übermut züchtige. Darum wird jetzt alles so übermütig und hochmütig, daß das geringste Bauernknechtlein heutzutage tut wie ehemals ein Bauernsohn und ein Mädchen, das mit dem Bettelsack gelaufen ist, hoffärtiger tut als eine zehntausendpfündige Baurentochter. Das wird so gehen, bis der liebe Gott wieder den Daumen den Menschen aufs Auge hält und die erniedrigt, die sich erhöhen.»

«Ja, ja, Hans», sagte der Nachbar, «du hast recht, es ist gar nicht mehr dabei zu sein, ich erfahre es alle Tage, und nicht nur mit Knecht und Mägden, sondern mit den eigenen Kindern. Aber horch, schon wieder donnerts, oder, was ich sagen will, es schießen die Rotentaler. Wenn es dir nicht Ungelegenheiten machen würde, so wollte ich dich freundlich gebeten haben, daß du mir erzählest, was du von den Herren weißt und ihrem Schießen. Du könntest mir einen kurzweiligen Abend machen.»

«Ja, recht gern, Nachbar, wenn du zuhören magst. Sonst sind heutzutag die Leute gar wunderlich. Ehemals gingen solche Geschichten über Tanzen und Mustern, und wenn einer erzählte, so vergaß man Mund und Nase offen, und man hätte einem den Kopf abhauen können, man hätte es nicht gemerkt. Und jetzt, wenn man von so etwas anfangen will, so lachen einem die Leute hochmütig aus, wenn sie es auch noch so gerne hörten, und fangen an zu reden von Zeitungen und Verfassungen, wo die einen soviel abtragen als die andern und sie von den einen soviel verstehen als von den andern.

Vor vielen hundert Jahren, oder viel tausend, was weiß ich, soll es ganz anders gewesen sein als jetzt, in meiner Jugend hörte man die alten Leute noch viel davon erzählen. Damals, sagten sie, seien die Leute und das Leben nicht im Tale gewesen und im ebenen Lande, sondern auf den höchsten Bergen, wo jetzt der ewige Schnee ist und die Gletscherschlünde und der graue nackte Fels.

Da oben so nahe der Sonne sei ein Garten Gottes gewesen, hätten die kostbarsten Bäume geblüht, die schönsten Blumen, und üppige Matten, wie keine mehr seien, hätten alle Berge bedeckt. Ein reiches Leben hätte da oben sich bewegt, goldene Städte seien entstanden, himmelanstrebende Schlösser und prächtige Straßen in weiten Bogen von Berg zu Berg. Ein Riesengeschlecht habe da oben gewohnt und des Lebens sich gefreut in immer steigender Üppigkeit. Der letzte dieser Riesen soll im Grauholz begraben sein und sein Grabstein noch sichtbar. Diesen Stein hat des Riesen Schwester, die aus dem Freiburgbiet zu seiner Begräbnis gekommen, in ihrer Schürze mitgebracht.

Im niedern Gelände war Wald, See und Sumpf, nur ganz gemeine Menschen wohnten dort, den Riesen dienstbar und pflichtig, je tiefer im Lande, um so gemeiner waren die Menschen, und je höher hinauf den Bergen zu, um so mehr nahmen die Menschen zu an Kraft und Ähnlichkeit mit den Riesen.

Sieh, dort oben auf den hohen Gletschern, die von der Grimsel weg gegen den Susten liegen, soll die Hauptstadt gewesen sein in übermenschlicher Pracht und Herrlichkeit. Aber auch dort, wo im Emmental die schönen Alpen sind, Napf, Arni, Rafrütti, soll eine große Stadt gestanden haben in wunderbarem Glanze, und Heerstraßen nach den höchsten Bergen seien von ihr ausgelaufen. Aber siehst du dort die Jungfrau, die gewaltige und schöne, den Demant des Bernerlandes, dort hoch oben an ihrer rechten Seite herrschten die gewaltigsten der Riesen, die Rotentaler genannt. Dort, wo jetzt ewiger Schnee ist, soll das herrlichste Tal gewesen sein, dem Paradiese vergleichbar, dort hätten die Blumen nie verblüht, und goldene Früchte hätte man beständig im grünen Laube gefunden, und hundert Quellen hätten ihre Wasser hoch aufgeworfen und in ihrem Silberregen das Tal verklärt, der Sonne Glut gemildert.

Dort sei der Rotentaler Schloß gestanden mit hundert Türmen und hundert Toren, aus weißem Marmor gebaut, mit Gold bedeckt, und hätte wie ein goldner Schneeberg geleuchtet durchs ganze Schweizerland. Und in dem Schlosse war ein Leben, wie es einst eins geben soll in Jerusalem, wenn das Tausendjährige Reich kömmt. In ungezählten Scharen gingen die Riesen aus und ein und vergnügten sich draußen und drinnen auf jede erdenkliche Weise. Sie spielten Liebesspiele und Kriegsspiele miteinander und aßen und tranken und gingen auf und nieder unter den herrlichen Bäumen durch die üppigen Matten, zwischen den sprudelnden Quellen, die nie versiegten. Wie ein nie versiegender Strom wogte es von der Hauptstadt in der Rotentaler Schloß und von diesem in jene, und weither und weithin strömten die sich vergnügenden Riesen. Es war ein Leben wie in immerwährendem Sonnenscheine, ohne Wolken, ohne Regen.

Wie es aber, wenn die Menschen nur spielen und spaßen, am Ende Langeweile gibt und Überdruß und immer Neues das immer schneller alt Werdende ersetzen muß, so ging es auch den Riesen auf den Bergen. Sie begannen zu Tale zu steigen, da neue Lust zu suchen. Sie begannen mit den kleinen, gegen sie unvermögenden Leuten zu spielen, wie man mit jungen Hunden und Katzen spielt und böse Buben mit den Vögelein, die sie aus den Nestern stehlen. Sie hatten keinen Begriff, was die Armen litten bei ihren durch Riesenkraft gräßlichen Berührungen, und dachten gar nicht daran, daß die armen Leute ein Gefühl hätten und Schmerz fühlten, wenn sie dieselben über Bäume sich zuwarfen, sie in die Luft warfen und wieder fingen, wie man es mit Kugeln wohl macht. Sie hatten die größte Freude, wenn die kleinen Leute winselnd ihnen entlaufen wollten, außer Atem sich liefen in Todesängsten, nicht denkend, daß vor den langen Beinen kein Entrinnen sei. Wenn es ihnen zu kalt ward in den feuchten Tälern, so zündeten sie die Hütten an, wo das Holz gehauen und beisammen war, und wärmten sich mit aller Behaglichkeit am lustigen Feuer und dachten nicht daran, daß die armen Leute keine Hütte, kein Obdach mehr hätten.

Mit besonderem Wohlbehagen spielten sie mit den Töchtern und Weibern des Landes, und wenn auch das Spielzeug unter ihren ungeschlachten Händen zerbrach, was kümmerte es sie, was kümmerten sie verwaiste Kinder, verzweifelnde Männer und Jünglinge! Und wenn zufällig das Spielzeug nicht zerbrach, so dünkte es sie immer lustiger, dasselbe auf ihre Berge zu tragen, und da oben das Spiel mit Muße fortzutreiben. Das Spiel auf den Bergen mit den geringen Leuten gefiel ihnen immer besser, sie trugen nicht nur Mädchen und Weiber hinauf, sie trieben auch Männer und Jünglinge nach. Diese mußten zu der Riesen Kurzweil gegeneinander kämpfen und streiten, sich Beine brechen und Hälse mit blutenden Herzen und weinenden Augen, denn wenn sie einander schonen wollten, so mischten die Riesen sich in die Spiele und schlugen die einen mit den andern tot. Immer größere Freude fanden die Riesen an diesen mutwilligen Tötereien und zogen immer öfter aus, der eine nach der Rechten, der andere nach der Linken, und jeder betrachtete die Täler und Wälder, in die er einmal gezogen, und alles, was darinnen war, als sein Eigentum, und jeder jagte von Männern die Berge auf, was er finden konnte. Einer jagte seine Männer gegen die Männer des andern, und immer eifriger nahmen sie teil an den Kämpfen, und in der Hitze schlugen auch die Riesen sich selbst, wenn niemand anders mehr zu schlagen war, oder einer seine Männer den ungemessenen Streichen des Gegners zu früh erliegen sah. Darob entzündete sich Haß und Feindschaft unter ihnen, und aus den Spielen ward Ernst, und diesen Ernst mußten wiederum die Armen büßen, denn nun trieben die Riesen die Leute nicht nur auf die Berge, sondern sie zogen auch in die Täler der Gegner und suchten dort die Leute auszurotten, indem sie derselben sich habhaft machten oder sie totschlugen. Es war unsäglich Elend im Lande, und die Menschen mußten sich bergen in Wald und Kluft, mehr als jetzt der Hase sich bergen muß vor Hunden und Katzen und Menschen.

Zur selben Zeit kam im Rotentale ein junger Riese auf, der schönste und wildeste von allen. Sein Haar war schwarz wie die Nacht und jede seiner krausen Locken dick wie ein Mannesarm. Seine Augen waren wie Pflugsräder und sprühten Feuer wie ein Ofen in der Hammerschmitte, seine Wangen wie zwei Wolken im Abendrot, seine Nase war weiß und schlank wie eine Buche, sein Mund eine halbe Elle weit, aber drinnen funkelten Zähne, wie Kometen funkeln am dunkeln Himmel, braunes Gekräusel faßte ihn ein. Sein Leib war zwölf Ellen hoch, und seine Glieder paßten dazu, seine Stärke war unermeßlich, und wenn er seine Stimme erhob, so fuhren die Wolken auseinander, und in der Hauptstadt, die manche Stunde vom Rotentale entfernt war, fuhren die Leute aus dem Schlafe auf.

In der Hauptstadt aber war eine junge Riesin, schön wie das Morgenrot, wild wie der Föhn, wenn er seine Ketten bricht und durch die Berge fährt, ihr Angesicht war wie der Mond, wenn er voll aufgeht am dunstigen Himmel, und ihr Leib wie eine Zeder auf dem Libanon. Ein glühend Feuer loderte in ihrer Brust, im Quälen der armen Menschen suchte sie es zu kühlen. Sie meinte es gar nicht böse, aber sie wußte nicht, was andern wehe tat, sie wußte nicht, wo es ihr fehlte; wenn Weiber heulten, Jungfrauen winselten und Männer im Tode sich wälzten, so meinte sie, es wohle ihr und bessere. In ihrem schauerlichen Mutwillen schonte sie auch der Riesen nicht, und mancher Knabe, ja mancher Mann trug die Zeichen ihrer Wildheit, und doch hatten alle Wohlgefallen an ihr, und der Stolz der Hauptstadt ruhte auf ihr.

Der Rotentaler und sie hatten sich viel gesehen und oft begegnet und haßten sich grimmig; wo sie einander ein Leid antun konnten, sparten sie es nicht, schon manches Felsenstück aus ihrer Hand hatte ihm Beulen geschlagen, die Riesenglieder gequetscht, schon manchmal nur die Schnelligkeit ihrer Füße sie vor seinem

Arme gerettet. Warum sie sich haßten, wußten sie nicht, sie meinten, so müsse es sein.

Unten im Grunde, wo jetzt der helle Brienzersee ist, war ein finster, unergründlich Moos. Schilf wie Bäume wuchs dort, und giftiges Gewürme ohne Zahl und Namen hauste daselbst. Und mitten unter selbigen, wie in Mitte seines Hofstaates der König, wohnte ein Drache, ein scheußliches Ungeheuer, eine Fluh war sein Leib, ein feuerspeiender Berg sein Maul, sein Schweif ein angeschwollener Bergstrom, seine Füße zerklüftete Berggipfel; ganze Weiden versengte sein Hauch, ganze Herden verschlang er, alles floh, wenn aus der Ferne sein Schnauben zu tosen begann. Nie hatte ein Mensch das Moos betreten.

Da kam einmal an schwülem Tage erhitzt von wilder Jagd das schöne Riesenkind zum Moose und drang in üppigem Übermute in dessen Kühlung ein; daß der junge Riese zu derber Züchtigung ihm auf der Ferse sei, wußte es nicht. Achtlos schritt es über das zischende Ungeziefer weg einem Rohre zu, das, alle überragend, einem Riesenbaume gleich im Winde schwankte. Um den Baum war es öde, ein freier Platz mit schwankendem Boden umgab ihn, und unter ihm lag ein grauer Fels mit Moos umhangen.

Aber es dampfte der Fels, und unter dem Moose hervor glühten zwei wilde Feuer. Sowie das schöne Riesenkind ins Freie trat, begann dunkler der Fels zu dampfen, wilder sprühte das Feuer, dumpf wie ferner Donner grollte es, und grausig und langsam hob der Fels sich auf, und vor dem Riesenkind stund der Drache. Das kühne Kind bebte nicht, ward sehr zornig, daß ein anderer schon am Platze sei, den es sich ausersehen, und warf seine Keule dem Drachen nach dem Kopfe. Der faßte sie spielend mit seiner Tatze. Da rannte das Riesenkind ihn an mit dem geschälten Zedernbaum, den es als Stab oder Speer je nach Not oder Gelegenheit mit sich führte. Mit dem spielte abwehrend der Drache wieder und drückte ihn bald links, bald rechts, und während diesem Spiele rollte sein Schweif in leisen Wellen über den Boden hin rings um das Kind und legte sich um dessen mächtigen Leib, ehe es in seiner Zornesglut es merkte. Da ließ es seinen Baum fahren und griff mit wütenden Händen in das ungeheure Band, aber umsonst, wie zu Liebesspiel rollte der Schweif sich enger zusammen und das kämpfende Kind näher dem Ungeheuer, dessen Augen immer dunkler aufloderten in fürchterlichen Flammen. Als der Drache bereits züngelte zu feurigem Liebesgruß, sauste es, wie wenn berstende Berge ihre Eingeweide schleudern durch die Welt, und wie ein Donnerschlag rasselte es auf den Drachen nieder, und ohne Zucken reckte dieser seine Glieder, aber aus dem zerspaltenen Haupte fuhr ein Flammenmeer, und das frei gewordene Mädchen sank zusammen und neben ihm hin der gewaltige Rotentaler, der in ungeheurem Satze mit seiner steinernen Keule einen Streichs dem Drachen das Haupt zerschlagen.

Alle drei lagen da tot auf der einsamen Moosmatte, und stille wars auf einmal, und ringsum streckten neugierige Schlangen ihre Häupter empor und wanden vorsichtig sich näher, und eine schlängelte ihren kalten Leib mit Behagen an den warmen Gliedern des Riesenkindes empor. Es zuckte zusammen, öffnete die Augen, sprang empor und schüttelte mit gewaltigem Schwunge vom kriechenden Ungeziefer sich frei. Da sah es den Rotentaler wie tot am Boden, sah ihn zum erstenmal so recht an, und immer besser gefiel er ihm, und es dachte, daß er es gewesen, der trotz ihres Hasses den Drachen erschlagen, und da kam das Erbarmen über ihns, es wehrte ihm die Schlangen, trug ihn weg aus Blut und Asche des erschlagenen Drachen. In den heißen Armen des schönen Riesenkindes lebte der Rotentaler wieder auf, und von da an war der Haß verschwunden, und die Liebe war da, und, wie sie sich früher grimmig verfolgt hatten, so taten sie jetzt zärtlich miteinander.

Als sie so zusammen auf die Berge kamen, war große Freude bei den Riesen überall, in der Hauptstadt und im Rotentale, und Hochzeit sollte alsobald gehalten werden. Und wie herrlich es auch war auf den Bergen, so sollte alles noch viel herrlicher werden, unerhörte Freuden wurden ersonnen und die Riesen sämtlich, die auf den Bergen wohnten, dazu geladen. Und von allen Seiten zogen die Riesen heran und brachten ihre Hochzeitgaben, herrliche Gewänder und goldene Gefäße, mit Demanten und Rubinen gezieret. Der Rotentaler ungeheuer Schloß war viel zu klein, die Menge zu fassen, aber neue Schlösser wurden erbaut bis an des Berges Spitze hinauf, und zu Hunderten lagerten sie sich noch unter den herrlichen Bäumen an den sprudelnden Brunnen. Tage des Jubels gingen auf den Bergen auf, wie man sie noch nie erlebt, und von früh des Morgens bis spät am Abend ergötzte man sich mit Speis und Trank und Liebesspielen. Hundert Tage sollte die Lust dauren, und die Rotentaler vermaßen sich, es sollten ihre Vorratskammern nicht veröden, ihre Keller sich nicht leeren. Und die ungeheuren Tore stunden offen Tag und Nacht, die in des Berges Höhlen führten, wo Vorräte waren in ungemessener Menge und nicht für hundert Tage, sondern für hundert Jahre. Ungeheure Tiere, die nicht mehr sind, deren Knochen man noch finden soll in tiefer Erde, die zweimal so groß waren als die Elefanten, schafften Tag und Nacht aus der Berge tiefem Schoße Speis und Trank herauf, oder schafften die Stämme herbei, die zu Hunderten auf dem Herde brannten Tag und Nacht, wo Tausende von Bären, Auerochsen und andern herrlichen Tieren an Spießen hingen. Das gewaltige Brautpaar brannte von wilder Lust und großer Freude, war voran allenthalben, und das Unerhörteste ward ersonnen, um daran sich zu vergnügen.

Wo so hoch die Lust aufbrauste, daß sie hochauf über die Berge stieg und den Himmel selbst färbte mit glutrotem Brande, da durften die armen Leute aus den Tälern nicht fehlen. Viele Tausende waren schon oben, die niedern Dienste zu tun und den Riesen zur

Hand zu sein zu jeglichem Gelüsten, und viele Hunderte hatten bereits diese Gelüsten mit dem Leben gebüßt, unbeachtet, wie auch niemand die Ameisen zählet, die des Menschen Fuß zertrittet. Aber nun sollte ein großes eigentümliches Fest das Ganze krönen und dann die eigene Hochzeit sein.

Ein allgemeines Menschenjagen wurde angestellt, und in die Täler weithin strömten die mächtigsten der Riesen und trieben die Menschen auf, aus Klüften hervor, aus dem Dickicht der Wälder, aus den geheimen Inseln im Moose. Da soll ein Wimmern und Jammern im Lande gewesen sein wie nimmer seither. Was laufen konnte, trieben sie fort, was es nicht konnte, blieb liegen. Kinder wanden im Laube sich nach ihrer Mutter Brust, Greise wimmerten verlassen in Büschen und Sümpfen nach Hülfe, und Kinder und Eltern heulten nach den verlassenen Kindern und Eltern. Aber das achteten die Riesen nicht, wie der Grabstein die Tränen nicht fühlt, die heiß und schwer der Traurende auf ihn fallen läßt. Noch manches matt gewordene Kind ließen sie liegen oder zertraten es, und manche Mutter, die ans matte Kind sich klammerte, warfen sie samt dem Kinde in die Schlünde. Als aus allen Tälern die Scharen heraufgetrieben wurden und das Jammergeschrei der unzählbaren Menge zusammenfloß, da soll es da unten am blauen Berge einen Widerhall gegeben haben, wie wenn hundert Lawinen miteinander zu Tale fahren, und die Erde sich erschüttert haben, wie sie es manchmal tut, wenn auf ihr gar zu groß der Greuel wird. Da ward die Freude der Riesen groß, und der Donner des Jammers schien ihnen ein Hochzeitgesang, wie sie keinen noch gehört. Sie trieben die Scharen in des Tales herrliche Gründe und tränkten und fütterten sie nach Herzenslust. Die heulenden Mütter mußten essen und trinken, essen und trinken mußten die knirschenden Väter, und wer es nicht wollte, dem machten es die Riesen, wie man es jungen Vögeln macht, wenn sie den Schnabel nicht mehr öffnen wollen der dargehaltenen Speise. Ohne Unterlaß fuhren mit Speise und Trank die ungeheuren Tiere durch die gepreßten Haufen und wen sie nicht zertraten, der entrann kaum dem Ersticken an ihren Gaben.

Als sie endlich ruhten, müde an Leib und Seele, am dunkeln Himmel der klare Mond stand, in seinem Lichte herrlich die Schlösser erglänzten, da ward es lebendig auf den Zinnen derselben. Dem Brautpaare folgten unabsehbare Züge der Riesen und reihten sich aneinander, und die Züge und die Reihen nahmen kein Ende.

Und wie sie oben waren und hinab schauten mit wild funkelnder Lust auf die armen Schläfer, da hörte man ein dumpfes Donnern, zusammengesetzt aus tausend Tönen, ein ungeheures Tor sprang auf, und aus demselben wälzte sich fürchterlich ein Tierknäuel, der draußen sich entwirrte und in tausend Gestalten unter die Schläfer stürzte.

Es stürzten Löwe und Tiger hinab, es wand die Schlange sich nach, Bären und Elefanten trampelten und Wolf und Hyäne schlichen in die Schläfer hinein und hinter allen drein sprühte aus der Höhle hinterstem Grunde ein fürchterlich Drachenpaar, hoch aufbäumend den giftigen Leib und weithin sendend den feurigen Hauch. Und den Helden des Waldes und des Moors kroch giftiges Gewürme nach, und Raubvögel aller Art flatterten mit.

Im wunderherrlichen Bergtale an den quellenden Brunnen in der klaren milden Nacht schlummerten die armen Menschen, als das Heer der Bestien unter sie brach, brüllend und würgend. Ein fürchterlicher Aufschrei hallte wiederum durchs ganze Land, auseinander wirbelten die Hunderttausende, aber wer dem Löwen entfloh, den beschlich die Hyäne, wer vor dem Tiger auf einen Baum sich rettete, dem wand die Schlange sich nach, die Drachen verschlangen, wen die Elefanten geschont, und wer allem sich entflohen glaubte, der fühlte von giftigen Schlangen seine Füße umstrickt. Ein Würgen und ein Schreien war da, wie es die Erde nie gesehen, und eine Lust strömte durch die Riesen, wie sie noch keine gefühlt, sie jauchzten auf, daß die Säulen der Erde wankten und der Mond am Himmel bebte. Vor allem aus der Rotentaler und sein Lieb entsetzten sich in Lust und Freude, und von wildem Taumel und der Wut ergriffen, in diesen Graus sich zu mischen, rissen sie Stück um Stück von den Mauren los und warfen sie auf die Tiere und Menschen nieder, wo das Gedränge am dichtesten war. Und allemal, wenn ein Felsstück zermalmend niederfuhr und neben ihm hochauf Blut und Glieder zischten, stießen die Riesen einen Jubelschrei empor, als ob sie des Himmels Decke sprengen wollten. Und allgemach ergriff alle die gleiche Wut, und Hunderte von Felsstücken flogen auf einmal durch die Luft und prätschten zermalmend auf das Getümmel nieder, und bald war es stille im Grunde, das Leben war begraben, und mit Felsstücken angefüllt hochauf ward das liebliche Tal.

Mittendrin, wo der reichste Brunnen geflossen war, kniete noch ein Greis, hochauf hob er seine Hände, sah brünstig zum Himmel auf, und silberweiß glänzte im klaren Mondenschein sein Haar. Und die Riesen alle sahen ihn, und jeder faßte ein neues Felsenstück, und tausend Felsenstücke flogen auf einmal, das alte Leben zu vernichten, aber sie vermochten es nicht. Sie türmten sich auf zu hohem Throne und auf diesem stund der Greis, die Hände hochgehoben. Und wie versteinert sahen die Riesen das Wunder, und der Greis ward höher und höher, wuchs über die Berge auf, und als seine betenden Hände den Himmel berührten, da öffnete sich weit der Himmelschoß, und aus demselben sprengte hervor des Herren Donnerwagen, von feurigen Rossen gezogen. Und vom Wagen herab schmetterte des Herrn allmächtige Hand Blitz um Blitz auf die Riesen nieder und ihre Pracht, und um den Wagen brauste der Sturmwind, unter den Rädern hervor quoll der Donner. Und wie der Pflug durch den Acker fährt, und wie der Krieg verheerend über die Länder kommt, so rollte der Herr über die Berge und ihre Herrlichkeit, und seine Hand zerstörte sie. In derselben Nacht saß der Herr zu Gerichte über dem Übermut, und ein schweres Gericht erging über ihn. Am folgenden Morgen starrten in wildem Graus die Berge, die Pracht war verschüttet, alles Leben untergegangen, die Herrlichkeit ein Chaos geworden; der Schnee schlug dort seine ewige Stätte auf, der kahle Fels seinen Thron, die Stürme ihre Herberge, und so ist es geblieben, denn wo des Herren Hand einmal Gericht gehalten, da bleibet das Gericht zum Denkmal für Kind und Kindeskinder, wie wir es sehen an Sodom und Gomorrha. Einzelne verspätete Riesen blieben übrig, sie sahen der Brüder Untergang, erzählten ihn, erloschen aber bald in den trüben Tälern. Nur im Rotental, das wenige Sterbliche gesehen, da ist eine Spur des Lebens geblieben zur Warnung für die Lebendigen, und jedes Geschlecht muß dieses Leben nähren und unterhalten, wenn es den Warnungen nicht Gehör gegeben.»

So erzählte Hans. Freilich erzählte er es besser, als es hier gegeben ist, denn er erzählte es in kräftigem, klassischem Berndeutsch, das besser klingt und besser malt als das verflachte Hochdeutsch.

Stumm und andächtig war neben Hans der Nachbar gesessen; seine Pfeife war ihm längst erloschen, er hatte vergessen, sie anzuzünden. Als Hans schwieg, zog er schwer den Atem, und es war, als ob er tief herauf die Sprachen holen müßte, als ob diese aus Angst vor den Riesen oder des Herrn Gericht sich verkrochen hätte in dem Innersten der Brust. Endlich sprach er: «Das ist eine schurliche Geschichte. Aber, Hans, leben dann die Rotentaler noch immer, und vor was sollen sie uns denn warnen? Ich verstehe dich nicht recht.»

«Das ist kurios, Nachbar», sagte Hans. «Was uns zum zeitlichen Nutzen oder Schaden dient, das begreift man schnell, ja, man hört die Flöhe husten, sieht das Gras wachsen, aber was uns für die Seele gut sein soll, das will man nicht fassen, und wenn unser Herrgott es uns schon in die Ohren donnert und groß wie unsere Berge vor Augen stellt.

Ja sieh, die in solcher Üppigkeit Hochzeit halten wollten und mit solchem grausamen Übermute sie feierten, die sind nicht gestorben, sie müssen leben in diesem Graus in den Schlünden und auf den Gräten in ewigem Winter statt in ewigem Frühling. Sie müssen Hochzeit halten wollen, müssen zum Feste strömen, müssen neue Feste bereiten und, wenn ihr übermütiger Taumel am höchsten gestiegen, neu erleben die Schrecknisse des Unterganges.

Und nimmer fehlt ihnen oben die Menge der Menschenkinder, ihr Spiel mit ihnen zu treiben, die Tiere unter sie zu lassen und endlich unter Felsen sie zu begraben. Wohl ruhen die, welche lebendigen Leibes die Grausamkeit ertragen und in jener Nacht den Tod gefunden, und schlafen den Schlaf, der zur Auferstehung führt, aber andere werden heraufgetrieben, die Scharen nehmen nicht ab, die Hunderttausende mehren sich von Jahr zu Jahr, die es erfahren müssen nach dem Tode, woran sie im Leben nicht gedacht, wie es einem ist, wenn man gequält wird aus bloßem Mutwillen und Grausamkeit ertragen muß andern zur Lust.

Sieh, dort ins Rotental hinauf kommen alle, welche ihre Kraft und Macht, Gaben aus Gottes Hand, mißbrauchen, um Schwächere zu quälen, keinen Sinn haben für anderer Not und Leiden und im Wahne leben, andere seien erschaffen ihnen zum Spielzeug. Dort hinauf kommen sie und müssen ihr früher Tun an sich selbst erfahren und zum Spielzeug den Riesen dienen, sich hetzen und zermalmen lassen immer neu, bis des Herren Hand noch einmal die Berge trifft, daß sie zurücksinken ins alte Nichts. Dann vergeht auch das Rotental, der Rotentaler Lustgeschrei, der andern Schmerzensschrei verstummet, ihr Donnern wird nicht mehr gehört.

Bis dahin aber hört man bei stiller Luft das Toben und Tosen im Tale, nennt es Donnern, sollte ein Exempel daran nehmen und tut es nicht. So wie einer groß und mächtig wird, vergißt er, daß er ein Mensch ist und die andern seine Brüder aus gleichem Fleisch und Bein wie er, er will ein Gott sein und die andern sollen seine Knechte sein, ja Geschöpfe seiner Laune. So geht es immerfort, die Menschen haben Ohren und hören nicht, wollen es selbst erfahren mit Heulen und Zähneklappern. Darum fehlen den Rotentalern die Hunderttausende nie zum Quälen, Hetzen und Zermalmen.

Vor allem aus kamen die Zwingherren hinauf und ihre Vögte, welche das Volk fronen ließen, während sie jagten, es hungern ließen, während sie schwelgten, ihre Saaten niederritten und es peitschten, wenn es die Steuern nicht bezahlen konnte. Da sollen sie gekommen sein aus dem ganzen Schweizerlande scharenweise, Alt und Junge, denn so viel Berge sind in unserm Lande, so viele Zwingherren waren darin.

Nach den Zwingherren kamen die, welche fremden Goldes wegen Kriege anzettelten, um reich zu werden, mit dem Leben anderer spielten, als ob Brüder Würfel wären und der Krieg ein Glückstopf, voran die, welche den Burgunder Krieg erzwangen und daran sich mästeten und Schweizerkraft um Geld verkauften.

Dann kamen die gemeinen Kronenfresser alle, welche ins Land Italien Schweizer zur Schlachtbank führten, alles verrieten, das Vaterland und die fremden Herren, unsägliches Elend brachten und den Schweizernamen um seine unbefleckte Ehre. Zu ihnen gehören auch alle die, und besonders Zürcher und Berner, welche zur Zeit der Reformation mit dem äußern Schein die Brüder täuschten und den Feinden sie verrieten, Schuld waren, daß das köstlichste Blut zu Kappel floß und der Berner große Macht mit Schmach sich bedeckte. Es ist ein Geschlecht, das in den Burgunderkriegen und in den Reformationskriegen den schlechtesten Namen davontrug und die Führer ins Rotental lieferte. Nun kamen die Landvögte an den Tanz, besonders die in den gemeinen Vogteien, die es fast so arg trieben als vor Zeiten die Zwingherren. Die waren nirgends sicher nach dem Tode, man mochte sie in den Mauren der Städte begraben oder im Muttentale oder im Stanzerboden oder an den Ufern der tobenden Reuß. Auch die Richter und Obrigkeiten der Städte waren nicht sicher, die foltern ließen zum Spaß, und, je mehr sie Leute quälen konnten, um so größer sich meinten, und, je niedriger sie geboren waren, um so hochmütiger sich gebärdeten.

Doch erlosch die Sage vom Rotentale immer mehr. Die Leute fürchteten sich immer weniger davor, weil sie es nicht kannten, und es ging daher immer ärger in unserem Lande, die Rechte und Freiheiten der Leute wurden immer mehr verhöhnt und geradezu getan, als ob die Menge nur da sei, um von Wenigen geschunden und genarrt zu werden. Da stieg es den Landleuten immer mehr in den Kopf, daß sie freie Schweizer hießen und doch nicht frei seien, sondern Angehörige und Untertanen von solchen, die ursprünglich nicht mehr als sie gewesen. Sie sahen Miteidgenossen in den kleinen Kantonen frei und ledig und konnten nicht begreifen, warum es bei ihnen nicht auch so sei. Sie sahen, wie die Städte von aller Oberherrschaft sich befreit und Schutz- und Trutzbündnisse unter sich aufgerichtet hatten, sie meinten daher, auch Landleuten stehe das Recht zu, sich untereinander zu verbünden, und konnten nicht fassen, warum die Städte ihnen nicht erlauben wollten, zu was sie sich die Erlaubnis auch genommen. Das alles erbitterte die Gemüter, und diese Gemüter legten alles schlimm und böse aus, was die Obrigkeit tat, und faßten endlich den Entschluß, zu tun, was die Städte auch getan, die Oberherrschaft abzuschütteln und ihre eigenen Herren zu werden. Sie meinten, es stünde ihnen so wohl an, Herren zu sein als den Handwerkern in den Städten, und wenn diese regieren wollten, so begriffen sie nicht, warum sie nicht auch ebensogut regieren könnten.

Sie wollten sich nicht los von den Städten machen oder gar diese unterjochen, sie wollten bei ihnen bleiben, aber auf gleichlicherem Fuße, so wie man es damals verstund, und wollten die

Kluft wieder verebnen, die zwischen Stadt und Land, Herren und Bauren entstanden war, ungefähr so, wie man jetzt bei der Nydegg in Bern eine Brücke macht, daß man ebenen Fußes vom Lande in die Stadt kann. Aber die Städte faßten das nicht. Es war nicht mehr ihre Freude, wie vor 300 Jahren, wenn Landleute ihre Burger wurden, mit ihnen sich verbrüderten, sie lebten nun vom Grundsatze: ‹Selber essen macht fett› und wollten regieren an der Zwingherren Statt und auf ihre Art. Eine ganze Stadt voll Zwingherren hat aber keine Art, und der Teufel möchte dabei sein!

Als daher die Bauren ihr Haupt erhoben und auch etwas zu sagen anfingen, wurden die Herren fuchswild und warfen den Bauren Undankbarkeit vor und zeigten ihnen die Deutschen, wie die viel böser hätten und doch kein Maul auftäten. Aber das wollten die Bauren nicht verstehen, waren sie ja nicht Deutsche, sondern Schweizer ebensogut als die Stadtzürcher und Stadtberner, und gerade darum, weil sie nicht Deutsche sein und es besser und freier haben wollten als sie, hätten sie den Schwabenkrieg geschlagen mit unerhörter Mannhaftigkeit und hätten auch im Dreißigjährigen Krieg viele Opfer gebracht. Und weil sie um der Freiheit willen diese Opfer gebracht hätten und nicht die Städte allein, weil Bürger und Bauer gleichviel gab, die Steuer gleich verteilt wurde, so meinten sie, auch das gerettete Gut, die Freiheit, sollte zu gleichen Teilen verteilt werden. Da gab es ein großes Mißverständnis, und weil die Herren ihre Sache weit besser dartun, auch mit Brief und Siegel beweisen konnten, die Bauren aber nicht recht sagen durften und konnten, was sie eigentlich meinten, und für ihre Sache nur ihren Glauben hatten und ihr inneres Gefühl, nicht Brief und Siegel, so erhielten die Herren Recht, nach damaligem Zeitenlauf. Weil nun die Bauren mit Reden alles verspielten, so versuchten sie es mit ihren Armen, sie meinten, sie hätten recht und seien die Stärkeren, es könne ihnen also nicht fehlen. Die Herren erschraken auch gar sehr, aber sie ließen es sich nicht fast merken und taten freundlich und versprachen alles Liebs und Guts, bis sie an der Nase die Bauren geführt hatten, wohin sie wollten, bis den Bauren das Kriegen erleidet war, die Herren sich aber sattsam gerüstet hatten, denn die Herren haben gar wohl Zeit, den Krieg auf die lange Bank zu schieben, die Bauren aber nicht.

Da nun, als die Bauren alles gewonnen glaubten und in ihrer Ehrlichkeit etwas übermütig taten, aber mit dem Frieden gar sehr zufrieden waren, obgleich sie nicht hatten, was sie eigentlich wollten, begannen die Herren den Krieg, denn nun waren die Weltschen gegen die Deutschen da und die Zürcher gegen die Berner, und von allen Seiten ward den Herren geholfen. Nun erschraken die Bauren, waren aber weniger pfiffig als die Herren, und wie einer, der gewonnen zu haben glaubt, leicht den Mut verliert, wenn er von vornen anfangen soll, so ging es auch ihnen.

Sie wollten nun unterhandeln, aber die Herren nicht mehr; sie wollten sich wehren, aber vermochten es nicht, denn der erste Mut und die Einigkeit waren nicht mehr bei ihnen. Die Herren wurden wieder Meister in allen Kantonen und taten nun gar ungereimt, sie hänkten und köpften, folterten und brandschatzten, daß es vom Argen war, machten, als wenn sie eine Sünde gegen die heilige Dreieinigkeit zu rächen hätten, und hatten die Bauren doch nur getan, was die Herren und Städte nicht ein-, sondern hundertmal. Aber so gehts, was man an sich selbsten schön findet, will man gar oft an andern nicht leiden.

Da war gar großes Leid im Lande. Sie meinten eine gerechte Sache zu haben und hatten sie verspielt. Der Herr, der in der gleichen Sache früher den Herren geholfen, verließ sie und half den Städtern in ihrer ungerechten Sache. Da stieg ihnen der Glaube auf, Gott sei nur ein Herren-Gott und kein Bauren-Gott, so sei es torrecht, ihn ferner anzubeten und ihm zu gehorchen, es nütze ihnen doch nichts. Das sei einzig an den Herren, denen allein er helfe. Weil sie sich also von Gott verlassen glaubten, so verließen sie ihn wieder und wollten es ihm zeigen, daß sie doch noch besser wüßten, was sie machten, als er meine, indem sie nicht einem Gott dienten, der ihnen nicht helfe. So riß ein bitterer Ingrimm ein und nagte am Marke des Landes, und es hätte bös kommen können.

Da war zur selben Zeit zu Mühleseilen in der Gemeinde Höchstetten ein Viehdoktor, Gott und Menschen wohl bekannt. Wie er eigentlich hieß, hat man vergessen, aber im ganzen Emmental redet man noch von ihm, und jedes Kind kennt ihn.»

«Ja», sagte der Nachbar, «von dem habe ich viel gehört. Wenn er an einem Dienstag in Bern fortgeritten sei auf seinem Schimmel, wenn die Sonne untergegangen sei, so sei er daheim gewesen, während die Berge rot gewesen. Er sei aber nicht auf der Landstraße geritten, sondern über den Kirchturm von Höchstetten eingekommen.»

«Gerade den meine ich», sagte Hans, «meiner Großmutter Mutter ist noch mit ihm verwandt gewesen, und wenn sie von ihm angefangen hat zu brichten, so hat sie nicht mehr fertig werden können. Hast du gehört, wie er die Herren ins Rotental geführt hat, und wie er dazu gekommen?» «Nein», sagte der Nachbar, «erzähle es mir doch, wenn es dir lieb ist!»

«Der Mühleseiler hat es natürlich im Herzen auch mit den Bauren gehabt, aber es nicht gezeigt und nicht öffentlich gemacht. Er hat gesagt, es sei nicht, daß er sich fürchte, aber das Ganze gefalle ihm nicht und komme nicht gut. Es sehe niemand auf das Allgemeine, sondern jeder sinne nur an seinen Nutzen, und der Leuenberger wisse eigentlich nicht recht, was er wolle, und würde zuletzt gerne selbst ein Herr, und dann sei es ihm recht, wenn schon die andern Bauren blieben. So hatte er keinen Mut mitzumachen, wenn ihm die Sache schon wohl gefallen hätte. Hingegen hatte er einen Sohn und einen Tochtermann, junges wildes Kraut, die ließen sich nicht bändigen, sondern liefen mit und meinten nichts anders, als daß ihr Vater ein einfältiger Mann sei, sie aber den bessern Teil erwählet hätten und Ehre und großes Gut davon bringen würden. Aber es ging ihnen übel aus und wie der Vater gefürchtet hatte. Der Sohn wurde zu Melligen von den Zürcheren erschossen, der Tochtermann zu Herzogenbuchsee übel verwundet, gefangen genommen und zu Langental gehängt. Der Verlust und die Schande machten seine Tochter wirbelsinnig, so daß er sie beständig bewachen lassen mußte, damit sie sich kein Leid antue, und über alles aus mußte er einen großen Teil seines Vermögens als Brandschatzung dargeben, wäre wahrscheinlich um seiner Kinder willen noch am Leib gestraft worden, wenn ihm nicht der Oberherr von Wyl hinausgeholfen hätte. Sie waren gut Freund miteinander, denn gar manches Roß hatte der Mühleseiler dem Oberherr wieder z'weg gebracht, das bereits verschätzet war.

Indessen war es viel genug, was er zu leiden hatte, er trug allemal, wenn er von Hause gehen mußte, eine schwere Bürde mit, und wenn er wieder heimkam, so war sie nicht leichter geworden. Es ging ihm fast wie dem übrigen Volk, er hatte Mühe, auf Gott sich zu verlassen und das Vertrauen zu fassen, daß alles zum Besten dienen müsse und vor ihm keine Aufnehmung des Angesichtes sei. Er wußte wohl, die Bauren hatten grob gefehlt und waren viel selbst schuld an ihrem Unglück, aber so viel hatten sie doch nicht verdient. Wenn seine Gedanken so aufrührerisch wurden gegen Gott, so hatte er große Mühe, sie zu begwältigen, und wenn er sie schon dämpfte, sie kamen ihm allemal wieder, wenn er seine arme Tochter sah, die sich der ganzen Sache nichts vermochte und doch alles, alles verloren hatte. Er mußte alle Tage kämpfen, aber immer mehr wollte der trübe Geist überhand nehmen, der wollte ihn nicht mehr recht beten lassen, streute böse Gedanken ins Gebet und vertrieb alle Andacht.

begwältigen beherrschen

Da mußte er einmal an einem heißen Hundstage hinüber gehen, in einen der Gräben gehen, die zwischen den vielen Hügeln liegen, welche Höchstetten und Walkringen trennen und von Biglen weg bis hinaus an die Emme laufen. Ich weiß nicht mehr, war es Obergoldbach, wohin er mußte, oder Arni oder Landiswyl. Er verrichtete seine Sache, wurde noch von manchem Bauer zum Hause gerufen und um Rat gefragt, denn Mühleseiler war ein berühmter Mann, und, was er sagte, das galt so gut, als wenn's der Pfarrer gesagt hätte.

Es war spät abends, als er den Berg an stieg, und schwarzes Gewölke lagerte am Himmel. Der Abend ward Nacht, und kein Mond brach die Finsternis, sie ward so schwarz, daß man keine Hand vor den Augen sah, und kein Wind strich durch die Tannen. Der Weg war dem Mühleseiler so bekannt wie in seinem Hause von der Stube ins Stübli, und er ging unbekümmert um Nacht und Schwüle gegen heim. Er wälzte wieder schwarze Gedanken in seinem Kopfe und wog Gottes Wege ab, ob sie gerecht oder ungerecht seien, und immer mehr sank die Schale der Ungerechtigkeit, und immer mehr schien es ihm, als habe das Volk recht, wenn es nicht mehr zum Nachtmahl gehe und vom Beten lasse, wie Gott vom Volk gelassen. Sein häuslich Elend stieg wie eine Fluh vor ihm auf. Vor einem Jahre hatte er es noch so gut und Glück ringsum, und jetzt war er so tief darin und sah nichts als Elend voraus. So ging er in immer schwereren Gedanken seinen Weg lange, lange, und der Weg nahm kein Ende, und Mühleseiler lief noch lange und sann nicht an den Weg. Aber endlich fiel ihm doch ein, er sollte längst den Berg hinauf und jenseits aus der Wildnis hinaus sein, und noch sah er derselben kein Ende und merkte, daß er nicht wisse, wo er sei.

Er war verirret und suchte die Richtung wieder. Er lief und lief, kam aber an kein Ende, er merkte endlich, daß dasselbe ihm verhalten sei. Da setzte er sich auf einem etwas freiern Platz, wo nicht

Tannen über ihm waren, sondern der schwarze Wolkenzug, und wollte da auf einem Stock den Morgen erwarten. Er war ein gar unerschrockner Mann, und wenn er schon an vieles glaubte, was man jetzt nicht mehr glauben will, so fürchtete er sich doch viel weniger davor als jetzt viele Ungläubige und hatte für vieles einen guten Spruch und für alles ein festes Herz. Zudem war ihm an sich und am Leben nichts mehr gelegen, und was soll so einer fürchten?

So saß er dort in tiefen Gedanken, und der gute und der böse Geist kämpften miteinander, und er war immer näher daran, Gott zu richten und zu vergessen, daß wir von ihm gerichtet werden und nicht er von uns. Da war es ihm, als höre er weithin eine Peitsche knallen, etwas Feuriges sah er durch die Tannen fahren, fast wie ein Blitz, und doch war es keiner, ein Schnauben kam ihm näher und näher. Er faßte sein Messer im Sacke und hielt sich stille. Da kam es an ihm vorübergesaust wie ein Wirbelwind mit Schnauben und Stöhnen, voran der Weibel von Basel in der Standesfarbe, hinter ihm fette Ratsherren mit langen Parrücken und hinter ihnen drein ein Ungetüm fast wie der Teufel, und doch war er's nicht. Es war viel größer als der Teufel, hatte Tannenhöhe, keine Hörner, aber Haare wie Kriesäste. Mit feuriger Geisel hieb er Stöhnende vorweg, daß sie dahinfuhren, wie der Blitz fährt oder die Sternschnuppe.

Als er still und verstaunet dem Gesichte nachsah ins schwarze Dunkel, hörte er eine Stimme, er wußte nicht, ob vom Himmel oder durch die Tannen oder aus dem Boden, aber sie mahnte ihn an die Stimme, die einst gesprochen hat: ‹Adam, wo bist du?› Diese Stimme frug ihn: ‹Mühleseiler, was sinnest du, und was sahest du?›

Da schwieg der Mühleseiler; wie fest sein Herz sonst war, es fing doch an zu schlottern. Da schwoll die Stimme auf zum Donner, wenn er hallt von Fluh zu Fluh, und frug: ‹Mühleseiler, was sannest

Kries Tannenreisig

du?› ‹Über Gottes Gerechtigkeit sann ich›, bebte Mühleseilers Zunge. ‹Mühleseiler, was sahest du?› schwoll die Stimme wieder auf. ‹Ein Ungeheuer mit feuriger Geisel, Ratsherren und den Baselweibel leibhaftig, wie er vor wenigen Monaten bei uns vorbeigeritten›, antwortete wiederum der Mühleseiler, mannhafter und lauter. ‹Reime das zusammen!› donnerte es über ihm. ‹Ich kann nicht›, sagte er. ‹Sieh, du bist mir wohlbekannt und dein Sinnen auch›, sagte die Stimme, ‹und du sollst nicht verloren gehen, du bist der Besseren einer. Du sollst vielmehr das Volk auf bessere Wege bringen, daß es denke an das Wort: meine Wege sind nicht eure Wege, und meine Gedanken sind nicht eure Gedanken, daß unerforschlich meine Ratschlüsse seien. Darum habe ich dich auf diesen Kreuzweg geführt, wo die von Basel durchfahren ins Rotental, mit feuriger Geisel getrieben. Du hast gesehen, daß die Übermütigen und Unbarmherzigen nicht ungestraft bleiben, daß solche die Rotentaler holen zu ihren Spielen, bis ich sie selbst in die Hand nehme. Diese Basler, die mit ihren Landleuten so hart umgegangen, sind kürzlich gestorben und müssen nun hin, um den Vorgeschmack zu erhalten, was denen wartet, die nicht barmherzig sind. Aus andern Städten und von andern Orten fahren noch viele in dieser Nacht auf ins Rotental mit ihren Treibern, die sie zusammensuchen und hinauftreiben, wie der Hirt mit den Herden zu Berge fährt. Die andern hast du nicht gesehen, aber der Basler Weg gehet hier durch. Sage es nun den Leuten, daß ich noch immer der Herr bin, der die Bosheit strafet, damit sie wieder Glauben halten und mir dienen, und sie nicht noch ewig unglücklich werden, wie sie es jetzt schon zeitlich sind, daß sie die Drangsal hienieden geduldig ertragen und sonder Zweifel, damit ihnen einst beigelegt werde die Krone der Gerechtigkeit.›

Diese Stimme hörte der Mühleseiler. Er war unterdessen ganz fest geworden und sprach: ‹Ich bin gläubig geworden und beuge mich in Demut. Aber wer glaubet meinem Wort, so nicht ein Zeichen geschieht? Haben sie dem Heiland nicht ohne Zeichen geglaubet, wer wird mir glauben ohne Zeichen?›

‹Ist dein Herz fest und gut für dein Volk, so sei du das Zeichen!› flüsterte die Stimme in den nächsten Gebüschen. ‹Fest ist mein Herz und gut für mein Volk, das Zeichen will ich sein›, sprach laut und fest der Mühleseiler.

‹Wohlan denn!› sprach es laut wie ein Donnerschlag an seiner Seite.

An einem Dienstag, es war gerade vor der Ernte, als mehr Volk als sonst in die Stadt kam, um Arbeiter in die Ernte zu bringen, ging der Mühleseiler auch auf Bern, was die Leute verwunderte, denn seit der blutigen Geschichte war er nie dort gewesen. Überhaupt gingen manches Jahr durch weniger Landleute in die Stadt als früher, es war ihnen unheimlich dort, ob wegen dem bösen Gewissen, das in ihnen war, oder von wegen den harten Leuten, die in der Stadt wohnten, sind die Chroniken verschiedener Meinung.

Die Leute auf den Straßen redeten nicht viel mit einander. Bloß hie und da, wo kein Zaun war und hundert Schritte in der Runde kein Baum, stieß ihn ein Wohlbekannter an und fragte: ‹Mühleseiler, was meinst, dreht sich nicht alles in dir um, wenn du einen von denen … siehst?› Dann waren sie sehr verwundert, wenn Mühleseiler sagte, es werde ihm wenig machen. Er möge wohl warten, bis sie ihren Lohn von Gott erhielten. ‹Da kannst du lang warten›, erhielt er gewöhnlich zur Antwort, und die Leute gingen von ihm weg und sahen ihn verdächtig an. Die sagten untereinander, wenn sie einen Sohn und einen Tochtermann verloren und daheim eine Tochter wirbelsinnig hätten, so könnte ihnen so ein Oberherr lange pfeifen, ehe sie wieder Herrenschmöcker und Herrenschlekker würden und sich mit dem lieben Gott trösteten, der sie so leid im Stich gelassen. Aber der Mühleseiler achtete sich dessen wenig und ging ruhig seinen Weg. Drinnen in der Stadt achtete man sich seiner auch nicht mehr.

Aber im Nachmittag wars, daß man ihn mit großer Ernsthaftigkeit und einem großen Stecken zum Kirchhof gehen sah, der beim Zeughaus liegt, der damals beständig offen war. Dort machte er beide Türen auf und stellte sich unter die Türe und wehrte mit dem Stecken, als ob jemand hinaus wolle, als ob er warten wolle, bis etwas beisammen sei, was, wußte man nicht, denn man sah nichts als den Mühleseiler.

Es kam vielen vor, als hörten sie auf dem Kirchhof ein Wimmern, endlich dumpfes Peitschenknallen, woraufhin der Mühleseiler mit großer Ernsthaftigkeit sich umdrehte und die Zeughausgasse abschritt, über den Kornhausplatz, die vordere Gasse ab und zum untern Tore hinaus, mit seinem Stecken Platz machend vor sich her und den Leuten winkend, daß sie beiseite treten sollten, wie wenn etwas hinter ihm drein käme.

Eine große Menge sah ihm zu und lief ihm nach, niemand konnte begreifen, was das sei, und die Buben wollten zu spotten und zu höhnen anfangen, aber die ältern Leute wehrten ab. Der Mühleseiler war wohl bekannt, und die Ältern wußten, daß da eher etwas zum Weinen als zum Lachen sei.

Wo viele Leute zusammenlaufen, da sieht man in Bern zu den Fenstern aus, was es gebe, und als das Geläufe bis an die Kreuzgasse kam, da stieß eine vornehme Frau unter einem Fenster einen gräßlichen Schrei aus und fiel ohnmächtig nieder. Es sah alles zum Fenster auf, aber warum die Frau geschrieen, wußte man nicht. Wie man an den Stalden kam, fing eine der Mägde gar entsetzlich zu schreien an und fing an zu zittern und die Augen zu verdrehen, daß man sie nach Hause führen mußte, wo sie in ein hitziges Fieber verfiel.

Man kann denken, daß das ein großes Aufsehen in der Stadt gab, und alle Leute, die in der Stadt gewesen waren, redeten davon auf dem Heimweg. So redete man davon im ganzen Lande, und wußte doch nicht, was es war, und den Mühleseiler konnte man nicht fragen, denn selben Abend war er nicht heimgekommen.

Als am folgenden Tag der tägliche Rat zusammenkam, da fingen die Herren auch an davon zu reden und sagten, man hätte das Volk durch die Haschierer sollen auseinanderjagen und den Mühleseiler verhaften lassen, das sei nur so eine Buberei gewesen zur Aufwieglung des Volkes. Man sehe, wie wenig der Trotz des Volkes gebrochen sei, daß selbst ein Missetäter wie der Mühleseiler solch unerhörte Frechheit mitten in der Stadt am heiterhellen Tage begehen dürfe. Und sie redeten stark miteinander, daß man solchen Frevel züchtigen solle, nur waren sie nicht eins, ob man den Mühleseiler alsobald verhaften oder warten solle, bis er den Frevel noch einmal wiederhole.

Als sie so redeten, kam ein vornehmer Herr herein, der bis dahin gefehlt hatte, er war ganz blaß und verstört im Angesicht. Weil sie aber so heftig miteinander redeten, so sahen sie es nicht, bis er ihnen in die Rede fiel und sprach: ‹Gnädige Herren! Um Gottes willen seid nicht zu hitzig, wir haben es da mit jemand Höherem zu tun als mit einem gemeinen Bauer. Vielleicht habt ihr gehört, wie es gestern meines seligen Bruders Frau ergangen. Sie ist ein Fronfastenkind, wie ihr wißt, sie hat schon oft die Kutsche im Altenberg gesehen und den Leichenzug vom alten Posthause weg; Käficht- und Schaltier sind ihr oft begegnet. Gestern sitzt sie unterm Fenster und sieht die Stadt hinunter. Da hört sie oben Lärm und ein stark Gerede, sie dreht sich um, sieht hinauf, sieht den Mühleseiler, und hinter ihm, ich darf's kaum sagen, sieht hinter ihm, gnädige Herren, ihren Mann, den sie selig glaubte, im Totenhemde mit gräßlicher Angst auf dem Gesichte, die Schuhe fehlen ihm an den Füßen, sieht neben ihm viele aus den ersten Geschlechtern, manchen, der unter uns gesessen, alle im Totenhemde, barfuß und zerflossen und zerknirscht, und hinter allen ein gräßlich

Fronfastenkind die an den Fronfastentagen geborenen Kinder sollen das zweite Gesicht haben
Schaltier Berner Stadtgespenst in Gestalt eines geschundenen Kalbes

Ungetüm, das mit einer schrecklichen Geisel, ein Wellenseil an einem Tannenbaum, die Seligen, ach Gott, die armen Elenden peitscht und jagt. Da fällt sie in Ohnmacht und möchte sterben und kann nicht. Hummel, der Pfarrer, ist bei ihr, will trösten und kann nicht. Es ist da ein Elend, es stellt einem die Haare zu Berge.

Am Stalden soll eine Magd in gleichen Ängsten liegen und schrecklich schreien, der Teufel habe die gnädigen Herren geholt und die Stadt ab getrieben wie die Schweinehändler die Schweine. Da ist etwas, das uns schweres Bedenken bringt.› So sprach der vornehme Ratsherr, und die andern schwiegen und wußten nicht, was zu tun sei. Die einen beharrten endlich darauf, man solle doch zufahren. Wäre man im Anfange vor dem Baurenkrieg gleich zugefahren, so wäre es nie so weit gekommen. Das Ganze sei ein Gaukelspiel, und wenn auch überspannten Weibern etwas vors Gesicht fahre, so könne sich ein Rat der Republik Bern dessen nicht achten. Einstweilen regierten sie aus Gottes Gnade, aber nach ihrem Gutdünken, und Gott werde sich in ihr Regiment so wenig mischen, als sie sich in das seine, er habe es ihnen anvertrauet und damit punktum.

Die andern aber meinten, das seien unchristliche Reden, und wo kein Glauben mehr sei, da gehe es nie gut, und auch eine Obrigkeit könne sich versündigen. Es habe ihnen schon lange Kummer gemacht, ob man nicht zu hart mit den Leuten umgegangen. Das komme ihnen vor, als wolle Gott an ihnen ein Zeichen tun, daß sie von der Härte ließen, denn wen man da gesehen, der habe in seinem Leben immer zum Härtesten gestimmt, und viel Klagens sei über ihn gewesen.

So waren auch Harte und Linde im Rat, wie man dazumal die Partien nannte, statt gegenwärtig Weiße und Schwarze, und man war oft uneiniger im Rate drinnen als unterm Volke draußen. Sie kamen hart hintereinander, und die, welche früher in fremden Kriegen gedient, wollten stracks mit den Kanonen wieder hinausfahren aufs Land und sagten, hinter der Geschichte stecke etwas Gefährliches, und wie Gott den Donner und den Blitz habe, um die Furchtsamen zu erschrecken und die Strafbaren zu züchtigen, so habe er expreß der Obrigkeit die Kanonen gegeben, um damit gegen ihre Untertanen zu verfahren; das sei die gleiche Ordnung wie die, daß wer Menschenblut vergieße, dessen Blut auch vergossen werden solle.

Als sie am härtesten hintereinander waren, stund der gewesene Schultheiß Dachselhofer, der Altersschwäche halber selten in den Rat kam, heute aber zufällig oder durch die Neugierde des Alters bewogen, weil seine Köchin ihm von der gestrigen Geschichte erzählte hatte, zugegen war, auf und sprach: ‹Gnädiger Herr Schultheiß, gnädige Herren, numme hübschli! Der Tod wird mich bald nehmen, aber ich möchte nicht die Stadt ab als armer Sünder hinter dem Mühleseiler her. Es ist nicht immer recht gegangen, glaubt es mir, und wenn man zu wenig glaubt, kömmt es auch nicht gut. Wer sich allzuweit über seine Mitbrüder erhebt, will zuletzt auch mehr sein als unser Herrgott selbst. Machet nicht Aufsehen, die Eidgenossen sind müde, und die Bauren erschrocken, aber wenn man den Bogen zu hart spannet, so bricht er, und wenn eine höhere Gewalt im Spiele ist, so ist es aus mit unserer Gewalt, wenn wir sie an jene wagen. Wenn das Volk glaubt, eine höhere Gewalt sei auf seiner Seite, so helfen uns weder Weltsche noch Oberländer, weder Kanonen noch Reiterei. Ich möchte raten, zur ganzen Sache stille zu sein, als wenn sie uns nichts anginge, wir sie gar nicht wüßten, und dem Oberherrn von Wyl aufzutragen, daß er als Freund und Bekannter auf eine väterliche Art als von sich aus zu vernehmen suche, was an der Sache ist. Je nachdem der Bericht ausfällt, kann man handeln, es ist dann doch immer früh genug! Aber, gnädige Herren, nur nicht gleich darein gefahren! Es ist leicht zu sagen, der Baurenkrieg wäre nie ausgebrütet worden, wenn man gleich anfangs die Häupter um einen Kopf kürzer gemacht hätte.

Wie es gekommen wäre, weiß Gott allein. Aber das weiß ich, daß der Menschen Köpfe nicht in unserer Willkür stehen und daß das Zufahren gegen unsere eigenen Leute uns mehr Feinde gemacht hat und mehr Schulden verursacht, als wir verantworten können. Wir sind Menschen, und sie sind Menschen, und unser aller Herr ist Gott, das sollten wir nie vergessen.› Darauf ging es hart her über den alten Schultheiß, besonders von denen, die den Weltlauf noch nicht so gut kannten und noch nicht so nahe am Grabe stunden. Aber am Ende, da alle ältern Herren dazu stimmten, weil sie nicht wußten, wann man sie hinauf trage auf den Totenhof neben dem Zeughaus oder hinaus vors Klösterli, so ging seine Meinung durch, und dem Oberherrn von Wyl wurde geschrieben, daß er sich unter der Hand des näheren erkundige, und zwar so bald möglich.

Da traf es sich, daß dem gerade ein Roß hart krank wurde am Bauchweh, so daß der Viehdoktor übel nötig war, und zwar nicht nur für ein einfältig Trank zu geben, sondern um dabei zu sein zur Abwart und zur schleunigen Anwendung anderer Mittel, wenn die einten nicht helfen sollten.

Der Oberherr schickte alsobald auf Mühleseilen und ließ den Doktor holen. Der war eben erst heimgekommen und matt und schwach und hätte gerne zuerst geschlafen. Allein der Bote tat so nötlich, daß der Mühleseiler seinen Schimmel satteln ließ und nach Wyl ritt noch am späten Abend. Dort fand er schwere Arbeit mit Reiben und Sorgen, daß das Roß nicht niederfalle, ehe die Mittel ihre Wirkung getan. Der Oberherr, dem das Roß sehr lieb war, war auch dabei, und als er sah, daß der Mühleseiler ganz schwach wurde, hieß er ihn hineinkommen ins Schloß. Da stellte er ihm eine gute Flasche auf und Käs und Brot und machte selbst mit ihm Gesundheit. Dann begann er so hintenum zu fragen, wo aus er gewesen, daß er erst nach Hause gekommen, und was Neues es am Dienstag in Bern gegeben. Da sagte der Mühleseiler: ‹Junker Oberherr, fraget nur gradaus, was Ihr wissen wollt! Gradaus will ich Euch Bescheid geben, da ist keine Heimlichkeit, sondern etwas, das Gott offenbar machen will allen Menschen.› Und nun erzählte er ihm, wie das Volk abwendig geworden sei vom Glauben und wie es in den Herzen aufrührerisch sei nicht nur gegen die Obrigkeit, sondern selbst gegen Gott und wie er selbst gewanket habe und fast von Gott gelassen hätte. Da hätte ihn Gott auf einen wüsten Platz auf der Hundsschüpfe geführt, den er seither nie wieder hätte finden können. Dort habe er den ersten Transport von Basel her nach dem Rotentale gesehen und darauf mit Gott gesprochen. Der hätte ihm aufgetragen, wenn er ein festes Herz hätte und sein Volk lieb, von Halbjahr zu Halbjahr am Kirchhof in Bern sich einzufinden und da sichtbarlich dem Volke den unsichtbaren Zug zu geleiten, der ins Rotental getrieben werde von der Rotentaler einem, die noch immer auf den Kirchhöfen ihre Leute sammeln, Leute, die das Spiel treiben mit ihren Mitbrüdern, die kein Mitgefühl haben, sondern die Stärke walten lassen und die Lust und mit Menschen umgehen wie Kinder mit Käfern und Fliegen. Dann solle er auf Basel und Zürich und Luzern gehen, in Solothurn seien die besten, und sollte auch von da weg Leute führen, die Hoch- und Übermütigen, ins Rotental, auf daß das Volk erkenne, daß eine Gerechtigkeit sei, und die Herren, daß auch für die Obrigkeit eine Verantwortlichkeit sei und daß, wenn sie sich auch nicht vor dem Volk zu verantworten hätten, Gott um so strenger Rechenschaft fordere von denen, die hinter dem Titel, daß man gehorsam sein solle der Obrigkeit, indem jede Obrigkeit von Gott sei, regieren wollten.

‹Als Gott das mir auftrug, hat mein Herz doch gebebt, und ich wäre gerne rückgängig geworden. Spaß ist es wahrlich keiner, fürs Volk in apartigem Dienste Gottes zu stehen, hat doch sonst jeder genug für sich zu tun und viel genug für sich zu fürchten. Es graute mir vor dem Dienstag in Bern und vor dem Wüten der Herren, deren Zorn in meine Familie schon so feurige Blitze gesendet. Es graute mir aber noch mehr vor den Toten als vor den Lebendigen und absonderlich vor dem Riesen und dem Rotentale, wohin ich die Verfehmten geleiten sollte. Konnten die Rotentaler sich nicht auch in mir verschießen?

Junker Oberherr, es war ein hartes Unternehmen, und als so alles um mich schwieg und es mir ward, als warte ein unendliches Ohr auf Antwort, da ward mir, als höre ich gehen die Weltenuhr und die Sekunden schlagen zur Ewigkeit. Da ging nach und nach die Furcht unter, und es dünkte mich, als reiche mein Haupt bis an den Himmel und mein Mund sei zunächst dem Ohre des Allerhöchsten. Ich versprach, mannlich auszuhalten und zu tun, was mir aufgetragen worden, und was ich dem Allerhöchsten versprochen, das werde ich halten, Junker Oberherr, trotz allen Gewalten auf Erden.› So sprach der Mühleseiler. Meine Großmutter hat es mir mehr als hundert Male erzählt, und punktum immer gleich, wie man es in einer Chronegg lesen würde.» So sagte Hans.

«Darauf hat der Oberherr gesagt: ‹Aber erzähle mir nun, was hast du denn getan, was gesehen und was erlebt? Das ist's, was ich eigentlich wissen möchte und meine gnädigen Herren in Bern auch. Ich will dir kein Hehl daraus machen, sie haben die Sache wohl gemerkt und möchten wissen, was an ihr ist.›

‹Junker Oberherr, das müßt Ihr wissen, denn Gott will sie offenbar haben. Je näher der Dienstag kam, an dem ich auf Bern sollte, um von vielem Volk gesehen zu werden, um so lauter schlug mir das Herz, mit Beten und Arbeiten wurde ich kaum seiner Meister. Ich fürchtete mich immer weniger vor dem Zorn der gnädigen Herren, es ward mir immer deutlicher, daß ich in Gottes Hand sei.

Also ging ich auf Bern und fand mich zur Zeit beim Kirchhof ein und machte, wie mir befohlen war, die Türen weit auf. Da erschrak ich doch, als ich mehr sah als sonst, als ich hohe Herren wie arme Sünder auf ihren Gräbern sitzen sah, barfuß und mit gerungenen Händen, als ich die fürchterliche Gestalt am Ende des Kirchhofes sah, wie sie dort auftauchte und mit schrecklicher Geisel die armen Sünder aufjagte von ihren Gräbern der Kirchhoftüre zu. Als der letzte aufgetrieben war, der gar wehlich sich gebärdete und das Grab nicht lassen wollte, denn bald kam die Stunde, wo die junge Gattin Kränze brachte auf das Grab und bitterlich weinte auf demselbigen, da schritt ich voran dem Zuge, den die Geisel mir nachjagte. Es war entsetzlich zu hören, wie sie seufzten und stöhnten bei ihren Häusern vorbei, entsetzlich, wie jener ächzte, als die junge Gattin mit ihren frischen Kränzen an uns vorbei schwankte. Zurücksehen durfte ich nicht, der Jammer der Gesichter hätte mich versteinert. Als wir beim Rathause vorbeigingen, da schrieen alle auf, ich hörte ihrer Hände Ringen, aber niemand sah es als eine vornehme Frau, die ein Fronfastenkind sein wird. Mir ward das Herz immer schwerer und versöhnlicher, ich sah jetzt, wie schrecklich gerecht Gott ist, wenn man es nur glauben wollte.

Als wir weit aus der Stadt waren, da kam es wie ein Wirbelwind über uns, und noch ehe die Sonne untergegangen war, trieben wir durch wüste Felsenklüfte an der Jungfrau empor und ringsum aus allen Klüften und Schlünden windete es schrecklich, stöhnte und ächzte es fürchterlich. Einer engen Schlucht zu trieb uns eine unsichtbare Gewalt, die immer mächtiger wurde, während Stöhnen und Peitschenknall anschwoll zum Tosen des Wasserfalles. Vor uns öffnete sich plötzlich ein gräßlich Tal, eine zerborstene Welt, und über ihm das Grausen der Hölle. Schwarz war es von wimmernden Gestalten, aus den Schründen krochen sie zu Tausenden, an den Felsblöcken hingen sie zu Tausenden, durch die Spalten drängten sie sich zu Tausenden, und Tiere jagten ihnen nach, die ich nie gesehen, Ungeheuer wälzten sich über das Gestein, die kein menschlich Auge noch sah. Und an den Felsenwänden standen Riesen, dem gleich, der hinter mir die Geisel führte, schwenkten Felsenstücke auf hocherhobenen Händen, und mitten unter ihnen, größer als alle und schrecklicher, stund ein jugendlich Riesenpaar und schwang auf jeder Hand eine Fluh. Als unsere armen Getriebenen ins gräßliche Tal sahen, heulten sie laut auf in schrecklichem Jammer, die drinnen antworteten in fürchterlichem Geheul, der Tiere Gebrüll scholl dazwischen, und tausend Felsenstücke verfinsterten die Luft und donnerten ins Tal über die Tiere und Menschen. Da schwanden mir die Sinne, ich ertrug den Anblick nicht.

Als ich erwachte, war es Morgen, und ich lag an mir unbekanntem Orte. Als ich weiterging sah ich nicht weit von mir Dießbach liegen und kam mittags müd und matt nach Hause. Auf dem Wege bat ich recht inbrünstig Gott meine Schuld ab, daß ich an seiner Gerechtigkeit gezweifelt, und bat ihn, daß er mir mein Amt erlassen möchte. Aber ich erhielt keine Erlassung, als Strafe meines Zweifels und zur Bekehrung anderer werde ich es verwalten müssen. Eines hoffe ich. Das grausige Tal hoffe ich nicht mehr zu sehen, den Anblick überlebte ich nicht.›

So erzählte Mühleseiler dem Oberherr, wie ich es von meiner Großmutter so oft hörte, denn die ganze Geschichte hat sich Wort für Wort in der Verwandtschaft erhalten.

Da soll der Oberherr ganz versteinert gesessen haben, als er das gehört, denn auch er hatte seine Verwandten dabei. Er hätte gerne gezweifelt, aber er wußte, daß der Mühleseiler kein Lügner war. Endlich seufzte er tief und sagte, das würde er keinem glauben als ihm, aber es sei doch schrecklich für solche Männer. Jetzt aber solle Mühleseiler zu Hause bleiben und in diese Dinge sich nicht mehr mischen, die gnädigen Herren könnten ihm sonst rauh sein Handwerk stellen. Da sagte der Mühleseiler, der Junker Oberherr solle ihm verzeihen, das aber liege nicht in seiner Macht, es heiße, man solle Gott mehr gehorchen als den Menschen. Die gnädigen Herren könnten tun, was sie meinten, das gut sei, sie sollten aber nicht vergessen, daß Gott auch über ihnen sei und daß er das Volk nicht aufrühre, sondern nur zum Glauben zu bringen haben, daß ein gerechter Gott im Himmel sei, und dawider werden sie doch eigentlich nichts haben können. Nächstens müsse er auf Zürich fahren und Herren von dort durch die Freienämter und das Aargau führen, denn die hätten sich dort auch aufgeführt, als ob sie dort daheim und die Menschen dort Käfer und Fliegen oder Bienen wären, denen man den Honig nehmen könne nach Gefallen, und die Gott noch dafür danken müßten, wenn man ihnen das nackte Leben lasse.

Das sei eine strenge Sache, sagte der Oberherr, für eine Obrigkeit, daß sie unter ihren Augen vor allem Volk solle den Glauben pflanzen lassen, die Ihrigen kämen nicht in den Himmel, sondern einstweilen ins Rotental. An der Seligkeit Meiner gnädig Herren sollte das Volk nie zweifeln.

Der Mühleseiler antwortete, dafür könne er nichts, und wenn die gnädigen Herren es zu hindern vermöchten, so sollten sie es versuchen. Aber er glaube, es sei für die Obrigkeit besser, das Volk wisse, daß harte Leute aus der Obrigkeit von Gott gezüchtigt würden, als daß es glaube, es sei nur ein Herrengott und kein Baurengott. Wenn es an Gott glaube, so überlasse es die Züchtigung Gott, wenn es an Gott nicht mehr glaube und des ewigen Lebens sich nicht trösten könne, so räche es sich selbst, und am Ende sei doch der Stärkere Meister. Und wenn das Volk weder Gott noch Teufel fürchte, so sei es auch aus mit der Obrigkeit.

Da stützte schwermütig der Oberherr den Kopf in die Hand und sagte, das sei eine schlimme Sache, an so etwas hätte er nie gedacht. Er wolle es den gnädigen Herren einberichten, unterdessen aber solle der Mühleseiler schweigen und nichts ausbringen.

Der Mühleseiler sagte, schweigen wolle er einstweilen schon, aber destwegen bleibe die Sache nicht geheim. Was die Weiber gesehen, was am Dienstag geschehen, sei schon unter allem Volk. Und allemal, wenn er neue Herren holen müsse, und das müsse er immer am Dienstag tun zwischen drei und vier Uhr nachmittags, werden die Leute ihn sehen und irgend ein Fronfastenkind auch die unglückliche Herde. Es wäre auch gut, wenn es allen Herren bekannt würde, dann würde vielleicht die Herde von Jahr zu Jahr kleiner, als sie jetzt sei.

Der Oberherr konnte nicht viel darwider haben und ritt mit dem Bericht selbst auf Bern.

Als die Herren das alles hörten, da stunden den einen die Haare zu Berge, und ihr Blut stockete ihnen ums Herz, die andern aber fuhren auf, wollten auf der Stelle den Turmweibel nach Mühleseilen senden, den Mühleseiler zu fangen, ihn peinlich zu befragen über alles und ihn dann als Schänder seiner Obrigkeit rädern oder vervierteilen lassen. Dagegen redeten die andern mit Macht und meinten, es sei Gott schon sattsam versucht worden, es könnte bald genug sein. Sie wollten auch das Volk nicht wieder erbittern, denn der Mühleseiler war weit und breit ein beliebter Mann. Wenn er in andere Städte gehe, so sahen ihn vielleicht ihre guten Freunde, die Zürcher oder Luzerner, und was die dann machen, sei ihnen recht. Fehle es, so gehe es über die los, gerate es, so hätten sie auch den Nutzen davon.

Davon wollten die Harten lange nichts hören. Was das für eine Schande sei für Kind und Kindeskinder, meinten sie, wenn es heiße, den Vater hat der Mühleseiler davon geführt. Das dürfe man nicht dulden, es koste, was es wolle. Mögen nach dem Tode die Leute hinkommen, wohin es Gott gefalle, aber die Menschen brauchten es nicht zu wissen, am allerwenigsten das Volk.

Endlich nach langem Kampf und harten Reden siegten die, die meinten, die Obrigkeit solle der Sache gar keine Aufmerksamkeit schenken, tun, als wenn sie gar nicht darum wüßte. Und im gemeinen Leben sollte jeder die Sache ausreden, die armen Leute, die so etwas glaubten, bemitleiden oder auslachen und sagen, man müsse Erbarmen haben mit den armen Bauren und ihnen auch eine kleine Freude lassen, die sie tröste und niemand weiters schade. So werde gar kein Aufsehen gemacht, den Leuten erleide die Sache von selbst, niemand werde mehr daran glauben wollen, und zuletzt sei der Mühleseiler froh, dem Spott der Buben zu entrinnen und daheim zu bleiben.

So ward abgeraten, aber so ging es nicht. Gar manches Jahr ging er auf Bern und holte Herren ab, aber bis zum Rotentale mußte er nicht mehr mit, er konnte hieher dem Thunersee bleiben. In den andern Städten durfte man ihm so wenig tun als in Bern, obgleich er oft in Basel, Zürich und Luzern war. In Bern wollte man seiner spotten, aber man ließ es bald bleiben. Als der Mühleseiler einmal in andern Geschäften in Bern war, tat einer der wildern Herren das Fenster auf und rief herab: ‹Mühleseiler, wann holst du mich?› ‹In sechs Wochen, Herr›, antwortete der Mühleseiler. In drei Wochen war er eine Leiche, in sechs Wochen fuhr der Mühleseiler wieder mit einem Transport ab und niemand spottete mehr seiner.

Da kam den Bauren der Glaube wieder an den gerechten Gott im Himmel, und sie faßten wieder Mut, richteten sich auf und wurden wieder wacker in ihrer Arbeit und ihrem Tun. Den Herren aber verging viel von ihrem Trotz, und weil sie sahen, daß Gott der Herr die Bauren auch für Menschen halte und schwer räche alles Spiel mit ihnen und alle Bosheit an ihnen, so nahmen sie sich in acht und gingen besser mit ihnen um, taten den Landvögten ein Gebiß ein, beschränkten die Bußen und sorgten dafür, daß es ihnen wohl sei und sie sich auch für freie Schweizer halten und meinen konnten, sie seien es. So gab es wieder Frieden im Lande und Einigkeit, und der Mühleseiler erlebte es noch, daß ihm Gott seines Zweifels Strafe erließ. Er konnte die letzten Jahre in Ruhe leben zu Mühleseilen und den Rotentaler allein fahren lassen. Er soll im gleichen Jahre mit dem Erlacher gestorben sein, der so handlich tat im Baurenkrieg und mit den Bauren umging wie mit Schwefelhölzern. Aber der Mühleseiler lebt noch jetzt im Andenken, und in manchem Oberamte kennt man noch nach zweihundert Jahren seinen Namen.»

«Aber Hans, ist das auch wahr, was du mir da erzählt hast? Es hat mich ganz erschüttet. Es ist mir vorgekommen, als nehme mich der Wind und wirble mich ins Rotental mitten hinein.»

«Nachbar, ich habe dir's erzählt, wie ich es von meiner Großmutter gehört, und gebe es dir, wie ich es habe. Du kannst nun daraus machen, was du willst. Über solche Sachen hat jeder seinen Glauben. Wenn wir nur glauben und nie vergessen, daß ein gerechter Gott im Himmel ist und daß, wer seinen Mitmenschen nicht ein Bruder sei, gezüchtigt wird, so ist unser Glaube recht.»

«Du hast recht, Hans», sagte der Nachbar. «Aber wissen möchte ich doch, ob die Rotentaler noch immer Leute holen. Es muß fast sein, weil sie noch immer so tapfer schießen, daß man es so viele Stunden weit hört.»

«Warum nimmt dich das wunder, Nachbar?» sagte Hans. «Ist's dir nicht genug, daß du weißt, daß Gott einem jeden vergelten wird, wie er gehandelt hat bei Leibesleben?» «Eigentlich wohl», sagte der Nachbar. «Aber ich möchte doch gar zu gerne wissen, ob die, welche unsere Buben in allem Wetter im Land herumsprengen und die, wo uns alle ander Tag ein Mus anrichten, das wir ausessen sollen, und wenn wir das Mus nicht wollen, uns eine Suppe einbrocken, daß man daran ersticken möchte, und die, welche meinen, wir seien nur da, damit sie zuerst an uns saugen und hintendrein uns auslachen könnten, auch noch ins Rotental kämen? Ich möchte es ihnen gönnen, von ganzem Herzen.» «Nachbar, Nachbar», sagte Hans, «laß dich nicht verleiten und überlaß Gott die Rache, er wird alles wohl machen. Sorge du nur dafür, daß du nicht hinein kommst oder an ein noch böser Ort.»

«Spaß nicht, Hans!» sagte der Nachbar, «es schaudert mich schon nur beim bloßen Denken. Aber wie sollte ich hinein kommen, das Tal ist ja nur für vornehme Herren und nicht für unseren ein.»

«Jawohl, Nachbar», sagte Hans, «wenn zum Beispiel unsereins

seine Kinder plagt und quält, als ob sie Gott der Herr nur für unsern Zeitvertreib oder unsern Eigennutz erschaffen, oder wenn wir Diensten schinden oder gar ab armen Kindern reich werden, an ihren Schweißtropfen uns mästen wollen, so sündigen wir akkurat gleich wie vornehme Herren an uns dummen Bauren und sind nicht zu gut für das Rotental.»

«Gut Nacht, Hans», sagte der Nachbar, «schlaf wohl und zürne nicht, daß ich dich so lange aufgehalten habe!»

«Gut Nacht wohl», antwortete Hans, «und sei am Morgen nicht zu früh!»

Geh nur, dachte er dann bei sich selbst, und ziehe den Balken aus deinem Auge, der dich so übel gestochen hat, als ich daran gekommen! Es sind gar viele in gleicher Sünde und merken es nicht, weil sie verschiedene Röcke tragen und die verschieden heißen, mit denen sie auf gleiche Weise umgehen.

Darauf klopfte Hans sein Pfeifchen aus, nahm mit freundlichem Blick Abschied von seinen lieben Sternen, die er schon so manches Jahr betrachtet hatte, und gedacht, ob wohl auf einem derselben die Wohnung sei, die ihm bereitet worden, und ging zur Ruhe. Die Rotentaler schossen noch, als Hans längst in süßem Schlummer lag.

Ein traulich Gespräch

In einer niedern Stube war der Tisch gedeckt, ein Mann haspelte auf dem Ofentritt, eine Weibsperson trat aus der offenen Türe, die nebenan in ein kleines, dunkles Stübchen führte. «Können wir wohl noch essen, ehe sie stirbt?» frug der Mann. «Essit ume! Es gits no», scholl es aus der Nebenstube. «He nu so de, so bring dSuppe!» sagte der Mann, stellte den Haspel weg und setzte sich an den Tisch. Es war die Stimme seiner Frau, welche drinnen im Sterben lag, doch noch im Sinne hatte, das Essen zu überleben, welche die Antwort gegeben hatte.

Der Mann und die Magd aßen also, ohne daß ihr Appetit gestört schien. «Worein soll ich sie nähen, wenns vorbei ist?» fragte die Magd; «droben im Trog sind noch saubere Lylachen.» «Die reuen mich fast», sagte der Mann, «erst vorigs Jahr haben wir die machen lassen, noch fast ganz neu sind sie.» «He, wüssit ihr was!» scholl es aus der Nebenstube, «im Spycher hängt ein altes Deckbett, ds best ists nit, aber noch ganz. An dem trennt den Boden ab! Der tuts, und öppe schad ists nit.» «He ja», sagte der Mann, «das wird wohl das Beste sein, und reue tuts mich am mindesten. Wenn du abgewaschen, so hols und trenns ab, daß man es hat, wenn man es braucht!»

«Wottsch no neuis? Es wär non e weni Suppe», frug der Mann ins Stübli hinein. «Ma nit», kam die Antwort. «He nu so de, so nimm use!» sagte der Mann zu der Magd, «und reych de das Deck-

haspeln Garn winden
Lylachen Leintücher

bett abe! Es hanget wohl hinten.» Als abgewaschen war, holte die Magd das Deckbett, ging damit ins Stübchen, setzte sich vors Bett und begann den Boden abzutrennen. «Ich denke, ich wolle das hier machen, ich versäume nichts und kann notti zu dir luegen, ob öppis manglist, oder ob es usgeyt», sagte die Magd. «He nu so de», sagte das Weib, «aber sövli gschnell geyts doch nit.»

Und richtig, es dauerte noch bis am Morgen.

Die Rabeneltern

(Urfassung)

In einer geräumigen Bauernstube schnurrten drei Räder, zwei Kinder saßen lernend hinterm Tisch, und vor am Tische stand haspelnd ein Mann, unter dem Ofen schnarchte ein Hund. «Ich weiß gar nicht, warum der Schulmeister nicht zu uns zAbesitz kommt», sagte eine stattliche Frau, die an der untern Tischecke spann, «hat man sich öppe gegen ihm verfehlt?» Es war die Gerichtsäßi, die wir im letzten Kalender kennen gelernt haben, und welcher der Schulmeister versprochen hatte, bald zu kommen, ihren Gwunder zu stillen, was es mit den Rabeneltern für eine Bewandtnis habe. Der Mann tröstete sie, er wüßte doch nicht, was da gefehlt sein sollte, sie hätten ihm ja erst das letzte Mal, als sie gebacken, ein linds Brötli geschickt. Aber er werde nicht immer zAbesitz können, sondern allbeneinisch auch bei Frau und Kindern bleiben müssen, und das stehe ihm gar wohl an. Mit dem klopft es an die Türe, und ehe man erraten, wer das sein möge, und Bescheid gegeben, ging die Türe auf, und der Schulmeister trat herein. «Guten Abe geb ech Gott!» sagte er; «ih ha denkt, ih well grad innefür cho, drBysluft geht gar scharf draußen.»

«Gottwillche, Schumeister!» sagte die Grichtsäßin, wischte die Hand am Fürtuch ab und längte sie dem Schulmeister. «Wir haben nach Euch blanget und afe denkt, mir heygen is ob öppis vrfehlt, daß Dr geng nüt cho syt.» «Bhütis nei», sagte der Schulmeister, «was denket ihr o! Wenn alle Leute wären wir ihr, dann wärs o

Abesitz abendlicher Nachbarbesuch
Grichtsäßin Frau des Beisitzers im Untergericht

drbyzsy. Ih has myr Frau scho mängisch gseit, we dsGrichtsäße nit wäre, so wetts mir doch afe afa z'erleide hie.» «E bhütis, Schumeister, Dr müeßet nit so rede, süst fa dKing grad a pläre, und e sellige, dä sih so gmühye möcht, überchämte mr nimme wider», sagte die Grichtsäßin. «Aber jetz la gseh, ih ma nit gwarte, bis ih öppis vrnime vo de Rabeneltere, es isch mr afe mängisch drvo etraumt.»

Der Schulmeister, nachdem er noch einiges vorgebracht, setzte sich oben an den Tisch und begann folgendermaßen:

«Ich bin weit von hier daheim, im Oberland obe, wo dLauene tosen und dBäch über dFlüh uschömme, wo dGemseni uf de Gräte umespringe und dLämmergir höch i de Lüfte umeryte. Oh, es ist gar ein schönes Land, das Oberland, aber gar ein armes; da sieht gar manche Haushaltung den halben Winter durch kein Brot; da kann man an der Fasnacht Ziger essen, der ist wie Duftsteine, statt Küchleni.

Ob meinem Dörfchen an der Bergwand stund ein kleines Haus, aber oft lange leer; es wohnte in demselben nur, wer mußte, keine Wohnung finden oder keine bezahlen konnte. Uns Kinder kam allemal ein Schlottern an, wenn wir es ansahen; in die Nähe desselben wagte sich keins.

In diesem Hause sollen vor mehr als hundert Jahren zwei Eheleute gehauset haben. Groß und dunkel wie eine Schermtanne war der Mann, und wie eine Schwester dem Bruder glich ihm sein Weib; faul und wild waren beide. Man sah sie nie arbeiten; wer sie sah, erschrak ab ihnen. Ein ganzer Rudel Kinder füllte die Hütte, groß und dunkel, faul und wild wie die Eltern. Aber sobald sie kriechen konnten, wurden sie von den Alten aus der Hütte gestoßen und durften nicht wieder hinein, sie brachten denn Essen mit oder Holz oder sonstige Dinge, die zu brauchen waren. So verließen die

dLämmergir die Lämmergeier

Eltern ganze Wochen die Hütte nie und rührten sich wenig, als um zu essen; wenn man sie aber außer der Hütte sah, so gab es gerne strub Wetter, oder man fand Wochen nachher einen Stafel ausgeleert, einen Spycher erbrochen.

Die Kinder kamen ins Dörfchen, gingen weit umher, scheu wie die Gemsen; man wußte oft lange nicht, ob sie reden könnten. Sie mußten aber die Eltern ätzen, mußten zu Neste tragen, darum hoscheten sie an die Haustüren, streckten aber sehr oft nur die Hände dar, ohne ein Wort zu reden. Aber sie bettelten nur, wenn sie nichts anderes fanden; sie stahlen wie die Raben, was sie ergreifen konnten. Mit ihren scheuen, schwarzen Augen drangen sie in alle Ecken, und im Hui hatten sie gekapert, was nicht niet- und nagelfest war.

Sie waren arme Kinder. Stahlen sie, so schlugen sie die Bestohlenen; stahlen sie nicht, so kriegten sie Schläge von den Eltern. Wenn im Herbste die Bäume voll Obst waren, so sprangen sie in den Bäumen herum wie die Eichhörnchen und warfen die Äpfel einander zu, um sie fortzuschaffen, wie die Affen im heißen Afrika es tun sollen. Da mußten die Leute es schlau anstellen, wenn sie eins derselben erwischen wollten.

In die Schule ging keins derselben, keines kannte einen Buchstaben; sie wußten kaum, daß ein Gott sei; daß sie eine vernünftige Seele hätten, wußten sie nicht. Sie balgten sich untereinander wie die jungen Katzen; aber sie hielten treu zusammen, wie junge Raben es tun, es war, als ob sie untereinander ein Bündnis hätten zu Schutz und Trutz gegen die übrige Welt. Als die Kinder größer wurden, wurden die Eltern ungenügsamer, immer mehr und immer Besseres sollten die Kinder ihnen zutragen; immer lauter wurden die Klagen über die Rabenbrut am Berge. Auf den Bergen stahlen sie Gitzeni und Lämmer, in den Tälern

Gitzeni Zicklein

brachen sie in die Keller nach Anken und Käse und trugen alles ihrer Hütte zu.

Da geschah es, daß der älteste Bube in dunkler Sommernacht ein schweres Schaf stahl; es überzog ihn aber, und er trohlete mit ihm über die Fluh hinaus. In tiefem Schlunde fanden ihn die Holzer zerschmettert, ihn und sein Schaf. Sie brachten ihn seinen Alten, und die fluchten jämmerlich; es sei ihm recht geschehen, sagten sie, hätt er besser acht gegeben. Sie sagten den Holzern wüst, daß sie ihn nicht im Schlund hätten liegen lassen, es hätts ihm dert sauft ta und hätt keine Kosten gegeben. Sie wollten die arme Leiche in der Hütte nicht dulden, stießen sie in den Stall hinaus, wo Füchse und Eulen freien Zutritt hatten, und hätten fast Lust gehabt, sie in die Weid zu verlochen, wenn der Pfarrer nicht gewehrt hätte.

Nicht lange nachher wollte ein anderer Bube einem Fuhrmann der auf seinem Wagen schlief, ein Logeli mit Wein stehlen aus dem Fuhrkratten. Er hatte den Tag vorher nichts heimgebracht, war tüchtig geschlagen und deswegen so verwegen geworden. Aber es fehlte ihm: er kam unters Rad und mußte jämmerlich sterben. Sie machten es ebenso, als man ihn ihnen brachte, hättens fast verleugnet, daß er ihr Kind sei, und taten nichts als fluchen und schimpfen, bis er in der Erde war.

Es verwunderte die Leute, als sie von da an öfters Raben am Berg herumfliegen sahen, aber sie achteten sich ihrer nicht viel. Viele Leute hatten Mitleid mit den Kindern und hätten gerne das eine oder das andere zu sich genommen und es erzogen unentgeltlich, drGottswille. Aber die Kinder waren zu wild dazu; sie ließen sich nicht zähmen. Sie ließen sich nicht anfassen, saßen bei keinem Hause nieder, aßen nichts, wenn es jemand sah, und waren für kein Lieb in ein Haus zu bringen. Ebenso wenig wollten sie ar-

Logeli Weinfässchen (von sechs bis zwölf Litern)

beiten; man hat nie gesehen, daß sie ein Werkholz in den Händen gehabt hätten, die Axt ausgenommen.

Einmal war ein sehr strenger Winter, der gar nicht aufhören wollte, und in den Bergen lag viel Schnee. Schon damals soll es Küher gegeben haben, welche in guten Sommern Heu machten und es auf dem Berge ließen, um im Frühjahr in bösen Tagen ihren armen Kühen etwas zu haben. Auch ließen sie immer bald dieses, bald jenes im Stafel oder Spycher zurück. Aber schon damals gab es nichtenswerte, gottlose Menschen, die den armen Kühen diese Vorsicht nicht gönnten, sondern das Heu stahlen und das Käskessi dazu. Daher kommen die vielen Geschichten von dem Bannen, welche Kunst alten Kühern zugeschrieben wurde. So wußte der Alte am Berge auch eine Hütte mit Heu und andern Dingen, und er hatte seine Kinder schon lange daran hingereiset, sie zu bestehlen; aber immer war der Schnee noch zu tief gewesen oder der Winter zu wild, als daß sie hätten dazu kommen können. Der Alte ward immer ungeduldiger, weil er nicht mehr viel zu beißen und zu brechen hatte, und an einem Nachmittage im März jagte er seine Kinder alle mit zwei Schlitten der Hütte zu. Sie hatten ihm gesagt, es sei nicht richtig, es sei wohl lind Wetter, der Föhn könnte kommen gegen Abend, und die Lauenen donnerten schon über die Gletscher. Aber er hatte geflucht, daß die Hütte bebte, ihnen Faulheit und Feigheit vorgeworfen und ihnen gedroht mit aller seiner Kraft. Mürrisch und trotzig waren die Kinder abgezogen und mögen nicht liebliche Reden geführt haben auf ihrem düstern, wilden Weg; denn es waren auch mächtige Buben unter ihnen; nur ihre Wildheit und Scheu vor andern Menschen trieben sie immer wieder ihrer Hütte, ihrem Neste zu. Sie hätten mit der eigenen Kraft sich gar gut durchbringen können.

Als die Kinder fort waren, legten sich die Alten wieder in ihr

Bannen festzaubern, verzaubern

Moos; und als es dunkel ward, feuerten sie, um sich zu wärmen und zu kochen, aber das Feuer wollte nicht brennen, gab nur Rauch, und die Luft drückte denselben in die Hütte nieder, und einzelne Windstöße brausten an derselben vorbei immer häufiger, immer wütender. Als ob in sausendem Galopp Hunderttausende von Husaren vorbeistürmten, brauste es, von allen Firnen donnerten die Lawinen zu Tale; als ob eine Weltenschlacht hoch oben in den Lüften geschlagen würde, war es ein Tosen, Donnern, Krachen, vertausendfältigt durch tausendfältigen Widerhall. Die Hütte zitterte in den wilden Wettern wie ein Espenlaub, aber die Winde stürmten verächtlich an ihr vorüber, die Bäche strömten verächtlich an ihr vorbei; drinnen lagen die Alten wieder in ihrem Moos, sie dachten gar kaltblütig an ihre Gefahr, sie hatten es schon manchmal winden und lauenen hören, ohne daß es ihnen etwas getan; sie dachten gar kaltblütig an ihre Kinder, waren die auch schon manchmal heimgekommen aus wilden Wettern, war ja auf dem Berge auch eine Hütte, wo sie sich bergen konnten, und kaltblütig schliefen sie ein mitten im Wetter und ohne Kinder.

Am Morgen erwachten sie ohne Kinder; aber was war es, das so wild an die Fenster schlug, das so schwarz an denselben herumstrich, so rauh ‹Krak! Krak!› rief, einen Lärm machte, der die Faulen endlich von ihrem Lager aufbrachte? Es waren nicht ihre Kinder, die sah niemand wieder, aber zwölf Raben waren es, welche um die Hütte stürmten mit wildem Schreien und Fliegen und die Alten aufschrien und nicht nur aus dem nächtlichen Schlafe. Sie wurden ärgerlich, als die schwarzen Tiere so lärmten, und wollten sie verscheuchen, aber die ließen sich nicht verscheuchen, aber auch nicht fangen; sie lärmten immer wilder, umflogen immer kühner die Häupter der Scheltenden, die umsonst nach ihnen haschten und warfen. Sie machten die Hütte wieder zu; die Sonne kam, aber die Kinder nicht, und die Raben hingen ihrer zwölfe draußen an den Fenstern, mit den Flügeln schlagend und schreiend. Und graulicher wards den Alten, als sie die Raben zählten und es zwölfe waren und kein Kind heimkam, und sie machten die Hütte wieder auf, um nach den Kindern zu sehen; sie gingen weiter die Wand hinauf, sich weiter umzusehen. Aber keine Kinder kamen, aber die Raben blieben bei ihnen, hingen mit wildem Wesen sich an ihre Fersen, und wohin die Alten gingen, wirbelten die Raben um sie herum. Und immer fürchterlicher tönte ihr ‹Kuark! Kuark!›, immer schauerlicher wards den Alten, immer weiter trieb es sie in die Einöde hinein, die schlüpferigen Bergwände hinauf, und immer näher und wilder folgten ihnen die dunkeln, wilden Tiere. Aber auch in der Alten Kopf begann es zu wirbeln. Dunkel ward es vor ihren Augen, und fürchterliche Töne entrannen ihrer dunkeln Brust und drangen tief in des Tales Grund zu den Ohren der Menschen. Und die aufschauenden Menschen erblickten auf schwindelnder Höhe die sinnlos Fliehenden, von dunkler Vögelschar verfolgt. Sie sahen sie eilen dem höchsten Grate zu, sahen sie sinnlos dem Vorsprunge desselben zustürzen, sahen sie stürzen in den bodenlosen Abgrund, mit ihnen die dunkeln Vögel, alle zum schwarzen Knäuel geballt. Und nie sah man sie wieder. Aber wenn die Lawinen zum Fall sich rüsten, wenn der Tod seine dunkeln Schwingen entfaltet und sein Opfer sorglos ihm entgegengeht, da tönt es mächtig ‹Kuark! Kuark!› oben von der Höhe. Und wenn auf bösen Wegen Eltern gehen, auf böse Wege Kinder führen, da fliegen schwarze Vögel ihnen über den Weg, und ‹Kuark! Kuark!› tönt es über ihren Häuptern.

Und lautlos war die Menge gestanden unten im Tale und hatte bebend das schauerliche Ende gesehen. Und bald darauf verbreitete sich im Tale die Sage, die Raben hätten ihre Eltern geholt, und Rabeneltern nannte man von da an alle, die ihre Kinder verwahrloseten, zum Stehlen oder Betteln sie anhielten oder es ihnen ungestraft nachließen, die ihre Kinder mißbrauchten, um durch sie und auf Kosten ihrer Seele besser zu leben, dem Teufel zu frönen. Und der Glaube verbreitete sich, daß so, wie die Eltern auf diese Weise die Kinder zugrunde richten, zur Strafe auch die Eltern durch die Kinder ins Verderben gestürzt würden, daß sie am Ende austrinken müßten den Kelch, den sie den Kindern eingeschenkt hätten. Und wenn en Ätti oder es Müetti bei uns oben nur an sich denken, die Kinder vernachlässigen, sie zum Bösen führen will mit Tat oder Wort, so dreht man ihnen den Kopf der Bergwand zu und sagt ihnen: ‹Lue, dert obe hey dRabe ihri Alte gholt!› Und das ist scho mengem duregange dur Lyb und Seel.»

Auch lautlos waren sie in dsGrichtsäße Stube gesessen, und dSpinnräder sind allbeneinisch stillgstanden, und gschuderet hets se drRücken uf. Und wo der Schulmeister geschwiegen hat, da wollte lange niemand zuerst reden. Endlich fragte die Frau: «Aber Schulmeister, ists denn auch wahr, was Ihr da erzählt habt, glaubet Ihr denn auch an sellig Sachen?» «Was an der Sache ist, kann ich Euch nicht sagen, Frau», sagte der Schulmeister. «Aber so wird es noch jetzt in unserem Tale erzählt, und alle Kinder reden von dieser Geschichte. Und ja freilich, ich glaube daran, das heißt, ich glaube, daß mit Absicht und Wille Gottes diese Geschichte ins Volk gekommen ist, um recht anschaulich das Verbrechen ruchloser Eltern darzustellen.»

«Schulmeister, Ihr könnet eim recht z'förchte mache, und man muß daran glauben, man mag wollen oder nicht. Sind ja die Raben auch erschienen, als das arme Meiteli dem Tod entgegenging, und haben ihr ‹Kuark! Kuark!› gerufen. Nei aber, daß selligs wahr wär, hätte ich sonst nie geglaubt! Aber Schulmeister, Ihr söttet das vo Hus zHus ga erzelle, damit die Leute doch dächten, was sie machten!» «Ach du guti Frau», sagte der Schulmeister, «da möchte ich antworten: sie haben ja nicht nur Moses und die Propheten, sondern auch unsern Heiland, der gesagt hat: ‹Wer eins dieser Kleinen ärgert, dem wäre besser, daß ihm ein Mühlstein an den Hals gehängt und er versenket würde, wo das Meer am tiefsten ist!› Glauben sie dem nicht, wie sollten sie dann mir glauben? Und wenn sie schon glauben an die ganze Geschichte und es ihnen kalt und warm den Rücken aufläuft und sie die Hände ob dem Kopf zusammenschlagen über die Ruchlosigkeit solcher Eltern, so können sie doch nicht die Anwendung auf sich selbst machen und glauben euch in Ewigkeit nicht, daß sie solche Eltern seien; sie sehen euch nur den Splitter in fremden Augen, nicht den Balken in den eigenen. Oh, ich muß täglich sehen, wie der schnödeste Eigennutz die Kinder mißbraucht, Güterkinder und eigene, und könnte hundertmal die Geschichte von den Rabeneltern erzählen, es käme den Leuten gar nicht in Sinn, daß sie auch damit gemeint werden könnten; und wenn ich ihnen die Anwendung machen wollte, so würden sie sagen: ‹Schulmeister, i drSchuelstube, da bisch e Gschickte, da wey mr dih la mache, aber von üser Sach versteyst nit e Dreck, da schwig nume! DHauptsach isch, daß si mit de Kühe lehre umgah u mit de Rosse.› Ach, daß sie mit dem lieben Gott umgehen lernen, ist vielen Menschen nicht nur gleichgültig, sondern zwider.»

«Ja, ja», sagte die Gerichtsäßin, «we me dWahrhit seit, su geyts übel. Aber chömmit, losit neuis, Schulmeister!» sagte sie und machte die Stüblistüre auf und sagte im Hineingehen dem Mann: «Chumm de, we dHaspete us ist!» Und als auch er gegangen war und es drinnen wie Gläsergeklingel tönte, sagte eine Magd der andern: «Da mache si eim z'förchte, und de gange si de u vertrybe drSchreck u lö eim da allei hocke, wo me fast niene sy darf. Ih darf mi armi nit i dsGade ufe! We de drSchulmeister selligs zelle wett, so sött er de die ganze Nacht o bi eim blybe.» «Bisch e Göhl, Lisi!» sagte Anne Marei, «er het ja Wyb u Ching! Aber mir wey es schöns Lied singe u de no es chreftigs Gebet tue, de dörfe mr gah, wo mr

Güterkinder Verdingkinder
Göhl Einfaltspinsel

wey, un es darf is niemer nüt tue. Für selligs isch nüt Chummligers, als eis zbete.»

Ja, beten ist chummlig alliwyl, we me bete cha, daß es em liebe Gott gfallt und dem Herzen wohltut; aber, aber, können das alle Leute?

nüt Chummligers nichts Bekömmlicheres

Der bekehrte Mordiofuhrmann

Eine Sage

(Urfassung)

Wer kennt nicht den Weg zwischen Aarberg und Bern, die Seufzerstraße aller ehrlichen Rosse, der Schrecken aller Fuhrleute, die es mit ihren Rossen ehrlich meinen, das Grauen aller Kutscher, die Handwerkern und Bürgern, welche alle drei Jahre mit sieben Kindern und einem Pferd eine Lustfahrt machen, ein Roß anvertrauen müssen! Wie das bergauf, bergab geht, vom Himmel in die Hölle und dsKonträri wieder, daß einem die Beine ordentlich sturm werden! Wer kennt aber nicht auch die Straße von Murten nach Bern, des Teufels Lätschenbrett, wo er die Seelen der Böte, der Wistenlacher, der Kutscher und besonders der Weinfuhrleute zu fangen sucht, wo er hinter jedem Baum eine Schildwache hat, die Peitschenhiebe und die Flüche zu notieren in des Teufels Notizenbuch! Wer weiß nicht, wie es da hinuntergeht, als ob man zu den Gegenfüßlern fahren wollte, und dann wieder hinauf, daß es einem im Gnick wehtut, wenn man den vor den Füßen laufenden Weg betrachten will! Auf einer dieser Straßen soll es nicht richtig sein; ich sage nicht, auf welcher. Es schadet nämlich nichts, wenn die Mordiofuhrleute, die Tierschinder, die Bürgersmannen, welche meinen, ein einspännig Chaischen sei eine Arch Noah, auf beiden Straßen sich in acht nehmen.

Lätschenbrett Schlingenbrett für den Vogelfang
Wistenlacher Leute aus der Gegend um den Wistenlacher Berg zwischen Neuenburger- und Murtensee (Mont Vully)
Gegenfüßler Antipoden: Menschen auf der anderen Seite der Erde
Chaischen (Schesli) zweisitzige Pferdekutsche

Es war mitten in der Heiligen Nacht, als man vor einem der Wirtshäuser an einer dieser Straßen eine mächtige, aber wunderliche Stimme rufen hörte: «Stallknecht, ausspannen!» Und dem schläfrigen Stallknecht, der durch den Tag viel roten und weißen Wein, wie man ihn ihm brachte, im Leibe begraben hatte, der jetzt gerne geschlafen hätte, wars, als höre er die gleiche Stimme das große Ordinäri befehlen. Als er endlich brummend zum Wagen kam, sah er niemand mehr, dem diese Stimme angehörte, wohl aber ein bekanntes Fuhrwerk mit den wohlbekannten magern Rößchen, durch die nicht nur der Mond schien, wenn er voll war, sondern sogar die Sterne in halbdunkeln Nächten, und an den Speichen des hintern Rades arbeitete keuchend der wohlbekannte Fuhrmann. «Dani», schrie der Stallknecht, «bisch e Narr worde, oder bisch bsoffe? Was Donners machst da? Du bisch ja uf em Berg obe!» Aber Dani arbeitete fort und hörte nichts, bis ihn der Stallknecht beim Arm nahm und mit der Laterne ihm unters Gesicht fuhr. Da stierte Dani bald ins Licht, bald in des Stallknechts rot angelaufenes Gesicht, und tief aufatmend frug er endlich heiser und leise: «Isch er nimme da?» «He, wer de?» fragte der Stallknecht, «es het mih düecht, ih ghör neuere Frömds.» «He, drTüfel!» sagte Dani zitternd. «Nimm dr tusig Gottswille gschwing, gschwing ab, wenn er nimme da isch!» «Du bisch e Narr!» sagte der Stallknecht, «wottsch über Nacht blibe?» «Nit um hunderttused Pfund wett ih no e Schritt fahre! Herr Jeses, wie tut mr drRücke so weh, nimm doch recht ab, ih möcht i dStube, aber zünd mr! Herr Jeses, dert steyt er no!»

Und bald wäre der zitternde Dani ins Kellerloch gefallen; aber der Stallknecht, dem es selbst unheimlich ward, geleitete ihn in die Stube, wo noch nicht Feierabend war in der Heiligen Nacht. Aber der Wirt kannte halt keine heiligen Tage als die Tanzsonntage und

an den Speichen arbeitete um durch Drehen der Räder den Pferden zu helfen

die großen Bernmäriten, die Dienstage waren seine ordinäri Sunntige, und sein Gott war ihm sein Geld, und sein Wein half ihm zu seinem Gott, war sein Heiland. Wie lange werden ihn die selig machen, und wer wird dann seine arme Seele selig machen, wenn die aus dem Leibe muß, dessen Gott das Geld, dessen Heiland der Wein gewesen? Ein kurioser Heiland! Denn gerade er wars, der dem Wirt den Hals gebrochen. Der Teufel schickt halt manchen auf die Welt, und die Menschen sehen ihn für ihren Heiland an, und der dreht ihnen, wenn sie sich ihm ergeben, zuletzt den Hals um. Es gaben sich seinerzeit auch einige sechzig für den wahren Heiland aus, und nur einer war der rechte und kam von Gott.

Und in der Wirtsstube machte Dani, der große Mordiofuhrmann, sonst bedeutend Aufsehen, nicht wegen seinem Ansehen, sondern wegen seinem Aufbegehren; diesmal machte er noch größeres Aufsehen wegen seinem Ansehen. Er trat ein wie zertrümmert, hatte blutige Striemen übers Gesicht, und statt daß er wie sonst in der Stube herumstolperte mit der Geisel in der Hand, drückte er sich schnell ohne Geisel neben ein helles Feuer nieder und forderte gute Suppe statt einen Schoppen. Und er seufzte tief auf und wischte sich den Kot im Gesicht ab, und er war ganz dsKunträri von sonst. Das Stubenmädchen – bekanntlich sind die Stubenmädchen eine resolute Nation, aber doch eine hundertmal angenehmere als die vornehmen, aber unerträglich schlirpenden und hoch- und dummnasigen Kellner, die schon manchem Wirt seine Gastig vertrieben haben – das Stubenmädchen also sagte: «Dani, was hets gä, daß du wie ein Halbtoter dasitzest?» Und der Stallknecht kam auch dazu und sagte, es müsse da neuis nicht recht sein, die Stimme, die er gehört habe, sei einmal nicht Danis gewesen.

Und Dani machte ein Gesicht wie eine Kindbetterin, wenn sie auf ihre Suppe wartet, und gruchsete gar übel, bis er einen Teil der Suppe zu sich genommen, und, je mehr er Suppe aß, desto mehr begann er zu seufzen und zu jammern, bis er sich endlich zu folgender verständlichen Rede erholt hatte: «Ja, ja, lachit ume und fragit ume! DsLache vergieng euch auch, wenn ihr erlebt hättet, was ich.» «Es wird dir en andere Dani ebcho sy!» sagte das schnippische Stubenmädchen, «emel mir ist dsLache o scho mängisch vergange, wenn ih dih gseh ha.» «Lach ume, Mareili, wed lache masch! Aber we dr dä bigägnet wär, wo mir, du würdisch dir Lebtig nimme lache. Won er cho isch hinger em Hag füre, han ih o gmeint, es sig nume son e Nachtbub, dä mih well z'förchte mache. Ih ha mih im Städtli lang ufghalte, ih ha zu mym Faß Wy no öppis glade und ha aparti nit la futtere. Am Fuhrlohn zwackt me eym all Tag ab, drHaber ist geng türe, un ih ha däycht, we si scho nit so groß Ränze mache, dRoß möchte ume säufter glaufe u bsungers berguf. Ih han e Schoppe gha un es Würstli, u won ih ha welle fahre, isch no am ene Wirt us em Äärgäu si Zug cho, da hey mr no eis zügelet, u won ih us em Städtli usegfahre bi, ischs scho ganz feister gsi; u dRoß hey nit welle rücke, gäb wien ih uf se gschlage ha, es isch scho gsi, wie we si verhexet wäre, es hätt mr sölle zSinn cho. Un ih ha du no unterwegs für zwe Batzen Brot gfutteret, damit si o laufe möchte, aber es ist e bösi Welt, es isch nüt meh z'mache, o mit de Rosse nit, die wey geng ume fresse u nüt zieh.

Und nicht einmal recht konnte ich meinen Schoppen trinken, der Stallknecht pressierte und fragte unter zweien Malen, ob er etwa abspannen sollte. Aber ich dachte, heyge si nit besser welle laufe, su hätte si jetz wohl drWyl, z'warte, die Keybe. Endlich fuhr ich fort, und die verfluchten Rosse gingen immer langsamer, gäb wien ih uf se ghaue ha, und da unten am Berg stunden sie nun ganz still, und gäb wie ich auf sie schlug, wollten sie keinen Tritt ab Fleck. Ich nahm eins nach dem andern am Zaum und riß es vorwärts, aber sie taten keinen Wank, ich schlug an die Beine, unter die Bäuche, alles half nichts; es war alles wie verhexet. Ich suchte Schwamm, um ihn angezündet unter die Schwänze zu tun, das hätte geholfen. Und als ich ihn hatte, probierte ich noch einmal und schlug oberarm yche uf se; da kömmt plötzlich einer hinter dem Hag füre, schriß mir die Geisel aus der Hand und gibt mir eine Ohrfeige, daß ih zwirblet bi, und ghört han ih, daß er seyt: ‹Wart, du Mordiofuhrme, dih will ih lehre fahre!› Und du brüllen ih ne o a und sägen ihm, mys Fahre gang ihn nit e Tüfel a, u wer er de syg? ‹DrTüfel!› het er mih du abrüllet, daß es fry dur my duregange ist. Und da nahm er mich am Krosse und drückte mich an die Speichen des Rades und brüllete mich an, daß es mich dünkte, er bekomme fry feurige Hörner, da solle ich jetzt speichen, und er werde immer mich klepfen und nicht die Rosse, wenn es nicht gehen wolle. Und da fing er an zu fahren, es tschuderet mih dür und dür, wenn ih dra däyche. Mit den Rossen redete er ganz süferli, und mit mir fluchte er, daß der Boden zitterte, und wenn es nicht gehen wollte, so klepfte er nur so über die Rosse yne, und mir het er ghaue, daß es mich dünkte, es sollte mir die Kleider wie ein Schermesser abenanderehaue, und dann kam er noch und stüpfte mich, daß ich ganz ins Rad hineinfuhr, und drohte mir mit Schwamm, den er anzünden wolle. DHaar sy mr zBerg gstange, un ih bi mängisch ykneuet, aber de het er mr mit em Geiselstäcke ufghulfe und het brüllet: ‹Du verfluchte Mordiofuhrme, du mußt o einisch wüsse, wies dine Rosse isch!›, und de han ih wider müsse speiche, daß es mih düecht het, es well mr dsHerz us em Lyb sprenge. Un es het mih düecht, es gang mängi, mängi Stung, u ke Mönsch het welle cho, kes Fuhrwerk. Und als wir bald obe waren u es mih düecht het, we mih de drTüfel abselut well, su chönnt er mih am Berg näh, u nit wenn er mih zTod gmarteret heyg, brüllet er mih a: ‹Speich, du verfluchte Mordiofuhrme, speich!› Und dazu schlug er auf mich ein wie ein Kalb. ‹Und wennd recht speichisch, su nimm dih das Mal no nit; aber ds nächst Mal, wo du deine Rosse überla-

Krosse Gurgel

dest, nicht fütterst, sie unnötig stehen lassest, seis im Winter oder im Sommer, so nimen ih dih, du verfluchte Mordiofuhrme! Die sy alli myni, wo dTier und dRoß schindte, ih ha dere es schöns Tschüppeli binenangere, aber ih mangle geng no meh, u um Bern ume u um dMorgete ume, wo dSalzfuhrme fahre, u im Emmental, wo dKäsfuhrme und dKohlefuhrme sy, da überchumme ih se am ringste, und wenn de dsSteiführe recht ageit um Bern und Burdlef, de fragen ih dene Wyfuhrme ume nit viel meh na.› Und drwyle het er geng uf mih gschlage, es düecht mih, my ganze Haut sei verhaue wie mit eme Schärmesser, un es schüttet mih, wie wenn er mih no i de Fingere hätt. Es düecht mih, wenn ih es Tee hätt, es würd mr bas, aber es düecht mih geng no, er sig hinger mr mit sine füürige Hörner und stüpf mih.»

Und, je mehr der Mann erzählte, desto mehr schlotterte er, seine Zähne klapperten fast wie ein Storchenschnabel, auch der Stallknecht schlotterte mit, auch das Stubenmädchen hatte mitgeschlottert, bis ein hübscher, langer Bursche in die Gaststube gekommen war, von da an schien sein Couragi wieder zuzunehmen, und ziemlich herzhaft ging es der Küche zu nach dem Tee, doch nicht nahe genug an dem hübschen Burschen konnte es vorüberstreifen. Nun erhob sich ein ernsthaftes Gespräch, wer das Wesen eigentlich gewesen. Daß es kein bloßer Schatten, ein lustig Gespenst gewesen, darüber war man einig von wegen den handgreiflichen Zeichen, die Dani vorwies am ganzen Körper. Ob es aber wirklich der Teufel selbst gewesen oder ein anderes Ungeheuer, darüber stritt man sich hin und her. Ein einziger, ein Schneider, der während dem Erzählen gar sehr geschlottert, hatte sich wieder ermannt und fing an spöttisch zu reden über die übernatürlichen Dinge, allein er bekam so anzügliche Dinge zu hören über seine

Tschüppeli Schar
Burdlef Burgdorf
bas wohler

Vetterschaft mit dem Teufel vermittelst des Bocks, daß er froh war, zu schweigen. Der junge Kerli sagte kein Wörtlein, aber er blinzete Mareili immer mit den Augen, wenn es niemand merkte. Als der Streit immer hitziger wurde, sagte er endlich, er glaube nicht, daß es der Teufel selbst gewesen, aber einer, der vom Teufel komme, er habe von seines Vaters Bruder neuis darüber ghört. Nun wollten alle wissen, was. Und er erzählte ihnen, was kömmt.

Der Teufel meine es eigentlich mit niemand gut, sagte er, gäb wie man ihm auch flattiere und viel auf ihm hätte. Wer am meisten ihm Ehre erweise, den nehme er zuerst in die Hölle und plag ne de vom Tüfel. Nun seien wohl keine, die so viel Komplimente ihm machten und ihn so oft anriefen als die Mordiofuhrme, die Säuhändler ausgenommen. Und gerade auf den Fuhrleuten sei er am meisten. Es fahre mängisch o der Bautüfel in ihn, und es düech ihn, di ganzi Höll sött e Straß sy, und well probiere, Schwellene z'mache von Schwefelpulver, und de müß es gfuhrwerchet sy Tag und Nacht. Nun hätte er keine Rosse in der Hölle, nur Menschen, die Rosse müßten dann gewesene Fuhrleute vorstellen. Die spanne er alle mit feurigen Ketten an seine feurigen Wagen, lade ihnen auf wie ein Narr und jage sie mit feurigen Geiseln, bis sie in die Knie fielen und mit den Händen nach dem Boden griffen, «dann springen feurige Teufel auf sie und stechen sie mit feurigen Sporen bis mitten in den Leib, und wenn sie keinen Krauch mehr mögen, so stellt er ihnen feurigen Roßmist auf, den die Rosse aus Angst an den Rainen von sich ließen, und labet sie mit feurigem Wasser, welches die Rosse aus Langeweile vor den Wirtshäusern von sich ließen, denn das alles läßt er sammeln für seine höllischen Rosse. Aber es gibt Zeiten, wenn so recht der Bautüfel in ihn fährt und allen ungereimten Pörtern nachgestraßet werden muß, daß ihm die Rosse fehlen. Er muß gar viele Fuhrleute an einen Wagen span-

ungereimte Pörter ungerade Borde, Ränder

nen, denn er bekömmt sie meist gar schitter, entweder versoffen oder wassersüchtig oder auszehrig, fast ohne das kleinste Kräfteli. Da geht er dann nach jungen Fuhrleuten aus, füllt sie in Wirtshäusern, daß sie ab den Pferden fallen oder unter den Wagen und ihm in voller Kraft zufallen und nicht so ausgemergelt.

So fehlten ihm einige tüchtige Deichselrosse, und er wollte sich eine große Brücke von einem Schwefelkessel zum andern bauen und noch dazu eine gesprengte. Da sandte er einige Gehülfen aus an einem Dienstag, zu lußen auf Pferdeschinder an allen Stützen, und auch die Längenberger und Guggisberger vergaß er nicht. Er selbst aber ging auf Bern, um da sich einen auszulesen als Sattelroß an den Hauptwagen. Er strich an allen Orten herum, um sich den Töllsten auszusuchen.

Da sah er endlich einen Müllerssohn, der eine gewaltige Postur hatte und Kraft wie sieben Mann. Nach diesem wässerte dem Teufel alsobald das Maul; und der Müller hatte schwer Kernen geladen und vier Rosse wie vier Hengste vor dem Wagen. Aber er war eigentlich kein Roßschinder und ging gar manierlich mit ihnen um, und die Rosse hatten ihn gar lieb und rücheleten allemal, wenn er in den Stall kam, und rieben ihm ihre Köpfe ab, wo sie konnten, wenn er ihnen die Zäume eintat. Der hätte also eigentlich dem Teufel nicht gehört. Aber der Teufel läßt sich nicht so leicht abschrecken, er macht, was er kann, und wenn ihm nach einem gelüstet, und er kann ihn nicht nehmen wegen begangenen Sünden, so verleitet er ihn, welche zu begehen, er weiß wohl, daß schon gar manchen eine einzige Stunde in seine Gewalt gebracht hat, wenn er gleich bei der Hand war, sie zu benutzen.

Ein schönes, großes Meitschi stund bei dem Müllerssohn, und der Teufel sah wohl, daß es dem Müller besser gefiel als alle vier Rosse, der Wagen samt den Kernen. Da führte der Teufel einen jun-

lußen lauern, Ausschau halten

gen, hübschen Wirtssohn herbei, und der bot mit manierlichen Worten dem hübschen Meitschi das Reiten an, er sei allein, hätte ein styfs Wägeli und ein gleytig Rößli, der Weg sei wüst, und auf dem Wagen könne es doch nicht reiten, dort und dort wollten sie dann warten, bis der Benz nachkäme. Und der Teufel stüpfte das Meitschi, daß es gegen das Anerbieten nicht viel hatte. Ob ihm nur das Reiten wohlgefiel oder auch der Wirtssohn, ich weiß es nicht, aber fort tschäderte es mit ihm auf seinem tschädernden Bernerwägeli.

Benz hatte nicht viel dazu gesagt und nicht viel dabei gedacht, aber nun stüpfte der Teufel auch ihn. So nach und nach fing es an ihm im Kopfe zu gramseln, daß Eisi allein mit dem Wirtssohn auf dem Wägeli sitze, daß der Weg durch viele Wälder gehe, daß sie lange, lange vor ihm am Ort sein müßten, und was da alles geredet und gemacht werden könne. Es kam eine Hast über ihn, daß er kaum anspannen konnte, beim Fortfahren riß er einem Oberaargauer sein Wägeli, an welchem noch vernderiger Dreck war, fast in Stücken, und fast konnte er sich nicht enthalten, im Trott mit dem schwer beladenen Wagen zur Stadt auszurasseln. Draußen aber wurde ihm immer heißer im Kopf, eine Angst und eine Ungeduld kam über ihn, die kein Maß hatten. Es mußte gesprengt sein, und, je mehr er sprengte, desto ungeduldiger wurde er, und immer mehr artete die Ungeduld in Zorn aus, da die Rosse doch auch nicht immer sprengen mochten. Er jagte sie bergab, daß sie die Knie schunden, er jagte sie bergauf, daß sie rauchten und keuchten wie Dampfkessel.

Da stüpfte der Teufel auch die Rosse. Edle Rosse mit Kraft und Mut, die noch keinem Mordiofuhrmann in den Händen gewesen sind, denn ein Mordiofuhrmann ist für die Rosse gerade, was ein Despot für die Menschen, edle Rosse leisten ihren vernünftigen Herren in Augenblicken der Not das Unmögliche, aber gegen un-

Reiten hier: mitfahren
vernderiger vom vergangenen Jahr

vernünftige Behandlung sträubt sich jedes Haar an ihnen. So fingen allgemach die Rosse an unwirsch zu werden, sie wußten nicht, daß Benz seinem Meitschi nachwollte, sie wären ihm sonst freiwillig zu Gefallen gelaufen. Sie stunden still, wenn er sie peitschte, sie gingen zurück, sie warfen auf, schlugen aus. Und immer wilder wurde Benz, und immer wilder wurden die Rosse, Benz wütete, die Rosse wüteten. Da wurde Benz durch einen Schlag des Vorderrosses getroffen; fluchend fiel er nieder, und dem Fluchenden zermalmte der nachrollende Wagen den Kopf.

Nun hatte ihn der Teufel und fuhr mit ihm ab zur Hölle, und da mußte nun Benz Steine führen und kam nie mehr zu seinem schönen Meitschi. Aber dem Teufel gehörte er doch nicht ganz und gar, weil er eigentlich nicht so böse war und der Teufel ihm so schlau abgepaßt hatte; es war noch ein Erbarmen für ihn. Es wurde ihm verheißen, wenn er einmal einen rechten Mordiofuhrmann bekehren könne, daß er seine Pferde nicht mehr schinde, und seine Seele aus des Teufels Klauen rette, so komme er von der feurigen Deichsel am feurigen Wagen weg und zu seinem Eisi, das schon lange an einem bessern Ort ist; denn es blieb Benz treu, und der Wirtssohn konnte nichts abbringen. Nun sind ihm zu gewissen Zeiten gewisse Nächte eingeräumt, wo er wiederkommen und sein Bekehrungswerk versuchen kann. Da gibt er sich dann für den Teufel selbst aus und macht es den Fuhrleuten, wie sie es ihren Pferden machen, und traktiert sie, daß sie zu Gott schreien würden, wenn sie wüßten, wie.

Schon lange, lange Jahre soll er Fuhrleute so traktieren bald hier, bald dort; aber bekehrt hat er noch keinen. Aber das kömmt ihnen nicht gut. Das nächste Mal, wo sie ihre armen Rosse wieder schinden, kömmt dann der Teufel selbst und dreht ihnen den Hals um, und hinab nimmt er sie an seine feurigen Wagen mit ihren feurigen Diechseln. Und dieser Benz, Dani, ist hinter dir gewesen, und du wirst bald as Tüfels Karre sy.»

Und alle hatten ihm andächtig zugehört und noch mehr geschlottert als vorher, und Dani war ganz weiß geworden und bat den Stallknecht, daß er doch diese Nacht bei ihm schlafen dürfe, allein dürfe er es wäger nicht. Ehmals hätte er nicht «wäger» gesagt, sondern «DrTüfel söll mih näh!» Und der Stallknecht erlaubte es schlotternd gar gerne, ihm selbst war das Alleinesein nicht recht. Er hatte vielleicht auch noch gestohlnen Haber auf dem Gewissen und anderes und dachte vielleicht, der Teufel könnte eigentlich Mordiostallknechte so gut brauchen als Mordiofuhrleute. Schlotternd gingen alle weg, ausgenommen der Schneider und der hübsche Bursche. Der Schneider hätte gerne bei Mareili seinen Schlotter verschlafen und versteckt; aber Mareili, die schnippische Stubenmagd, war nicht glustig nach einem schneiderlichen Schlotter und trieb ihn hinaus. Der aber, frech, wollte nicht gehen, er hätte das Recht, so lange da zu sein als dä da. Da ging der, aber wohin, das konnte der Schneider, der von Mareili nachgetrieben wurde, nicht begreifen; er sah ihn draußen nirgend mehr. Da erfaßte ihn ein doppelter Schlotter, war wohl der der Teufel selbst gewesen und paßte ihm nun auf, vielleicht wegen gestohlenem Faden und Tuch? Er kehrte um, bat Mareili dr tusig Gottswille, es söll ihn doch nit dmTüfel überla, aber kein Mareili hörte ihn, das hatte an einem andern Ort zu hören; und das arme Schneiderlein mußte halbtot Spießruten laufen zwischen langen, langen Hägen hindurch, in welchen jeder Zaunstecken ihm der Teufel schien, und bei jedem rief ihm sein schlotterndes Herz: «Dä nimmt dih, dä nimmt dih!»

Am andern Morgen warteten Dani und der Stallknecht, bis es Tag war, ehe sie sich zeigten. Und Dani war zahm und blaß und ging wie auf Eiern und ladete das zu seinem Wein Aufgeladene wieder ab, und der Stallknecht half gar willig und versprach, durch

wäger wirklich

einen andern Fuhrmann es bestens zu besorgen. Und erst als er dem Stallknecht zweimal befohlen hatte, die Rosse doch recht gut zu füttern, ging er in die Stube, wo er sein Frühstück fand, und zum ersten Mal stellte er Anken und Hung und Käs beiseite und sagte, bloßes Brot tue es ihm sauft, es müß mänge Vornehmere bloßes Brot essen, und si Frau wär froh daheim, wenn sie geng bloßes Brot hätte.

Mareili machte ein gar spöttisch Gesicht dem zahmen Dani und fragte, wie er geschlafen und ob er sich bekehrt hätte, oder ob ächt drTüfel ihm hüt no drHals umdrehe. Aber Dani hatte nicht Zeit, zu antworten, er betete, daß ihm fast der Kaffee kalt wurde. Es war, als ob er es für viele Jahre nachmachen wollte. Und mit gar wunderbarem Gesicht betrachtete ihn Mareili, man wußte nicht, wollte sie vor Lachen versprützen oder gerührt werden. Endlich packte Dani auf, nahm noch Reste Brot mit für seine Rosse, redete so zart mit ihnen, wie es einem vierzigjährigen Fuhrmann möglich ist, und führte sie mit einer Sorgfalt heraus, als ob es Prinzessinnen wären und zwar legitime. Er machte ihnen förmlich die Cour, sah dabei aber immer über die Achsel, ob nicht Krallen darüber hereinkämen. Und als sie anziehen sollten, sagte er so leise: «Hü i Gottsname!», daß die Rosse es gar nicht verstunden und Mareili das Lachen nicht mehr bändigen konnte, besonders da der Stallknecht mit einem noch sanftern «Hü!» nachhelfen wollte. Aber Dani ließ sich nicht stören, sondern wandte nur sein andächtig Gesicht um und sah Mareili schwermütig an und fuhr, noch immer schlotternd, ab.

Und der Teufel drehte Dani den Hals nicht um; denn Dani war kein Mordiofuhrmann mehr, sondern ein vernünftiger, menschlicher Mensch mit Menschen und Vieh und fand immer mehr, daß er viel wöhler dabei sei, viel ästimierter und daher auch viel besser im Verdienst.

Und als später Mareili den hübschen Kerli heiratete, machte es ihm den Vorbehalt, daß er nie den Teufel gegen ihns spiele, selb begehre es nüt. Er tats nicht, es war aber auch nicht nötig.

Und wenn jemand über den gebesserten Dani spotten wollte, und daß man wegen seiner Bekehrung jetzt sicher den Stutz auffahren könne, so drohte er und sagte, man solle nicht spotten, er habe sichern Bericht, daß es an ein paar Stützen noch immer nicht richtig sei. Er glaube geng, der Tüfel ließe jetzt zwei los zuzeiten statt ume einen. Es sei durch den Benz gar mancher in die Hölle gekommen, ehe Dani sich bekehrte, weil sie sich nicht bekehren ließen; so hätte der Teufel noch Profit gehabt, und der habe ihm zu sehr gefallen, als daß er ihn so leicht fahren ließe.

Also nehmt euch in acht, ihr Mordiofuhrleute!

Der Brand von Bern

Es brannte vor zirka fünfzig Jahren einmal in Bern gerade neben dem Rathause in der obrigkeitlichen Münze. Und es war ein wütend Feuer, und blaß und ratlos saßen die Ratsherren auf dem Rathaus und wußten nicht, wie sie dieses Feuer, das so unerwartet und ungesetzlich über sie gekommen war, dämpfen sollten. Da sprang der Stadtschreiber hinter dem Tisch hervor und sagte, er wolle schon Ordnung machen in «Meiner gnädig Herren Namen.» Auch er stürmte und zwar auf das Balkon vor dem Rathause, unter ihm das Gewimmel der Leute, das Rasseln der Spritzen, das Prasseln der Flammen, das Geschrei der Löschenden. «Loset, ihr Leute! Wartet, ihr Leute!» schrie er mit heftiger Stimme, «wartet, loset! Ich will euch die Feurornig ablesen. Um Gottswille, wartet, loset die Feuerordnung!» Aber die Leute warteten nicht, loseten nicht, sie löschten und halfen, wie der Augenblick es an sie brachte. Da stürzte blaß und zerstört der Stadtschreiber unter seine gnädigen Herren und schrie: «Laufet, hochgeachtete gnädige Herren, laufet! Es ist alles verloren, da ist nichts mehr zu retten! Kein Mönsch wott uf dFüürornig lose.» Ob sie liefen, die Gnädigen, weiß ich nicht; aber die Leute, die nicht Zeit hatten, auf den Stadtschreiber und seine Ornig zu losen, löschten das Feuer, das Rathaus wurde gerettet, und die Gnädigen konnten wieder sitzen. Und damals kam es ihnen nicht in den Sinn, daß man die gelöschte Brunst wieder von vornen anfangen solle, um sie nach der Feuerordnung des Herrn Stadtschreibers löschen zu können.

Benz am Weihnachtdonnstag 1825

«Will Benz heute nichts zMorge?» fragte eine stattliche Frau, eine stattliche Kaffeekanne in der Hand, mit welcher sie über den Tisch wegfuhr, den braunen Segen in die Kacheli gießend mit festem Arm. Einer hinter dem Tisch, der eben den Löffel am Tischtuch abwischte, sagte, Benz hätte nicht aufwollen, sondern gesagt, er wolle auch einmal sehen, wie Langliegen einem tue. Er hätte sich manchmal verflucht, sagte ein anderer, er wolle am Weihnachtsdonnstag auch einmal erfahren, wie es die Bauren hätten. Wenn man das ganze Jahr durch Hung sein müsse, so sei einem doch erlaubt, es an einem Tag zu machen und zu haben wie ein anderer Mensch. «Benz ist immer der gleiche, er wird es noch einmal erfahren, wies kommt dä Weg, aber säge hilft da nicht», sagte gelassen die stattliche Frau.

Endlich erschien Benz unter der Türe und fragte: «Ist der Meister füre?» «Komm und nimm!» sagte die Frau, «unterdessen wird er wohl kommen.» «Ho, öppe es Kacheli Kaffee ist mir gleich», sagte er, «aber fresse wott ih nüt, ruchs Brot und Erdöpfelbitzli wott ih hüt nadisch nit.» «Mach, wie du willst!» sagte die Frau, «aber du wärest noch einmal froh, wenn du immer genug der Gattig hättest.» «Du brauchst für mich nicht Kummer zu haben», sagte Benz, «einmal dir werde ich nicht heischen, wenn ich zu wenig habe.» «Wer weiß!» sagte die Frau.

Kaum hatte er den letzten Schluck im Hals, so rief der Benz:

Weihnachtdonnstag am Donnerstag nach Weihnachten fand in Burgdorf der Weihnachtsmarkt statt

«Seh, drMeister söll cho, ich habe nicht der Zeit, auf ihn zu warten! Sövli strub als man den Lohn verdienen muß, will man ihn dann, wenn die Zeit ume ist.» Die Frau hielt es unter ihrer Würde, Benz Kampf zu geben, aber Benz räsonierte fort, bis der Meister kam. Diesem erklärte er alsobald: «Meister, ich will mit dir rechnen, ich habe schon dsTüfels Längi gwartet und habe heute nicht Zeit, den Tag mit Warten z'vrtrybe.» «Du wirst wohl warten, bis ich zMorgen gehabt!» sagte der Meister. «Ne, Meister, ih bi pressierte, und es wär mir anständig, wenn ich mein Geld bald hätte. Ich möchte es neue nit zweumal vrdiene, einist mit Werche und das andere Mal mit Warte.» «So, Benz, bist du auf diesem Roß obe? Dann bin ich selbst froh, wenn du bald gehst, und kurzi Haar sind bald bürstet.» «Sie sind mir ebenrecht läng», sagte Benz. «Mach du nur, daß du nicht verschießest!» Und seine Pfeife stopfend, sah er dem Meister zu, wie der aus dem Kalender zusammenrechnete.

«Siebenzig Batzen bleiben dir noch von den fünfundzwanzig Kronen, welche ich dir versprochen habe.» «He, wenn du recht luegst, su wird es wohl mehr sein», sagte Benz. «Rechne selbst», sagte der Meister, «und vergiß nicht, daß ich dir noch Tuch für ein Hemd anrechnen könnte, das man dir zu viel hat machen lassen!» Er möge nicht branzen, sagte Benz, nahm die zwei Fünfunddreißiger und brummte im Herausgehen: «Emel um ene Duble het mih dä … bschisse, aber was soll ich mit ihm anfangen?» Benz hatte nie gewußt, daß dreimal acht vierundzwanzig machen, und ganz vergessen, wie manchmal er Geld eingezogen, und aufmachen hätte er es auch nicht können.

Im Gaden zäumte er sich vollends auf; dann kam er herunter, stellte sich unter die Küchentüre und sagte zur Meisterfrau: «Adie wohl u zürn nüt!» «Benz, du kommst doch wieder und neujahrest mit uns», sagte diese, «wie es öppe drBruuch ist?» «Chum», sagte

branzen zanken, schimpfen
Duble Dublone

Benz. «Ich weiß neue afe, wie viel Eier und welcher Gattig Mehl Ihr in die Neujahrringe nehmet, es nimmt mich wunder, wie sie sie an einem andern Orte machen.» «So gang!» sagte die Meisterfrau, «es wird dir an einem andern Orte gehen wie hier.» «Das ist z'erfahre», sagte Benz und marschierte Burgdorf zu, den Hut auf der Seite, den Kopf vorgestreckt wie ein Stier, der durch einen Krishaufen will, die Hände verwerfend, daß sie ihm zu beiden Seiten in den Dornhägen hängen blieben.

Als er auf die große Straße kam, hatte er Platz für seine Hände, aber erst jetzt kam ihm die Täubi so recht an. Benz marschierte zmitts auf der Straße wie ein Preuß und meinte, heute könne er gehen, wo er wolle, es hätte ihm kein … etwas zu befehlen. Da kamen allgemach die Künge angefahren mit ihren raschen Rossen, und die Rosse merkten nicht, daß Benz siebzig Batzen im Sack hatte und heute den Herrn machen wollte; sie fuhren wie gewohnt zmitts durch drauflos, und wann sie endlich Benz mit der Nase an den Rücken stüpften, so mußte der um seines Lebens willen auf die Seite. Aber gräßliche Stöcke tröhlte er ab, daß man nicht einmal heute auf der Straße sicher sei vor denen Knechtlischindern. Denen Dorfmunine wolle er nicht Platz machen bis ga Burdlef abe, er wolle es denen aber noch einmal eintreiben, er sei dann auch noch da. Er schwenkte in die Burgergasse ein, da plagten ihn keine Rosse. Bäurinnen mit Ankenkörblene gingen vor ihm her, an denen ließ er seinen Zorn aus. Er plötschte durch sie hindurch wie eine Stückkugel, müpfte hier eine, dort eine, daß sie sich des Gräbleins kaum erwehren konnten, und wenn ihm ein «Donner!» oder ein «Lümmel!» nachkam, so sah er spöttisch zurück und hängte ihnen einen Schlemperlig an.

Täubi Zorn
Künge reiche Bauern
Dorfmunine Stiere, Dorfbullen
Schlemperlig anhängen Schimpfwort hinterherrufen

Als er auf den Viehmarkt kam, sah er in der Nähe des Waschhauses Weiber, welche Wecken feilhatten und Lebkuchen, und vielleicht fehlte es ihnen auch an einem Trunk nicht, wenn die Rechten nach ihm fragten und die Lätzen es nicht sahen. Dort stellte sich Benz mitts in den Weg, stützte sein Hinter auf den Stekken und schaute sich die Herrlichkeiten in der Weiber Körbe an. Es werweisete mit ihm, ob er hier zugreifen wolle oder warten bis ins Rütschelngäßli, wo er einst für fünfzehn Batzen Küchli versorget hatte. Die waren gut gewesen, er hatte die Chust noch immer im Maul. Endlich konnte er nicht widerstehn, griff mit beiden Händen in einen Korb hinein, faßte mit der einen einen batzigen Lebkuchen, mit der andern einen batzigen Wecken und biß nun, mit dem Hintern auf dem Stecken, allen Leuten im Wege, kehrum und tapfer bald in den Lebkuchen, bald in den Wecken. Das sei ein anderes Fressen, als die Burenhüng eim darstelle, wo längs Stück nicht einmal der Hung es fressen möge, sondern es mit dem Bauer und der Bäurin im Hinterstübli hätte. Als er fertig war, griff er stillschweigend und zweihändig noch einmal in den Korb, biß wiederum herzhaft von einer Hand zur andern, bis er zum dritten Male die dritte Portion herausholte.

Unterdessen war er allen, welche die Burgergasse herunterkamen, im Wege, und Bauer und Bäurin mußten um ihn herum durch den Kot, taten es auch stillschweigend, übersahen sein boshaft Zäpfeln, denn es war unter ihrer Würde, mit einem Knechtlein Händel anzufangen. Eine Herrenmagd aber mit einem Korb am Arme mochte dies nicht ertragen, besaß die erhabene Ruhe nicht, die über einen solchen Lümmel sich wegsetzt; sie stüpfte Benz den Stecken unterm Hintern weg und reckte ihm noch eins mit dem Ellbogen. Benz verlor das Gleichgewicht, wäre bald im Dreck gesessen, ließ den Lebkuchen hineinfallen, als er nach dem

Zäpfeln Hänseln, spotten

Stecken griff, um fluchend auf die Täterin loszufahren. Diese aber war längst im Gedränge entschwunden, und Lachen und Hohn war rings um ihn herum, besonders aus einer mutwilligen Bubenschar, die schon lange über Benz gespottet hatte.

Benz verlor den Kopf, schlug mit dem Stecken nach den Buben und wollte der Täterin nach. Aber so verstund das die Weckenfrau nicht, faßte Benz beim Kuttenfecken und forderte sechs Batzen. Benz wollte sich losreißen, wollte schlagen, aber die Frau war nicht erschrocken. Die Buben brüllten laut auf in wilder Lust. Da zeigte sich ein Landjäger und ließ seine martialische Stimme erschallen. Da sah Benz, daß er nicht entrinnen könne, und warf der Weckenfrau vier Batzen hin. Die aber wollte sechs Batzen, und die Buben brüllten, emel für zehn hätte er gefressen, mit einem solchen Maul fresse man nicht bloß für sechs Batzen in einer Stunde, er hätte ja Lebkuchen und Wecken zusammen abegwauschtet wie die Oberländer magern und feiste Käs. Der Landjäger sagte kuraschiert: «Geh, zahl und mach, daß es Platz gibt, sonst mußt du ins Schloß!» Da warf Benz voll Täube zwei Batzen der Frau dar und schoß wie ein junges Muneli davon, mit dem Stecken nach den jubelnden Buben schlagend, und hoch auf von seinen zornigen Füßen spritzte ihm am Rücken der Kot.

So lief er fluchend, schlagend, spritzend das Rütschelengäßlein auf und hatte gute Lust, mit Küchlene es noch einmal zu probieren, wie viel er möge. Da faßte ihn plötzlich nahe beim Schloßgäßlein eine Hand am Gilet, und eine Stimme rief: «Seh du, chast nit umeluege, we me dr brüllet! Ih wott jetz einist my Chram ha, wo du mir schon mängist versproche hest.» Aber Benz war nicht in der Laune zum Chramen. «Hürmehi (gegenwärtig) kramen die Mädchen den Buben», sagte er, «und wenn du mir einen Lumpen kramest, ich mangle einen, so will ich dir eine Halbe zahlen dort in Schläflisstübli.» Das geschah also. Das Mädchen kramete, und Hand in Hand wanderten sie in Schläflisstübli.

Dort war es voll wie üblich. Aber Benz schenierte sich nicht, setzte sich unten auf eine Bank, drückte und schob die Leute zusammen, bis sein Meitschi neben ihm Platz hatte; je mehr die andern brummten, desto mehr lächerte es ihn, das war so seine Höflichkeit. Er befahl eine Halbe Roten, aber vom bessern. Als die kam, fragte er sein Meitschi: «Mast Tee?» Es sei ihm gleich, meinte dieses. Benz fühlte sich da herrenwohl, und Roten und Tee vor sich kam er sich vor wie Hans oben im Dorf. Wenn ein Bekannter und besonders ein vornehmer Bauer oder eine vornehme Bäurin hereinkam, so brachte er es ihnen. «Seh, Anne Bäbi, seh, Hans, es gilt dr!» Hans oder Anne Bäbi sagten: «Bis ume rühyig! Es chunnt mr o.» «Du wirst doch öppe nit z'fürnehm sy, mr Bscheid z'tue, du wirst doch öppe o e Mönsch sy wien e angere.» Die meisten, um des Zankes los zu sein, taten ein klein Schlücklein und stellten das Glas wieder hin. Das nahm Benz übel und schrie: «Mach es früsches! Du meinst ume, ih vrmög nit, e Halbi z'zahle. Wohl, bim …, ih vermags so gut als mänge Buresohn, bim …!»

So tat Benz, als ob ihm die Dublone Jung hätten im Sack, borgete dem Wein nicht, werchete sich aber nach und nach in den alten Ärger über die – Burehüng, so daß, als sein Mädchen sagte, es duechs, es möchte neuis essen, Benz sagte: «Nei nadisch, es isch mr da erleidet, und e ganze Tag a eim Plätz hocke wott ih hüt nit, ih wott wyters. Seh, Meitschi, was sy mr schuldi?» «He, vier Halbene Zwölfbatzigen und zwei Kännli Tee. Das macht zusammen neunundzwanzig Batzen.» «Was, bim …, nume zwo hey mr gha!» «Nein, Benz», sagte sein Mädchen, «besinne dich! Viermal haben sie uns gebracht.» «So kannst du zwei zahle, wenn du es doch witt ghebt ha, du hest so vil gsoffe als ih. Seh, mach füre!» «Oh, öppe eine Halbe ist mr gleich», sagte das Mädchen kleinlaut. «Was, eine Halbi! Zwei mußt zahle, hest ghört!» «Du hast mich geheißen, Benz, zum Wein zu kommen.» «Heig ih dih gheiße oder nit, su chast du helfe zahle, und bsungerbar weil dus o mit em Stubemeitli hest und mih witt helfe bschyße. Wottst füremache oder nit, hest ghört!» Das Meitschi weinte fast: einen Lumpen gezahlt, jetzt noch zwei Halbene und dazu noch zu Gast zu sein! Indessen ein Benz an der Seite ist auch was wert! Als sie hinausgingen, sagte das Stubenmädchen: «Chömmit bald meh!» «Blas du mir is Füdle, du Zyberligränne!» antwortete Benz.

Draußen fragte das Meitschi: «Wo wey mir hi, zum ‹Bäre› oder zur ‹Krone›? Si tanze a beide Orte.» «Blas mr is Füdle und ghey du, wo du witt! Ih gange, wo ih will», sagte Benz und schob sich weiters. Verblüfft sah das Meitschi ihm nach wie ein Bub dem Vogel, den er in der Hand hatte, und der nun entronnen übers Dach fliegt.

Mit unerkanntem Ellbogen drückte sich Benz unter dem Zeitglocken durch, überrannte vor dem «Bären» beinahe einen vierschrötigen Garnhändler, polterte durch den Gang die Treppe auf und stampfte in die Gaststube. In Schläflisstübli hatte er es allen gebracht, hier sollten es ihm alle bringen, so meinte er. Er trappte langsam den Tischen nach, fand aber niemand schnitzig. Aber Benz war nicht schüch, vor jedem bekannten Gesichte stund er still und ging nicht fort, bis man es ihm gebracht hatte. Dann machte er ohne Komplimente ein frisches. Es sei nicht mehr dr wert, abzusetzen, sagte er, die ... Schelme von Wirte hätten immer kleinere Gläser und kleinere Guttern. So stopfete er herum, bis der Wirt ihm sagte, entweder solle er an einem Orte sich zuchela oder fort; so sei er drWirtschaft immer vor den Füßen, sie könne seinetwegen nicht durch. «Blas mir is Füdle!» sagte Benz, «du hast mir nichts zu befehlen; stopfe ich oder stopfe ich nicht, es geht dich nichts an!»

Da sah er, wo die Leute am dicksten saßen, einen Bekannten, der Wein und Fleisch vor sich hatte. Hier drückte er sein linkes Bein über den Stuhl hinein, zwängte das rechte nach, drückte mit

Zyberligränne sauertöpfische Person
schnitzig rasch bereit, zugriffig

dem Ellbogen ein Loch, steckte den Stecken zwischen die Beine, sagte zu seinem Bekannten: «Seh, was hesch?», griff mit blanker Faust von dessen Teller ein Stück Fleisch, stieß es ins Maul und sagte, er däich, er wells grad ache schwäiche, und trank ihm sein Glas aus. «Seh, willst du auch was?» fragte das Stubenmeitli. «Das geht dich nichts an, blas mir is Füdle!» antwortete Benz. «Wohl, das geht mich an!» antwortete dieses. «Wenn du nichts willst, so kannst du draußen auf der Gasse auch sein und brauchst nicht andern Leuten den Platz zu verschlagen.» «Blas mr!» sagte Benz. «So rufe ich den Wirt.» «So bring mr neuis!» «Was soll ich bringe?» fragte das Stubenmeitli. «Emel nit Dreck, du Kuh!» antwortete Benz, «Wy und öppis z'fresse!»

Es kam dünner Wein, ledernes Fleisch samt Brot; wer nicht manierlich ist mit den Stubenmeitlene, der muß es immer büßen. Benz sagte, er saufe heute nicht weißen Wein und fresse nicht Brot, er wolle roten und Wecken. «Du hättest drWyl gehabt, das gleich zu sagen», sagte das Stubenmeitli, «wegen einem solchen Fülli lauft man heute nicht manchmal zweimal.» «Blas mr is Füdle!» antwortete Benz. Während er aß, sah er über den Tisch weg Voressen, Braten, Schweinigs, Salat, Kuchen etc. Was seine Augen sahen, begehrte der Mund, und alle Augenblicke rief er: «Seh du, ghörst aber nüt, du Heustüffel, seh, bring mr o vo äym und vo der Rustig, wo dise het!», alles durcheinander, ärger als e Weltsch.

Als nach und nach der Mund nicht mehr mochte, trieb er ein frevelhaft Spiel mit den Speisen. Er rührte mit den Fingern darin herum, warf nach den Hunden, warf Tisch auf, Tisch ab den Leuten auf die Teller, ja nach Bekannten an andern Tischen, kurz, er machte den Lümmel auf die ekelhafteste Weise, so daß er den Leuten erleidete und sie dem Wirte verdeuteten, sie hätten genug von ihm.

«Los, Bürschli, schaff du jetzt afange ab!» sagte der Wirt, «du bist den Leuten nicht mehr anständig.» «Blas mr!» sagte Benz, «es ist mir noch lange wohl da.» «Sygs oder sygs nit, so schaff du jetzt ab und mache andern auch Platz!» «Blas mr!» sagte Benz. «Nein, das will ich nicht», sagte der Wirt, «aber du wirst kein Geld haben und gehen wollen, wenn es niemand sieht.» «Was, kein Geld, einmal mehr als du, du Lumpewirtli du!» «He, wann du Geld hast, warum zahlst du dann nicht?» «Du hast mir ja noch gar nicht gesagt, was ich dir schuldig bin, du Wymuni du!» «Gib afange dreiundzwanzig Batzen, so wird es viel daran machen.» «Was, du … Schelm, was, dreiundzwanzig Batzen? Nicht zehn geb ich dir.» «Mach, was du willst!» sagte der Wirt, «entweder zahlst du, oder ich lasse den Landjäger kommen, ich will dir dann den Schelm eintreiben.» Unter gräßlichen Flüchen, er hätte ja nichts gehabt als um einen Batzen ghaarigs Fleisch und ein Schoppen Wein, den er den Rossen unterm Stiel gefasset hätte, zahlte Benz. Als der Wirt den letzten Batzen hatte, sagte er: «Jetz streich dich, sonst kömmst du unsauber weg! Wenn man mit jedem so viel zu tun hätte, so möchte man des Tages kein Dutzend gferggen, und die andern müßten warten.»

Endlich verließ Benz seinen Platz, aber zur Tür aus konnte er nicht, stopfete in der Gaststube herum, fluchte vor jeder Üerti über das Schelmenhaus, hockete verkehrt auf einen Stuhl, streckte Stecken und Bein in die Stube hinaus und wollte ein Meitschi karisieren, das ein anderer zu Gast hielt. Der Bursche sah mit scheelen Augen ihn an, langsam stieg des Zornes Flamme auf, ein Stubenmädchen stolperte über seine Füße, schrie laut auf; da brannte das Feuer im Wirte auf, und Benz flog zur Stube aus die Stege runter, als ob er nie gestanden wäre.

Unten fluchte er mörderlich, man hätte ihm Kappe und Stekken gestohlen, und er hole sie dr … nicht. Sie wurden ihm hinuntergeworfen. Da verfluchte er sich noch ärger, er hebe sie nicht auf,

gferrgen abfertigen, erledigen
Üerti Zeche

die Kappe habe man ihm ab dem Kopf geschlagen, jetzt könne man sie ihm wieder auflegen. Da kam Mädi, das Meitschi, mit dem er in Schläflisstübli getrunken, und das ihm geduldig gewartet hatte, legte ihm die Kappe auf, gab ihm den Stecken in die Hand und sagte: «Chumm, Benz! Es sy wüste Leut da.» «Blas mr!» sagte Benz, tröhlte noch einige ab, stolperte doch endlich breitbeinig und fluchend zum Hause hinaus. Draußen fragte ihn Mädi: «Wo wollen wir jetzt hin?» «Blas mr is Füdle», sagte Benz, «und ghey du, wo du witt!» Mädi nahms nicht übel, trappete Benz nach, half ihm schimpfen, erzählte, wie es ihm bei der «Krone» fast nicht besser ergangen, und wie man in dem Burdlef des Lebens fast nicht mehr sicher sei.

So zottelten sie zusammen durch Dicks und Dünns bis zum nächsten Wirtshause, wo Geigen und Brüllen ihnen entgegentönten. Benz dagegen zu, Mädi ungeheißen ihm nach. Droben tanzten sie lustig im Scheine zweier mageren Kerzen, schräg auf dem Kopf die Hüte, die Pfeife im Maul, munter gings über den höckerichten Boden weg, und fleißig kratzten zwei magere Geiger auf zwei verrosteten Geigen, daß es in allen Ecken und an allen Wänden gixte und gaxte. Da riß es Benz hinein in des Tanzes Wirbel: er schleift Mädi bei der Hand, schwenkt den Arm, krümmt die Beine, schlengget die Achseln und setzt endlich mit mächtigem Schwunge zum Tanze an. Da macht Benzes Absatz mit einem Hoger am Boden zärtliche Bekanntschaft, will nicht weiter. Benz will an Mädi sich halten, und beide kugelten dahin, daß man lange nicht mehr weiß, was oben und was unten ist. Hoch auf stob der Staub, wildes Gelächter krachte an den Wänden, und Benz las mit Mühe sich Pfeife und Hut zusammen, fluchte über den Boden und Mädi, das nichts könne, hinkte zum Schenktisch und Mädi getreulich ihm nach.

Benz forderte eine Halbe Roten, und Mädi half ihm trinken, als ob sich das von selbst verstünde, aß die zwei aufgestellten Wecken unvermerkt weg und nahm auch von der zweiten Halbe so viel, als Benz ihm geben wollte. Bei allem Trinken wohlete es Benz nicht, das immerwährende Auslachen ärgerte ihn, und Mädi sagte, es werde wohl finster, und es sei noch einen Plätz bis heim. «So schaff ab!» sagte Benz, «und mir wey furt.» «Das wäre mir lustig», sagte das resolute Stubenmädchen, «wenn afange die Meitscheni den Buben Wein zahlen sollten! Du hast den Wein kommen heißen, und du zahlst! Bis nit e Uflat!» Er begehrte auf, und Mädi sagte nicht viel dazu, bis Benz endlich zahlte, aber in Grimm und Zorn und unter Blitz und Donner.

So, voll Tücke im Herzen, den Hut auf dem Ohr, die Pfeife im Maul, protzte Benz auf, konnte sich aber nicht enthalten, im Herausgehen einem Tänzer den Fuß vorzuhalten. Dieser stürzte samt seiner Tänzerin, und Benz war dumm genug, stehen zu bleiben und zu lachen. Im Satz sprang der Gefallene auf, auf Benz los, schlug ihn an die Wand, daß Hut und Pfeife dahinflogen, dann mit ihm zur Türe aus, die Stege ab zum Hause hinaus auf die Straße. Alles im Hui, und Benz lag blutend im Schnee, ehe er sich besinnen konnte, was es gebe. Dort lag er fluchend, blutend, trunken im Schnee, bis Mädi nachkam mit Hut, Pfeife, Stecken, ihn aufstellte, abwusch und endlich auf den Weg und in Gang brachte.

Nun erst war Benz recht unwirsch, schlug mit dem Stecken rechts und links, speute Gift und Galle über alle Wirte, über die ganze Welt, und endlich kehrte sich sein Zorn gegen Mädi, verwünschte es, wollte es schlagen, sagte ihm, es solle ihm is Füdle blasen, ihn ruhig lassen, keinen Tritt mehr den gleichen Weg kommen. Da begann Zorn und Wein auch in Mädi zu sprechen. Es wollte, es hätte ihn nie gesehen, son e wüste Hung, wie er sei, gebe es nicht. Es sei wohl ein Göhl, daß es so ein gutes Herz hätte, und wenn es nicht ein Göhl wäre, so säße es jetzt in der «Krone» neben

Göhl Einfaltspinsel

einem Bauernsohn. Aber es wolle ein ander Mal nicht ein Narr sein, mit so einem wüsten Hung gehe es sein Lebtag nicht mehr heim. «Wer het dih gheiße, du Täsche?» sagte Benz, «hock du meinethalben, neben wen du willst, aber e selligi mangle ich nicht bei mir, ich kann alleine gehen.» «Mr ist nume e Narr», sagte Mädi, «wem e es guts Herz het.» «Ih schyße uf dys Herz», sagte Benz, «es isch ey … wie die anger.» «Du lügst!» sagte Mädi. «Oder hat dir auch schon eine so viel angehängt und so manches Hemd gewaschen, wenn es Tanzsonntag gewesen ist und du kein sauberes gehabt hast? Sags, wenn du darfst! Hat dir auch schon eine so viel getan wie ich und dir aufgetan, wenn du gekommen bist?» «Blas mr is Füdle!» sagte Benz und steuerte gegen eine erleuchtete Fensterreihe zu, woher Lärm und Licht ihnen entgegenströmten. «Gang nit da hinein!» sagte Mädi, «komm jetzt, wir wollen heim!» «Blas mr is Füdle und gang, wennd witt, aber ungesse wott ih hüt nit hey!» «Du mußt auch etwas haben, wenn du mit mir kommst», sagte Mädi. «Ich habe noch sieben oder acht Habküchli unter meinem Dackbett, die ich gestern beim Küchlen erwitscht habe.» «Ih schyße dr druf!» sagte Benz, ging die Stege auf und Mädi nach. Wenn alles müsse vrfresse sein, dachte es, so wolle es auch etwas davon. Warmes hatte es heute noch nichts gehabt, war allenthalben nebefürcho, und Geld hatte es keinen Kreuzer mehr im Sack. Den letzten hatte es vergänggelet; auch ließ es Benz nicht gerne aus den Augen, bis es ihn hatte, wo es ihn haben wollte.

Droben stotzete Benz unter der Türe, sah mit gläsernen Augen, ob es ihm niemand bringen wolle, und wo er am besten abhocken könne. Niemand achtete sich seiner, es waren alles gesessene Leute, die sich wohlsein ließen. Endlich hieß sie der Wirt von der Türe weggehen und zeigte ihnen Platz zum Sitzen. «Blas mr is Füdle!» sagte Benz, «ih ha dWehli, z'stah, wo ih will.» Indessen setzte er sich

nebefürcho zu kurz gekommen

endlich und Mädi neben ihm. «Das ist mir doch e … Lumpewirtschaft!» sagte Benz, «da hocken ih scho e halbe Tag, und niemer bringt nüt.» «Du mußt doch zuerst befehlen!» sagte der Wirt, «was willst?» «Öppis Warms und e Schoppe!» Man brachte eine Halbe, zwei Gläser, zwei Teller etc. «Was mangle ich da für zwei?» sagte Benz, «und de han ih nume e Schoppe bifohle.» «He, du wirst doch das Meitschi, das du mitgebracht hast, nicht wollen zusehen lassen, wie du issest?» sagte der Wirt und ging. «Das ist afe e Bruuch», sagte Benz, «ih zahl bim … nume für mih.» Unterdessen griff Mädi handlich zu, und man sah es ihm von weitem an, wie das warme Essen ihm wohltat.

Benz begehrte schrecklich auf über seine Geschichte auf dem Tanzboden und erzählte, wie er es dem Wirt und dene … Burensöhnchen machen wolle. Unglücklicherweise saßen Leute um ihn herum, die ihre Freude an ihm hatten, er sollte ihr Narr sein. Die einen hielten es mit ihm, die andern widerredeten ihm, so redete Benz sich in immer größeren Zorn, begann wieder das Essen zu verwüsten, Glas zu zerbrechen und zu werfen, einzelne und die ganze Gesellschaft zu schelten, daß vermahnt wurde und Denkwein gebracht. Und wenn Mädi abwehren wollte, so zog Benz auf und sagte: «Wottsch e … uf dys Redloch, daß du meinst, mi schieß dr e Kilchturm dry?» Er ward immer völler, und wenn er nicht mit Wecken und Lebkuchen einen so guten Grund gelegt hätte, so hätte er längst kein Glied mehr machen können, und tat immer wüster.

Endlich hieß ihn der Wirt zahlen und gehen. Da begann Benz seinen alten Spektakel und wollte nicht. Mädi sollte zahlen, und als der Wirt sagte, er nehme von Meitschene kein Geld und nur von denen, die befohlen, sagte Benz ihm die anzüglichste Schande. Erst als er hörte, daß seine ganze Schuld, Üerti, Glas, Teller, die er verschlagen, und Denkwein sich auf sechzig Batzen belaufe, da fluchte er, daß das Haus zitterte, schlug den Rest der wenigen Batzen auf den Tisch und sagte oberarm drein, er gebe keinen Kreuzer mehr, er hätte nicht mehr, und wollte fort. Aber jetzt ließ man ihn nicht, niemand wollte für ihn gutsprechen. Alles hatte seine Freude am Spektakel, und mit der größten Burgerlust zog man ihm endlich die Kutte aus zum Einsatz. Mädi wollte mit Reden für Benz in Riß stehen, aber es trug nichts ab. «Schweig oder zahl!» sagte man ihm. Indessen belferte Mädi treulich fort, gleichsam das kleine Geschütz zu Benzens grobem, wollte ihm helfen, als man ihn ohne Kutte zum Haus hinaus die Treppe hinunterschob. Drunten waren sie nun, ohne Geld, ohne Kutte, Benz halb besinnungslos in gräßlichstem Zustande, gemischt aus Zorn und Jammer und Trunkenheit, nichts hatte er mehr als ein halbvolles Meitli neben sich. Das half ihm, wohin er wollte.

Ohne Geld, ohne Kutte konnte Benz am folgenden Morgen beim neuen Meister anstehen, und was ihm noch wartete, wußte er nicht.

Das war der Weihnachtdonnstag 1825.

Der Weihnachtdonnstag 1841

Ein kleines Häuschen stand in einer Waldecke fast wie ein Dieb, ehe er ans Einbrechen geht, in einer Hausecke. Finster war es drin und drum, und ihrer zwei traten aus dem Walde dagegen zu, einen Schlitten hinter sich. «Sieh doch», sagte der größere, «die Blättere hat noch nicht gefeuert, ist nicht einmal auf, wohl, dere will ich dsMayeli singe!» Ins Geißenställi unters Laub bargen sie den Schlitten, machten sich ins Stübchen, und plötzlich war es da lebendig. Ein Walken begann, ein Gebrüll erscholl: «Herr Jeses, Herr Jeses, my Gring, wottsch mih la sy, wottsch mih la goh, wotsch höre! Uy, uy, du Unflat!» Wie ein Echo brüllte es in allen Ecken, und Köpfe tauchten aus Hudeln auf, und ringsum wards lebendig. Und wie in Regen und Sturm der Donner, so brüllte in das Gekreisch hinein eine wilde Stimme: «Wottsch uf, du fuli Moore, und ga zMorge mache, ih will dr zeigen, ob du bis zMittag lige sollst, wenn ih zMittinacht ufmuß! Wottsch höre brülle, oder ih vrschla dr dsMul, daß es dyr Lebtig nimme ufbringst!» «Wottsch mih la goh, wottsch mih la sy! Mürder! Mürder!» «Wottsch dsMüetti la sy, la gah!» kreischte hier eine Stimme, dort eine. Während sich Benz gegen diese wandte, rutschete Mädi aus dem Bette, kroch heulend und fluchend, es wolle noch heute zum Statthalter und ihm anzeigen, wie Benz mit ihm umgehe, in die Kleider. «Gehe du nur!» brüllte Benz, «das ist mir gerade recht, ich will ihm dann sagen, wie du hingerrücks geyst ga Schulde mache, du … Täsche!» und streckte

Blättere faule, dicke Person

Mädi noch einige tüchtige ab. Da kreischte Mädi aufs neue auf: «Hör! Du bist doch dr wüstest Hung! Das ist doch noch nie erlebt worde, daß e Ma dFrau prügelt vor Tag, und weißt doch, wien i zweg bi.» «Warum gehst und machst Schulden!» brüllte Benz. «Das ist erheyt und erloge!» brüllte Mädi. «Wottsch du noch leugnen?» brüllte Benz und streckte wieder einige ab. «Wottsch höre, du Mürder, du Lügner, du Schelm!» so schrie Mädi. «Wottsch bikenne! Wottsch schwyge, soll dr dnGring abschriße?» schrie Benz. Nach diesen Präliminarien kam man endlich zum Feuern, zum Essen von weißen Erdäpfelbitzli, zum Trinken von blauem Kaffee und zu Erklärungen.

Der Bärtler im Graben hatte nämlich bei Benz ein Schindeltannli bestellt gehabt und Benz es diese Nacht geliefert. Benz hatte zwar keinen Wald, aber der Bärtler ein böses Dach. Schindeln zu kaufen, reute ihn das Geld, und ein Tannli selbst zu stehlen, war ihm das Bärtli im Weg. Benz hatte kein Bärtchen und übernahm die Lieferung gerne um ein Löhnli, öppe wie recht und billig. Als aber nun der Bärtler dem Dieb das Löhnli geben sollte, da hatte er allerlei Ausreden: das Tannli war ihm zu schlecht, er hatte abzurechnen für Kaffee, den Mädi bereits daraufhin genommen haben sollte. Was sollte Benz machen? Das Tannli konnte er nicht wieder nehmen, es war bald Tag; mit dem Bärtler vor den Richter zu gehen, schickte sich auch nicht wohl. Er mußte sich in Grimm und Zorn mit dem begnügen, was der andere ihm geben wollte. Grimm und Zorn ließ er nun daheim aus an Frau und Kindern, aber, gäb wie er schlug und fluchte, niemand wollte etwas dings beim Bärtler genommen haben.

Und nach und nach änderte sich die Sachlage, als Mädis Maul sich erholt hatte und in Gang gekommen war. Er sei der wüsteste Unflat, er sorge nicht für die Haushaltung, sei der fäulste Hung. Niemand wolle ihn mehr zum Arbeiten, sei der dümmste Hung, er hätte sonst das Tannli heimgebracht und nicht dem Bärtler, er hätte sinnen können, wie der es ihm machen werde. Gäb wie Benz sagte: «Schwyg, oder ih schryße dr drGring ab!», so fuhr Mädi fort und sagte: «Su schryß! Aber schwyge tue ih doch nit, ih surre de bim ... no mit drRöhre.» Es sei dr ungselligist Hung gsi, daß es son es Fülli übercho heyg, aber wenn eim e Dreck uf dNase söll, so ghey er eim nit uf dFüß. Benz kam nicht mehr zum Wort, er konnte höchstens noch sagen: «Schwyg, du ...! Ih wett, drTüfel hätt mih läbig gno, gäb ih dih einist agrührt ha, aber wem e am ene Dreck schmöckt, su muß me ne zletsch no fresse, mi ma welle oder nit.»

So lauteten die Tischgespräche dieses Ehepaares und machten zugleich die Gebete vor und nach dem Essen aus, die Voressen und den Dessert, während welchem Mädi selbst aß und einem kleinen Kinde etwas Essen einschlarggete. Als nichts mehr zu essen da war, lief alles davon, und Mädi mußte sein Geschütz gegen die Kinder kehren, daß sie abraumten und abwuschen. Jedes hatte sein eigen Geschäft im Kopfe, wollte, sobald möglich, dem nach, die allgemeinen Geschäfte hätte jedes dem andern zuschanzen mögen. Benz und sein ältester Bub und Diebsgeselle wollten firmen gehn im Walde herum. Sie hatten Holz nötig. Zugleich stieß ihnen vielleicht ein paßlich Stück Wagnerholz auf; Mädi hatte den Weihnachtdonnstig im Kopfe, und zwei Mädchen wollten betteln gehn. Was die drei jüngsten im Kopfe hatten, das frug man nicht, die mußten daheim bleiben, gäb wie sie schrien und wüst taten; ein fünfjähriges, ein dreijähriges Kind sollten zu einem jährigen sitzen einen lieben langen Tag lang. Benz wollte dem Mädi das Daheimbleiben gebieten; als aber ein Kartätschenhagel von Schimpfwörtern ihm an den Kopf fuhr samt einem Verzeichnis, was die Kinder alles nötig hätten, was er anschaffen sollte, für was aber es sorgen müsse, weil er der nütnutzigste Fötzel sei, da war er froh, Mädi gehen zu lassen und zwar je eher je lieber.

firmen herumstreifen, nach einer Möglichkeit zu stehlen Ausschau halten

Benz meinte, wenn er abgehendes Holz heimmache, so komme es niemand in Sinn, daß er das Tannli gestohlen. Dieses Holz war nicht in seinem Walde, er hatte nicht darum gefragt. Denen … Bauern tat er nicht die Ehre an, aber wegen ein paar … Ästen werde keiner was sagen und heute die meisten zMärit sein.

Ehe er ging, haarete er die zwei ältern zurückbleibenden Kinder, weil das jüngste schrie, und als er ging, da schrien alle drei.

Benz und sein Bub schafften gut, sie fanden viel Abgändes, fanden Häge zu plündern, fanden ein schlank, schön Öschli, wie ein Wagner es nur wünschen konnte. Das eine ward versteckt mit Vorsicht, anderes mußte der Bub heimschaffen am heiterhellen Tage im Trotz der heutigen Zeit, wo der Dieb das Recht zu haben meint zum Stehlen, der Bestohlene aber ein Unflat und wüster Hung geheißen wird, wenn er den Diebstahl rügt, dem Kläger das Bein vorgehalten, dem Dieb das Loch zum Entschlüpfen gezeigt wird.

Gegen Mittag sagte Benz dem Buben, er soll heim, drBurst ga choche, er müsse no neuehi. Benz ging nicht mehr zMärit, rechte Leute und rechte Orte floh er, aber Weihnachtdonnstag wollte er doch haben. Er strich daher einer Seite nach, kam bald zu einem einsamen Häuschen und ohne Umstände ins düstere Stübchen, wo zwei Dirnen spannen, ein Mann auf dem Ofen lag, im Nebengaden eine Alte hustete. «Kömmt doch endlich jemand!» sagte der auf dem Ofen, «ich glaubte, es sei heute alles zMärit.» «Ich schyß uf e Märit!» sagte Benz, «seit ich meine Blättere dort aufgelesen, gehe ich nicht mehr hin, es ist an einem Mal genug gewesen.» «Du hättest doch vielleicht noch Geschäfte dort», sagte eine der Dirnen. «Was wollte üser Gattig für Geschäft ha?» «He, du hättest villicht no dKutte usezlöse.» «Du … Hex, wottsch schwyge, oder …!» sagte Benz. «Chumm ume, ih förchte dih nüt!» sagte lachend das Mensch. Es hatte allerdings nichts zu fürchten, und, was Mädi, der

Öschli kleine Esche
Burst Kinderschar

Frau, ein Fuder Schläge eingetragen hätte, das brachte diesem anderes ein.

Es fanden sich noch mehrere ein nach und nach, es wurde gespielt, Brönz getrunken unter Fluchen und Scherzen, unter Erzählung alter Diebereien und Abrede von neuen. Was da abgeredet wurde, ward man oft stundenweit inne. Es dunkelte, und Tabaksqualm lag im Stübchen, daß man ihn mit Messern hätte hauen und aufs Brod streichen können. Da ward Benz heimgeschickt, er war am nächsten bei Hause, und für die Nacht hatte man Werkzeug nötig.

Unterdessen war Mädi nach Burgdorf gepfoselt. Es hatte sich aufgesträußt nach Möglichkeit, die größten Fetzen an den Strümpfen niedergenäht, das beste Säcklein in der Hand, ein leidlich Fürtuch an und schlenggete alert den Kopf hin und her, damit man die Hudeln nicht merke, welche ihm sanft um die Füße wädelten. Und es war nicht, daß das alles nichts half. Ein alter Hühnerträger hätte Mädi schon in der ersten Pinte zu Oberburg beinahe für einen halben Batzen Brönz gezahlt, wenn nicht eine muntere Eierfrau ihm Mädi abgestochen hätte und zum Brönz gekommen wäre. Taubs wanderte Mädi bis auf den Vehmärit, dort stellte es sich bei den Weckenweibern, fingerlete in jedem Korbe herum, aber was es wollte, gelang ihm nicht, die Weiber da haben zu gute Augen; wenn es einen Wecken haben wollte, so mußte es ihn bezahlen.

Im Rütschelngäßli war das Geständ größer, die Leute an den Krämerständen dichter, und wo sie am dichtesten waren, stellte Mädi sich in eine Ecke, nahm auf, legte ab, ging und stand, bis plötzlich ein junger Krämer unter seinem Stande hervorschoß wie ein Hund unterm Müllerwagen hervor, und rasch wollte Mädi im

Brönz Schnaps
pfoseln einhertrotten
Taubs wütend

Gedränge verschwinden; aber die verlöcherten Roßhaarspitzen verrieten ihre Trägerin, in einer Stündelikappe wäre Mädi gerettet gewesen. Ehe Mädi die gestohlenen Strümpfe verschlenggen konnte, hatte der Krämer es beim Fecken, traktierte es mit Kläpfen und Tritten und ließ es laufen. «Aber warum lässest du die Diebin laufen und nicht ins Schloß führen?» fragte ihn ein anderer Krämer, «es wäre auch von wegen den andern.» «Was frage ich den andern nach!» antwortete der Krämer. «Ich habe meine Strümpfe wieder und bin draus und dänne; wollt ich vor den Richter, so müßte ich noch erwarten, wem es besser ginge, dem Dieb oder mir, müßte vielleicht gar noch eidigen, daß es meine Strümpfe wären, wenn der Diebin unter den Fuß gegeben würde, mein Eigentumsrecht in Abrede zu stellen.»

Mädi hätte gute Lust gehabt, den Krämer zu verklagen, sagte ihm wüst, solange er es hören konnte, dann schob es sich hochmütig dem Garnmärit zu, denn, je öfter ein Dieb ungestraft darauskömmt, um so hochmütiger wird er, um so mehr glaubt er, nicht nur das Recht zum Stehlen zu haben, sondern auch das Recht, ehrlichen Leuten wüst zu sagen. Es trieb sich lange in Burgdorf herum, nicht nur auf dem Garnmärit, sondern auch auf dem Schweinemärit, man wußte nicht, warum, kam zu Schuhen und Strümpfen, man wußte nicht, wie, pfoselte gegen Abend heim, zwar nicht den Schachen auf wie im Sommer, aber doch pfoselte ein alter Bauer ihm nach, der alle Donnstag auf gut Schick ausgeht und doch nichts heimbringt als jeweilen einen Rausch. Dieser wurde Mädi nicht abgestochen wie diesen Morgen der Hühnerträger, er zahlte ihm, man wußte nicht, wofür, mehr als genug, und als nachts Mädi heimblampete, lief es ihm oben über.

Als es am trübsten um ihns aussah, huschten zwei Schatten an

verschlenggen heimlich wegwerfen
Fecken Wickel
heimblampete nach Hause wankte

ihm vorbei fast wie große Fledermäuse, aber Mädis Augen waren doch so trübe nicht, daß es nicht seine beiden bleichen, mageren Meitscheni erkannte, welche gerne inkognito neben der Mutter durchpassiert wären. «Seh, ihr Trücher», gurgelte es, «syt dr no nit hei? Es söll mr eis mis Säckli näh!» Als die Mädchen das Inkognito nicht gleich aufgeben wollten, raffte Mädi die letzte Kraft zusammen und schoß auf sie los, verlor aber das Gleichgewicht und lag im Hag. Da ward es doch den Mädchen angst; wenn sie schon heute entrinnen konnten, so war doch morgen wieder ein Tag. Sie nahten sich der Mutter, zerrten und rissen an ihr, bis sie wieder auf den Beinen war, und saumeten sie mühselig und zankend heimwärts.

Daheim sah es strub aus. Den Morgen hatten die drei zurückgelassenen Kinder größtenteils verpläret. Das kleinste wollte nicht schweigen; bald prügelten, bald flattierten ihm die andern, bald zaaggeten sie es herum, bald ließen sie es liegen, liefen von ihm, ließen es ab dem Ofentritt fallen, und als sie es daraufhin gar nicht besänftigen konnten, da schrien sie aus Angst und Hunger mit ihm.

So fand sie der älteste Bube, unwillig, daß er heimmußte und nicht mit dem Vater konnte. Der machte nun den Tyrann, prügelte sie erst, daß sie brüllten, prügelte sie dann, weil sie ihm nicht schnell genug an die Hand gingen, prügelte sie nach dem Essen wieder, daß sie stille sein sollten, während er fort sei. Denn sobald er mit einigen schlechten, halbgekochten Erdäpfeln sie abgespiesen, strich er sich wieder. Er wollte nicht alleine daheim sein, während alle andern auf gut Schick aus waren und keines, wie er wohl wußte, an die dachte, die daheim geblieben waren. «Selber fresse macht feiß!» galt hier als Wahlspruch. Zudem hatte er das Beil vermißt, vielleicht hatte es der Vater verloren, aber hier war nicht

Trücher träge, begehrliche Frauen
zaaggen trödeln

lange untersucht, der Stärkere hatte immer recht, und für jegliches Ungeschick ward der Schwächere geprügelt. Der Bub wollte das alte Beil suchen oder ein neues kriegen und etwas für sich schaffen.

Dämmerung wars, als er heimstrich, und niemand fand er daheim als die drei Kleinen, von denen die zwei ältern sich jämmerlich fürchteten, das kleinste aber heiser war und nur noch winseln und gruchsen konnte. Er war hungrig, hatte auf das Bettlerbrod der Schwestern gehofft und auf ihre Kreuzer für Milch. Jetzt mußte er wieder bloße Erdäpfel kochen, mußte die andern Geschäfte verrichten und weinte fast aus Zorn und Ärger. Da kam der Vater heim, wollte seine Sachen nehmen und wieder fort, aber der Bube verfluchte sich, allein bleibe er nicht, und wenn der Vater gehe, so laufe er auch fort. Dann fluchten beide über die Täsche, die noch nicht heim wären, und es sei doch schon lange Nacht, und rateten ab, wie sie es denen reisen wollten.

Da klopfte es draußen, und herein kamen zwei Männer und ein Landjäger und sagten Benz, sie hätten etwas weniges bei ihm zu suchen, er solle ein wenig zünden. Er hätte ihnen nichts zu zünden, sie sollten ihm blasen und sich fortmachen, sie hätten hier nichts zu tun, nichts zu suchen. Wenn er nicht wolle, so müßten sie es selbst tun, sagte ein Bauer. Da sei er auch noch da, und hier soll ihm kein Mensch einen Tritt versetzen, sagte Benz, sonst komme es nicht gut. Damit wollte er nach dem Beile greifen, das an der Wand stund, aber der eine kam ihm zuvor, und kaum fühlte er den Halm in der Hand, so rief er: «Was …, das ist ja mein Beil!» «Du lügst wien e angere Donners Schelm!» rief Benz. «He, chumm lueg!» sagte der andere, «das ist mein Zeichen auf dem Halm und auf dem Beil, und du wirst kaum deine Sachen gleich zeichnen wie ich.» Er hätte es vom Schmied gekauft schon vor einem Jahr, er wolle es beweisen, sagte Benz. Und er wolle es beweisen, daß er es diesen Morgen noch gebraucht. «So hast du es mitgebracht und gebeizt, du Donners Schelm!» rief Benz, diesmal im Glauben, er habe recht, denn der Bube hatte nicht Zeit gehabt, von seinem Fund zu erzählen, und jetzt fand er es nicht rätlich.

Die andern aber kümmerten sich um ihn wenig, wie er auch fluchte, und weiter als bis zum Fluchen durfte er nicht gehen, denn der Landjäger hatte ihm gesagt, er solle nicht machen, daß er ihn fasse müsse; wenn er ihn einmal hätte, so wüßte Benz wohl, daß es eine Weile ginge, ehe er wieder loskäme. Das fesselte Benzen Hände, aber nicht sein Maul, aus dem das Wüsteste kam, was in seiner Seele war. Sie fanden allerlei Verdächtiges, das sie auf sich beruhen ließen, aber das Trämeli nicht, wohl aber den Schlitten unter dem Laub, fanden frische Tannenrinde am Schlitten, Erde und Eis. Sie wußten nun, daß das Schlittli zum Raube gebraucht worden war, wußten, daß sie eine Schlittenspur vom Stocke weg zu suchen hätten, und gingen fußwarm mit der Laterne hin, nachdem sie das Maß von den Schlittläufen genommen hatten.

Benz brüllte ihnen Flüche nach; der Landjäger aber sagte, so ein wüstes Nest hätte er nicht bald gesehen, die Gemeinde sollte die Haushaltung aufheben und die Kinder zu braven Leuten verbringen, daß sie auch arbeiten lernten; so gebe es lauter Schelme. Der Alte sei einer, die Mutter auch eine, und die ältern Kinder kenne er schon lange. Ehemals, antwortete ihm einer, hätte man das wohl getan, und an der letzten Gemeinde hätte man ebenfalls davon geredet. Aber da hätte einer gesagt, das wäre dumm. Jetzt brauche man, wenn es bös gehe, bloß den Hauszins zu bezahlen, komme mit zwölf oder fünfzehn Kronen daraus, und, was sie stehlen, das täten sie meist in andern Gemeinden stehlen oder den Hintersäßen, und zuletzt kämen alle an meiner gnädig Herren Mus und Brod, dann sei man ihnen ja ganz ab. Hebe man aber die Haushaltung auf, so koste jedes Kind durchschnittlich wenigstens zehn

Trämeli Stämmchen
Hintersäß nicht vollberechtigter Gemeindebürger

Kronen. Den Alten und die Alte müsse man noch obendrein haben, und wenn man einmal einem Buben etwas anrechnen wolle, so könne man zuerst hundert Kronen verprozedieren und dann noch den Stecken am dreckigen Orte nehmen. Wenn man heutzutage einer Gemeinde eine Täsche geben könne, so spare man es nicht. Mit Pinten und Stubenwirtschaften mache man den Gemeinden die Leute schlecht, ziehe hunderttausend Franken Patentgebühren und lasse die Gemeinden die arm gemachten Leute erhalten, und wenn sie etwas dazu sagen wollten, «so gibt man ihnen an dem einen Ort keine Antwort, am andern ein scharfes Urteil, das sie in die Kosten verfällt. So möchte der Teufel dabei sein!» So hat der geredet, und seine Meinung ward einhellig angenommen.

«Es ist doch lätz», sagte der Landjäger. «Sygs oder sygs nit», sagte der andere, «es ist afe Zyt, daß dGmeinde zu ne selber luege, wenn niemer angers zu ne luege will.»

Während die Männer das Haus untersuchten, und gerade als Benz am lautesten brüllte, war Mädi heimgekommen, und es kam ihm wohl. In seinem Zorn vergaß Benz, Mädi zu prügeln, und dessen Zustand, der sich freilich etwas gebessert hatte auf dem Wege, bemerkte er nicht. Bloß der Bub fluchte mit ihm, daß er nicht aller Hung sei und alles machen wolle, ein ander Mol könne es früher heigheye, er rühre sy Seel kes Schyt meh a.

Übler kommen die Kinder weg. Zuerst die kleinen, weil das kleinste so stürmte und heiser winselte, sie kriegten Schläge dafür und konnten doch nichts dafür. Waren nicht die schuld, die ihnen das Kleine anvertrauten und ihren Lüsten nachliefen? Am übelsten aber kamen die beiden Mädchen weg, als sie ihre Bettlerbeute abliefern sollten, damit die ganze Haushaltung daran sich erlabe. Sie brachten nichts als Brod und meistens nur hartes, schwarzes Brod und noch wenig dazu.

Sie sollten mit den Kreuzern hervor, sie hatten keine; sie sollten mit dem Gemauseten hervor, sie brachten nichts; sie wurden erlesen um und um, sie hatten nichts. Sie hatten wohl Kreuzer erhalten, und während eins vor den Häusern bettelte, schnausete das andere hinter den Häusern und nicht ohne Erfolg; aber warum sollten sie alleine nicht an sich denken? Sie hatten die Kreuzer vertan für Lebkuchen und Haselnüsse, sie hatten einer Krämerin, welche alles Erschnausete gerne kaufte, weil sie es wohlfeil kriegte, was sie gemauset, verkauft und dort sich gleich gütlich getan mit angemachtem Brönz und einem Stücklein Brägelwurst. Warum sollten sie alleine sich nichts Gutes tun und für die andern einsammeln? Sie hatten noch einige Kreuzer im Sacke, als sie heimgingen, da kam es dem kleinern, einem verwegenen Ding, in Sinn, sie wollten dieselben verbergen für ein ander Mal, sie könnten ja sagen, die Meisterleute seien allwärts zMärit gewesen, daher alles abweg geräumt und nirgends Kreuzer gegeben worden. Dem ältern schien dieses einleuchtend, und gesagt, getan. Nun schrien sie die Gründe ihren Drängern zu, unter denen der Bube der hitzigste war, denn er hatte am meisten getan, am wenigsten gehabt. Aber an diesen Gründen wurde niemand satt, sie entrannen daher ihren Heiligen nicht und suchten heulend ihre Hudeln auf dem Ofen. Benz wollte fort, Mädi ihn nicht lassen, der Bube aber mit, und erst als er beiden wüst gesagt und mit Schlägen gedroht, kam er los, kehrte seinem Elend den Rücken und ging neuem entgegen. Mädi grunzte, der Bub ließ an den Kleinern seinen Zorn aus, bis auch über diese der Schlaf kam, Schnarchen hier ertönte, dort ertönte und zwischen alles hindurch das heisere Gewimmer des armen Kindes, welches allein sein unverschuldet Elend, um das sich niemand kümmerte, ein gebrochenes Schlüsselbein, das niemand merkte, nicht verschlafen konnte.

erlesen durchsucht
schnausete schnüffelte
Brägelwurst Bratwurst

So ging dieser Tag zu Ende, die schreckliche Frucht einer verschwendeten, der Sünde geopferten Jugend.

Und welches die schrecklichen Folgen einer unverständigen Humanität und mißverstandenen Liberalität sein werden, das wird man in einigen Jahren in den Protokollen der Gerichte lesen können.

Die angenehme Überraschung

«Ach, ach, ach!» so seufzte es in eines Bierstüblis dunkelster Ecke und gruchsete dazu wie ein Roß, das Bauchweh hat. Aber es war kein Roß, eher ein Kamel und doch keins, es war ein Mensch mit einem verhunzten Gesicht und noch verhunztern Kleidern, aber die Haare hätte er gerne auf einer Seite gehabt nach der neusten Mode, und Stegreife hatte er unter den Beinen durch, wie die meisten Schreiber haben, von wegen sie sind gar bequem, die gespannten Hosen unter den Schreibtischen. Eine muntere Frau lismete am Fenster, drehte sich um und fragte: «Was Schinders hast, Vetter? Bist bläht, willst ein Gläschen Reckholderwasser?»

«Ach, ach, ach!» antwortete der Vetter. Da stand die Frau auf und sagte teilnehmend: «Bist krank, Fritz?» «Nein, noch nicht», antwortete Fritz, «aber ich wollte, ich wäre tot, und wenn ich wüßte, daß dsHänke nicht wehtäte und bald für wär, ich hänkte mich heut noch.» «Ha, ha!» lachte die Base und sagte: «Du u hänke! Wann hat man je vernommen, daß sich ein Schreiber gehängt hat?» «Lachet nur, Base!» antwortete Fritz, «aber, wenn ich das Herz hätte, ich täte es auf meine arme teure. Kein Geld, keinen Kredit, arbeiten mag ich nicht, das Stehlen gerät mir nicht, bschyße habe ich schon probiert, aber man glaubt mir nicht, heiraten habe ich auch wollen, aber es will mich keine; was soll ich anfangen? Gfresse muß ich doch haben, und ohne Saufen kann ichs nicht machen.»

«Fritz, du bist e Möff!» sagte die Base. «Solche Leute wie du

Möff beschränktes Gemüt

kommen heutzutag am besten durch die Welt, aber du bist noch zu dumm. Sieh nur den kleinen Eierli an, der hätte sich schon hundertmal gehängt, wenn er gleich den Mut verloren! Lern von dem, wie man ungehängt und ungeköpft durch die Welt kommen kann! Der kann dirs sagen.» «Wenn ich nur wüßte, wo ihn antreffen!» sagte Fritz, «vielleicht wüßte der mir einen Ausweg, eine gute Heirat oder einen schönen Posten oder einen Lumpenhandel, in dem ich helfen könnte; das Maul hätte ich zu allem, und am Willen sollte es nicht fehlen.» «Ordinäri trifft man ihn beim ‹Klösterli› an», sagte die Base, «wenn er nicht in Thun auf der Säge ist, wo er allerlei zu schneiten hat.»

Da erhob sich Fritz, strich die Haare abseits ans rechte Ort, steuerte nach dem Eierli, traf ihn richtig beim «Klösterli» und trug ihm seine Seufzer vor. Da seufzte aber auch Eierli und sagte: «Es ist heutzutage nichts mehr zu machen; wo einer Sau nur ein Bratwurstzöpfli zum Füdle ausgugget, hängen schon zehn Mäuler dran. Pfosten kann ich dir keinen versprechen, es ist der Kehr an den Seeländern und Bistümlern, und wenn auch das nicht wäre, so sind deren Fötzel zHunderte, denen man helfen muß. Für Landjäger scheinen deine Beine nicht gut genug, und dHaltung fehlt. Für die Abwarte in Leisten und Bureaux ist gesorgt auf Kind und Kindeskinder, die zieht man jetzt selbst nach wie die Bauren den Kleesamen. Mit Heiraten ist es vielleicht etwas zu machen, aber für ein reiches Meitschi bist du zu wenig hübsch, und deine Beine sind zu dünn und deine Kleider zu schlecht. Mit einer Witwe könnte es eher geraten, die nehmen es nicht mehr so genau, wenn es nur einer ist. Wie hättest dus lieber, eine mit Geld oder eine mit Haus und Hof?» Fritz zog das Geld vor. Da sagte ihm der Eierli, er solle in drei Tagen wieder kommen, vielleicht führe er ihn dann zu einer. Aber zuerst müsse er ihm einen Neuentaler legen und, wenn es

Fötzel Gesindel, Landstreicher

gerate, den Tag vor der Hochzeit noch drei andere. Fritz hätte gerne die Handgelder bis nach der Heirat verspart, aber Eierli hatte nach der Hochzeit schon manchmal Schläge gekriegt statt Geld, er setzte daher die Termine anders.

Fritz ging mit seiner Verlegenheit zu seiner Bäsi ins Bierstübli von wegen dem Geld und dem Aufzug, in dem er erscheinen sollte; die gute Bäsi hatte ein gutes Herz und half in beidem.

Am bestimmten Tage hatte Fritz nach Möglichkeit sich aufgedonnert, gebürstet, das Haar mit Ochsenfett gesalbet, die Löcher verstochen, und eine berühmte Grämplerin hatte ihm eine schwarze Krawatte geliehen, die akkurat wie neu war, so daß er ein martialisches Aussehen kriegte, besonders wenn er sein ungewohntes Haar zurückschlänggete aus den Augen, wie alte Hengst auch tun, wenn ihr Stirnhaar sie inkommodiert. Eierli begleitete ihn und redete viel. Fritzen aber klopfte das Herz.

Eierli ging voran, klopfte an, und ein Stübchen tat sich auf, wo auf einem Ruhbett eine Witwe saß. Das Ruhbett war mit Lischen gefüllt und etwas hart. Die Witwe auf demselben war desto saftiger anzuschauen und hatte im Gesichte so eine angenehme Röte, daß man nicht recht wußte, war sie eine Kellermagd gewesen, oder war sie noch eine. Sie tat verschämt, Fritz angreiflich. Eierli aber redete von der Stimmung der Herzen, dem Segen der Ehe, und wie beide zueinander paßten wie der Fuß zum Schuh. Sie tat schmäderfräßig und sagte, wenn man es öppe machen könne, so sei man am baasten alleine, da mache niemand einem höhn, und man wüßte, was man hätte. Fritz aber sagte, das hätte er auch geglaubt, aber, je mehr sein Geschäft wachse, und je größer sein Verdienst sei, um so lieber möchte er ihn mit jemand teilen, ihn so allein zu brauchen, erleide ihm, und wenn er an einem Sonntag auf Allmedingen fahre

Grämplerin Trödlerin
Lische Sumpfgras
schmäderfräßig wählerisch, heikel

oder über Buchsee ins Sand so alleine, so müßte er immer denken, wenn er nur eine Frau bei sich hätte; und dazu schlenggete er seine Haare hinterwärts dem berühmtesten Schreiber z Trotz und streckte seine Beine, so lang er konnte, damit man seine Stegreife sehe. Gerade jetzt komme er von Aarberg her, wo er ein vortrefflich Geschäft gemacht, aber durstig sei er, wenn nur jemand Wein holen täte. Wenn es ihm ein Gefallen sei, meinte endlich die Witwe, so könne ihre Magd gehen. Fritz schlenggete den einzigen Fünfunddreißiger, den die Bäsi ihm gegeben, auf den Tisch, wie wenn dort, wo der gewesen, noch hundert wären.

Die Witwe aber sagte, um den wäre es schade; wenn er es erlaube, so möchte sie ihn wechseln, sie liebe das Silber. So nahm sie ihn, schloß das Bureau auf, und Fritz ward es fast gschmuecht, als er dort wenigstens ein halb Dutzend volle Säckli stehen sah, wie man sie aus abgehenden Fürtüchern zu machen pflegt und Geld hineintut, ein halb Dutzend Strichlisäckli, die noch mehr Liebhaber zu finden pflegen als Strichlifürtech. Eierli zwitzerte mit den Augen, und als die Witwe zufällig mit dem Ellbogen an die Säcklein stieß, so gaben diese einen Klang von sich, einen Klang, der Fritzen durch die Seele drang und durch die Beine fuhr, daß er sie nicht mehr stillehalten konnte unterm Tische. Von da an ward seine Zärtlichkeit feurig und ungestüm, und die Witwe tat nicht uwatlig, und der Eierli hatte nichts mehr zu tun als Glas um Glas sich zu Gemüte zu führen. Sobald Fritzens Glut abzunehmen schien, öffnete die Witwe das Bureau und gab den Säcklein einen Mupf, dann schlug Fritzens Liebesglut wieder bolzgrad auf, und kurzum, ehe der Abend zur Nacht wurde, war die Hochzeit richtig.

Fritz ging wie auf Stelzen, und sein Geist hatte einen Schwung, der ihn weit, weit über eine Weibelstelle, der ihn bis an des Thro-

Fürtücher Schürzen
Strichlisäckli karierte Baumwollsäckchen
uwatlig ungeschickt

nes Stufen führte. Dabei kam ihm wohl, daß die gute Bäsi ein gutes Herz behielt, denn noch manchmal mußte er dasselbe ansprechen für den Eierli, für Kleider, für Gemütsstärkungen sowohl für sich als für seine etwas rot angelaufene Braut. Sie freute sich ob ihres Vetters Aussichten, hatte sich aber doch ausbedungen, daß derselbe den Tag nach der Hochzeit ihr die Vorschüsse erstatten solle. Fritz hatte es versprochen und wollte es auch halten.

Fritz war wie selig, ein einziger Kummer plagte ihn, wie er nämlich zum Schlüssel des braunen Bureaus gelangen würde, ob mit Liebe oder mit List oder mit Gewalt. Sein Glück am Hochzeittage ist nicht zu beschreiben, mit Mäßen ist es nicht zu messen, mit Zentnern nicht zu wiegen, und seine Braut war so zärtlich, mit Klaftern mäße man es nicht aus, mit keiner Beißzange könnte man es fassen.

Aus zärtlichen Träumen weckte den jungen Ehemann die junge Morgensonne, als hold und etwas rot angelaufen die Geliebte neben ihm noch schnarchte. Golden schien die Sonne aufs dunkle Bureau durch den Umhang, drang wie ein Blitz in Fritzens Seele. Zsämmefüßlige springt der aus dem Bette und doch leise, nimmt nicht einmal Zeit, sich die Haare aus dem Gesichte zu schlenggen, macht sich über die Säcke der schnarchenden Geliebten her und sucht den verhängnisvollen Schlüssel. Er findet ihn, er stürzt zum Bureau, er schließt auf, und vor ihm stehen unangetastet, bolzgerade, vollgestopft die lieben, lieben Säcklein, aus Strichlizeug gemacht.

Fritz sieht sie an mit liebebrünstigen Augen, zählt sie einmal, zählt sie zweimal, und immer sind es ihrer sechse. An einen klopft er mit leisem Finger, oh, wie klingt das so herrlich, wie klingt das so schön! Er lüpft an einem mit Macht, bis das mürbe Säcklein kracht! Da löst er mit leisem Finger das umgeschlungene Band, ein altes

zsämmefüßlige mit einem Satz

Strumpfband wars der Geliebten, doch an die denkt er nicht, und mit zitternder Hand greift er leise ins offene Säcklein, greift nach einem Stück und bringt es an die Sonne. Da schlengget er wild die Haare zurück, da wischt er die Augen mit Hand und Hemd, da greift er noch einmal ins offene Säcklein mit voller Hand, und was hat er drinnen? Da greift er rasch mit beiden Händen nach des Säckleins beiden Zipfeln und stürzt es um und um. Mit schrecklichem Geprassel fährt sein Inhalt raus und rollt dahin, aber nicht Fünfunddreißiger sinds, nicht Neutaler, nicht Dublonen, nicht einmal Züriböcke oder Luzernerfünfbätzler, sondern Aarenblättli sinds, Aarenblättli, lauter Aarenblättli! Vor denen steht Fritz wie ein Stein und weiß noch immer nicht, soll ers glauben oder nicht, und hinter ihm erwacht die Geliebte vom schrecklichen Geprassel und weiß auch nicht, was es ist.

Und wie und wann sie zu sich selbst gekommen, das kann man beim kleinen Eierli vernehmen.

Aarenblättli flache Kiesel aus der Aare

Harzer Hans, auch ein Erbvetter

Vor einem Dutzend Jahre stand ich einmal auf dem Anstand, eines armen Häschens wartend. Der Jägerbursche war mit den Hunden tief unten im Walde schon geraume Zeit, die Hunde schlugen an oder gaben Vorlaut, wie man hier zu sagen pflegt, aber auf wollte das Häschen nicht. «Es wird bös Wetter geben wollen», dachte ich, «es hebt kein Tier gerne sich aus dem warmen Lager, wenn ein Sturm im Anzug ist.» Ein kalter Ostwind rauschte in den Wipfeln der gewaltigen Tannen, die dicht beisammenstanden, fast wie das Korn im Acker, schlank und hoch hinauf in den Nebel ragten, als seien sie eigens zu Schiffsmasten gewachsen. Es war ein trüber, saurer Novembertag, grau der Himmel, gelb die Erde, schwarz der Wald, gerade so einer von den Tagen, welche die schweren Gedanken bringen, die Schwermut herauflocken aus der Menschenseele, die Schwermut mit ihrer unerträglichen Pein, mit ihrem schwarzen Sinnen, mit ihrem Haß gegen Licht und Leben. Ich hörte nichts mehr von Jäger und Hunden. Der Wald war groß und, an einer Bergseite liegend, mit Schlünden durchzogen, aus welchen Laut und Ruf schwer zur Höhe dringen. Es ward mir unheimlich im Gemüte in des Waldes unheimlicher Stille, in welcher nichts vernehmbar war als des Windes einförmig, unheimlich Rauschen in den Wipfeln der Tannen.

Da rauschte es plötzlich hinter mir im Unterholze, ich schrak zusammen, wie von einem elektrischen Schlage getroffen. Da schämte ich mich, wandte mich um, mit angezogener Flinte ein aufgestöbertes Tier, das von den Hunden sich geschlichen, erwartend. Ich sah nichts, aber langsam bewegte es sich im Gebüsche und schwerfällig, so daß ich nicht begreifen konnte, was es sein möchte. Daß wilde Schweine da seien oder Rehe, hatte ich nicht gehört. Zudem geht es bei diesen Tieren, wenn sie einmal auf den Beinen sind, rascher. Endlich bewegte es sich ganz nahe. Zwischen dunkeln Tannenzweigen sah ich ein breit Gesicht und neben dem Gesichte auf der Achsel eine Bürde. Es war ein Mann, welcher Reisbündel trug, und hinter dem Mann kam noch ein breit Gesicht mit einer ähnlichen Bürde, das aber war ein Weibsgesicht. Sie legten ihre Bündel, welche aus dem schlechtesten Holze, zumeist aus Dornen gemacht waren, auf einen Haufen an den Weg, setzten sich auf Tannenwurzeln, zogen ihr kaltes Mittagessen, Milch in einer Flasche und ein Stück hartes, schwarzes Brot, hervor und begannen schweigend ihre Mahlzeit.

Meines Bleibens war nun nicht länger hier; denn wo Leute zu Mittag speisen, ist ein schlechter Platz, um scheues Wild zu erwarten. Ich zog mich dem Jäger nach, dessen Ruf ich wieder hörte, brachte aber die Leute nicht alsbald aus dem Sinn, sie waren mir zu sehr aufgefallen. Sie sahen nicht aus wie arme Leute, es waren nicht bettelhafte Gestalten, groß waren beide nicht, aber dick und fest gebaut, der Mann besonders hatte Glieder von außergewöhnlicher Stärke und einen Kopf, mit welchem man eine Mauer sprengen konnte. Die Kleider waren schlecht, passend, um Dornen zu hauen, aber sie waren aus gutem Stoff, den man an armen Leuten nicht sieht. Besonders das Säcklein, in welchem sie ihre Mahlzeit hatten, war mir aufgefallen, das war wie neu, recht schön, paßte gar nicht zu dörnenen Reisbündeln.

Während ich dem nachdachte, brach das Geheul der Hunde los, der Hase war auf, die Jagd stäubte durch den Wald, wir hintendrein, stellten hier, dort uns an, aber umsonst, es war ein alter Pfiffikus und überhaupt das Jagen schlecht. Nachdem wir einige Stunden lang uns abgehetzt, ging der Bursche spurlos verloren; wir hatten den Mut verloren, einen andern zu suchen, und machten uns mißmutig auf den Heimweg zu ungewohnt früher Zeit.

Unser Weg führte an einem Wirtshause vorbei. Es ist sonst nicht meine Sitte, auf der Jagd einzukehren, heute dünkte es mich, ich möchte den Ärger hinunterspülen. «Hans, hilfst einen Schluck trinken?» frug ich. «Zwei, Herr, wenn Ihrs zwingen wollt», gab Hans zur Antwort. Vor dem Wirtshause stand eine Chaise mit schönem Roß und elegantem Geschirr, und aus dem Wirtshause stolperten zwei angetrunkene Schlingel, brüllten und fluchten, kletterten mit Not ins Fuhrwerk, und als sie oben saßen, brüllte der eine: «Seh, Wirt, bring noch eine! Bin beim – – schon wieder durstig, weiß beim Hagel nicht, wie das gehen soll bis heim, daß ich nicht vor Durst versaufe!»

Ich mochte dem Spektakel, der mich ärgerte, nicht lange zusehen, ging in die Stube. Sie sei doch froh, bewillkommte mich die Wirtin, daß sie andere Gäste bekomme und die Unfläte loswerde. Wie viel sie auch vertäten, und wie nötig sie auch das Geld hätte, sie erschrecke doch allemal, wenn sie die von weitem sehe, vor denen sei niemand sicher. Sei kein Mannevolk da, um zu streiten, so gerieten sie hinter das Weibervolk, und habe sich dieses mit Not geflüchtet, so müsse der Hund unter dem Ofen herhalten oder die Tauben und Hühner vor dem Hause.

Auf meine Frage, wer sie seien, sagte sie: es seien zwei reiche Bauernsöhne aus den Dörfern herauf, die aus Hochmut was Apartes vorstellen möchten. Da sie nun nicht tun könnten wie Herren, so täten sie wie Kälber, verklopften ein Sündengeld, daß einem die Haare zu Berge stünden. Besonders der ältere und größere, Erzlige Joggi heiße er eigentlich, verschleudere unsinnig. Sage man ihm: «Eh Joggi, Joggi, denk, es hat alles auf der Welt einen Boden, jedes Loch und jeder Sack!», so lacht er und pocht auf seiner Mutter Bruder; wenn der mal unter der Erde sei und er da geerbt, so vertäten es ihrer sieben nicht, und wenn sie siebenmal mehr vertäten als er. «Das müßte ein Reicher sein», sagte ich. «Reich ist der», sagte die Wirtin, «grausam reich, aber er tut darnach; aber ob der Erzlige Joggi was kriegt, selb ist noch nicht ausgemacht. Er meint den Harzer Hans zu Hartherzige, einen der Reichsten, von denen man hört im Lande, aber unter allen Wüsten vielleicht auch der Wüsteste, man erzählt von ihm Sachen, man darf sie kaum hören, geschweige glauben.»

Plötzlich schoß die Wirtin wie ein Wirbelwind zum Fenster und rief: «Geschwind, geschwind, seht, dort geht er mit seiner Frau. Wo, Teufel, waren die denn, man sieht sie sonst monatelang nicht. Es ist wie immer, wenn man vom Wolf redet, so ist er weit oder nah.» Eben nicht in großer Hitze bewegte ich mich zum Fenster, sah nach dem Fußwege, welcher hinter dem Wirtshause durchführte, wohin die Wirtin zeigte; dort gingen zwei Leute. Jetzt erst ward ich lebendig, spitzte meine beiden Jägeraugen, und wen sah ich? Die beiden Menschen, welche Dornbündel zusammengetragen und über Mittag mit Milch und hartem, schwarzem Brote vorliebgenommen hatten. Sie werde spaßen, sagte ich der Wirtin, das seien arme Leute, und erzählte, wie ich die beiden angetroffen. Sie schlug die Hände zusammen und rief: «Da seht Ihr, wie er ist, und könnet daraus abnehmen, daß ich nicht gelogen, wenn ich gesagt, er sei der wüsteste Hund, der auf zwei Beinen läuft. Der Wald, in welchem Ihr ihn antrafet, ist sein Eigentum und ist nicht der einzige Wald, welchen er besitzt. Ich habe oft sagen hören, er könnte in seinen Waldungen für zwanzig- bis dreißigtausend Gulden Holz schlagen, und zwar zum größten Vorteil der Wälder. Aber nicht bloß hat er Holz im Walde, er hat ein großes Holzhaus voll gehauenes daheim, von welchem es heißt, die Franzosen hätten es noch hineingetan (1798). Er hat vor den Fenstern seines Stöckleins, in welchem er jetzt wohnt, Reisbündel bis über die Fenster hinauf, daß die Leute sagen: gar geistlich müsse Harzer Hans nicht sein, wenn er viel in der Bibel lesen würde, täte er mehr

Licht durch die Fenster lassen. Aber er denkt wenig an die Bibel, sondern ans Geld. Hat er die Fenster mit Holz verschlagen, so hat er die Diebe weniger zu fürchten, braucht nicht zu fürchten, daß die Leute von der Straße weg sehen, wie er statt hinter der Bibel hinter dem Gelde sitzt und tagelang seine Taler zählt. Alle Jahre tut der fünf- bis achttausend Gulden an Zins, und soll es doch niemand merken. Er hat nicht umsonst drei große Höfe und ausgeliehenes Geld, es weiß kein Mensch, wie viel, und gönnt doch keinem Menschen was, sich selbst nicht einmal. Darum ging er mit seinem Weibe an einem solchen sauren Tag in den Wald, und noch dazu in seinen entferntesten, weil er armen Leuten die Dornen nicht gönnt und den Rossen seines Pächters die Ruhe nicht, denn die müssen sie ihm nun herfahren, und seine Frau muß sie grün verbrennen und im Höllenrauch fast ersticken, während er für viele Jahre dürres Holz beim Hause hat. Eine solche Bosheit wurde in Israel doch kaum erfunden.»

«Ja», sagte ich, «allerdings kommt ein solcher Geiz selten vor bei solchem Reichtum, und noch dazu bei einem verheirateten Menschen. Heiraten und Kinder haben lassen solche Dinge selten aufkommen, oder es müßten Mann und Weib darnach sein und eins das andere im Laster stärken.»

Kinder hätten sie keine, sagte die Wirtin, sonst könnte ja Erzlige Joggi sich nicht auf das Erbe vertrösten. Die Frau wäre kaum so, aber sie müsse halt mitmachen, sie sei zu bedauern, der Geiz scheine ein Familienweh zu sein bei Harzer Hans und immer zu wachsen. Darum auch werde Gott der Familie die Nachkommenschaft versagt haben. Was in hundert Jahren Geizhälse zusammengekratzt, das wisse Gott rasch wieder unter die Leute und zu Nutzen zu bringen.

«So ist das Familienübel», frug ich, «ein angeborener Fehler?» «Ja», sagte die Wirtin, «doch so, wie es bei diesem war, war es noch bei keinem. Sein Vater durfte noch was brauchen, gab armen Leuten Holz, gab Bauholz denen, welche ein neues Haus bauen lassen wollten, ließ neue Roßgeschirre machen. Ja, man redet ihm nach, ob es wahr ist, weiß ich nicht, er habe alle Jahre ein Dutzend neue Hemden machen lassen, einen neuen Strick darum geschlagen und an eine Schraube im Speicher sie aufgehängt. Da blieben sie auch hängen, denn was er machen ließ, durfte er nicht brauchen. Gott schickte ihm Motten und Schaben, sogar Mäuse, ihn zu warnen und ans Rechte zu mahnen. Roßgeschirre und Hemden fraßen sie, aber er begriff Gott nicht, dachte an das Wahre nicht, er hatte Ohren, sie hörten nicht, einen Verstand, der schwer begriff. Der Junge aber ist viel ärger, der darf nichts mehr machen lassen, nicht bloß nichts brauchen, gibt keinem Menschen was zu verdienen, kaum einem Schneider oder einer Näherin. Er trägt alte Kleider aus, und reißen sie, so flickt er sie selbst. Ja, es heißt, wenn seine Hemden oben Löcher kriegen, so nehme er unten weg, so viel, als oben nötig sei, ja, es sei schon manch alt Paar Zwilchhosen verbraucht worden, um Hemden zu flicken, welche selbst keinen Flickstoff mehr lieferten.»

«Aber und dann die Frau?» frug ich. «Manche sagen», antwortete die Wirtin, «sie sei nicht besser als der Mann und gönne auch niemand was. Wenn sie schon anders ist, so wird sie es nicht zeigen dürfen, denke ich, es hat alles seinen guten Grund.» «Warum? Was ist?» frug ich. «Kann ich noch eine Flasche holen?» frug die Wirtin. «Wir sollten fort», bemerkte ich. «He, nehmt noch eine!» sagte die Wirtin, «ich habe dann Zeit, Euch zu erzählen, während Ihr sie trinket, wie es sich mit Harzer Hanses Frau verhält.» Na, wer könnte solchen Aussichten widerstehn! Die Flasche ward gebracht, die Wirtin setzte sich und begann.

«Als ich jung war, da war mir das Mannen (Heiraten) nicht zuwider, begreiflich! Andere werden es auch so gehabt haben und noch haben, begreiflich! Fast noch lieber als Wirtin wäre ich eine reiche Bäurin geworden. Eine Bäurin kommt weniger zu Wein und

Pasteten, kann weniger Geld durch die Finger rutschen lassen, dagegen muß sie auch nicht jedermanns Narr sein, kann befehlen, die Taler im Schranke besehen, statt mit schlechter Münze sich die Finger schmutzig zu machen. So wird es auch die Grub Lise gehabt haben. Sie war ein hübsches, tüchtiges Mädchen, ihr Vater ein guter Bauer, der allweg seine zehntausend Gulden im Vermögen hatte, und Lise war einzig Kind. Lise hielt was auf sich, das Heiraten war ihm nicht zuwider, aber eine rechte Bäurin wollte es werden, so eine, daß, wenn sie unter der Haustüre stand mit den Armen in der Seite, keine Katze neben ihr vorbeikonnte.

Harzer Hans wohnte nicht weit von dem Mädchen; zwischen beiden Höfen, welche sein Vater besaß, lag der von Lises Vater. Etwas seltsam war Harzer Hans immer, im Scharwenzeln nie ein Meister, er fühlte sich von Jugend auf so gleichsam als der Hans oben im Dorfe. Er strich daher nie Mädchen nach, aber die Grub Lise, welche ihm zufällig vor die Augen kam, gefiel ihm wohl und immer besser. Ein arbeitsam Mensch sei sie, dachte er, daneben nicht hoffärtig und doch, wenn nicht reich, eben auch keine Bettlerin. Die Grub Lise merkte bald, daß sie dem Harzer Hans wohlgefiel, und ging ihm nicht aus dem Wege, begreiflich! Harzer Hans soll zu seiner Zeit ein ganzer Kerl gewesen sein und der Stärkste weit und breit. Zudem war er das Augenmerk aller Mädchen, welche von ferne an so einen denken durften. Er hatte eine einzige Schwester, und der gebe man, was im guten Willen liege, hieß es. Nun besaß sein Vater zwei Höfe, der eine gehörte unter die schönsten im Lande, und ausgeliehen Geld hatte derselbe, hieß es, kein Mensch wisse, wie viel.

Da einzusitzen und Bäurin zu werden, mußte allen rechten Mädchen, welche begehrten, zu Ehren zu kommen, gefallen, begreiflich! So an einem reichen Orte Bäurin zu sein, Kisten und Kasten, Keller und Speicher voll Sachen, Fleisch das ganze Jahr, Milch genug, Rosse im Stall, immer was für arme Leute, für Weiber, welche Neues bringen und unsere Sachen rühmen, allweil Zeit zu einem Kaffee im Hinterstübchen, und zu Pfannkuchen Eier mehr als genug, und, wo man hinkommt, das Geflüster: ‹Sieh, dort die Frau, das ist die Bäurin zu Hartherzige, von den reichsten Leuten sinds, und eine besonderbar gute und berühmte Frau soll das sein.› Das ist ein Ehrenplatz, an den jedes rechtdenkende Mädchen gerne gekommen wäre, begreiflich!

Harzer Hans gefiel es besonders wohl, als er sah, daß er bei Grub Lise nicht lange Umschweife machen oder die Zeit versäumen müsse mit dem Liebhaber spielen, sondern alsbald die Sache in Richtigkeit bringen konnte. Er sagte es, sobald er mit der Lise und ihrem Vater im reinen war, seinen Eltern und dachte von weitem nicht an ihr Widersprechen. Er hatte solches nie erfahren, hatte bei ihnen alles Recht, geartet wie sie, gab er ihnen nicht Anlaß dazu. Aber potz Türk, wie fuhren die auf, als sie hörten, daß Hans so eine von der Gasse heiraten wolle, denn zehntausend Gulden waren ihnen akkurat, was dem Teufel ein Bettler, der in die Hölle kömmt. Es gab großen Streit und Herzenleid. Aber was Hans im Kopfe hatte, hatte er nicht in den Füßen, und umsonst hieß er nicht Harzer Hans. Er sagte seinen Eltern an den Kopf hinaus, er sehe jetzt, wie lieb er ihnen sei, daß sie ihm das erstemal, wo er etwas für sich möchte, in den Weg stünden und wüst täten. Sie hätten Sachen genug, solange sie lebten, und könne er es später nicht machen, so sei es seine Sache. Sie aber wollten nicht darangehen, jammerten schrecklich, wie es ihm ergehen werde, wenn er seiner Schwester ihr Erbteil herausgeben müsse, sie kehrten sich noch im Grabe um, wenn er vom Hofe müßte. Sie trieben Verwandte von allen Seiten herbei, dem Hans zuzusprechen, ihm Himmel und Hölle vorzustellen, aber alles umsonst. Hans hatte seinen Kopf, den hatte man jung nicht gebrochen, jetzt brach man ihn auch nicht mehr. Grub Lise hielt aber auch fest an Hans, begreiflich! Sie wird sich grausam unterzogen und versprochen haben, mit Sparen und Arbeit einzubringen, was an Reichtum ihr abgehe. Eine gute Frau habe in einem so großen Hauswesen alsbald einige tausend Gulden herausgeschlagen, während eine reiche, welche es nicht verstehe und nur stolz und hoffärtig sei, in gleicher Zeit ebensoviel verliederliche. Heirate er eine reiche, so müsse Hans sich auch unterziehen, sie aber wolle tun, was er begehre, und ihr Lebtag ihm daran denken, daß er sie nicht verachtet, wenn sie auch im Vergleich mit ihm arm sei. So wird die Lise gesprochen haben. War zwar nicht dabei, begreiflich!

Genug, Hans zwängte es und heiratete; die Grub Lise ward Bäurin zu Hartherzige. Aber die Sache kam bös. Hans blieb es doch im Kopfe stecken, er habe eine arme Frau geheiratet; wenn er eine reichere hätte, so wäre er noch ein ganz anderer. Als die erste Liebe vorüber war, stand dieser Gedanke ihm immer obenan im Kopf, und was Hans im Kopf war, nahm er nicht die Mühe zu verbergen, er wärmte es der Grub Lise bei jedem Suppenbröcklein auf, wie arm sie sei und wie reich dagegen er. Die Grub Lise, von Natur gutmütig und barmherzig, bot alle ihre Kräfte auf, ihr Versprechen zu halten, mit Sparen einzubringen, was sie zu wenig eingebracht. Sie tat sogar ihrer Natur Gewalt an, ward härter gegen die Armen, tat als Bäurin weniger Gutes, als sie als Grub Lise getan. Aber wie sie auch haushalten mochte, es half alles nichts und wurde ihr nicht im mindesten angerechnet. Das eine blieb fest, sie hatte kein Vermögen, war arm; was sie erarbeitete, ersparte, achtete Hans nicht, rechnete es ihr nicht als Verdienst an, sondern als Schuldigkeit, hatte doch seine Mutter wenigstens so viel getan und war dazu sehr reich gewesen, und daß Lise sich gegen die Armen Gewalt antat, das merkte Hans gar nicht. So war es von je bei ihnen gewesen, und wenn Lise anders hätte sein wollen, so hätte er ihr den Marsch nicht schlecht gemacht.

Nun ists aber ein bös Dabeisein, wenn man nie genug machen, die Leute nie zufriedenstellen kann, wenn man uns das Gute nicht anrechnen, das Böse nicht vergessen will, wenn man es hat wie einer, der läuft und läuft und doch nie von der Stelle kommt, wie es im Traume uns oft ergeht. Es muß einem mehr und mehr in Kopf wachsen und wirbelsinnig machen. Zudem kam es der Lise immer mehr vor, sie versündige sich gegen die Armen, darum werde ihr nicht Barmherzigkeit, weil sie auch keine übe, bei so großen Mitteln so wenig tue an den Armen.

Endlich, um dem Faß den Boden auszumachen, sollte Hans mit seiner Schwester teilen, sah jetzt so recht, wie sein Vermögen abnehme, jetzt kam die Reue so recht, nicht eine Frau zu haben, mit deren Vermögen er den Ausfall decken könne, erst jetzt ward er so recht wüst gegen Lise, sie tat ihm immer zu wenig und brauchte zu viel. Weil es nun aber einmal so war und es sich nicht ändern ließ, so half Hans sich anders. Er gab nämlich seiner Schwester das Vermögen nicht heraus und blieb dabei, der Schwager mochte sagen, was er wollte; er hieß nicht umsonst Harzer Hans, was der mal im Kopfe hatte, hatte er drinnen, mit hundert Ochsen zog man es ihm nicht heraus. Er sagte nämlich unverhohlen, sie könnten machen, was sie wollten, aber täten sie das Wüsteste alles gegen ihn, so mache er es auch gegen sie. Er habe keine Kinder, sie wohl, was da das Teilen abtrage, als unnütze Kosten machen? Lasse man alles beisammen, so wisse man ja, wem es gehöre, wenn er die Augen zutue. Übrigens wolle er alle Jahre ihnen geben, was er könne, mehr könnten sie nicht verlangen. Wollten sie so, wohl und gut, wo nicht, he nun, so müßten sie sich auch gefallen lassen, was er für gut finde. Wenn einer mit drei Höfen und keinen Kindern den Kopf macht, so kann er was erzwingen; wenn er pfeift, so tanzt man, wie sehr man innerlich darüber flucht.

Nun geschah aber etwas, woran Hans nicht dachte, woran Hans nichts machen konnte, woran Hans sich stoßen sollte, daß er nicht alles erzwingen könne, nicht Zwingherr sei, sondern sich anderer Menschen auch achten solle. Es fing Lise an, im Kopf zu fehlen, sie ward schwermütig, bald zweifelte sie an der Seligkeit, bald fürchtete sie, sie kämen um ihr Vermögen, bald weinte sie auf das bitterlichste, daß sie niemand lieb hätte. Anfangs begriff Harzer Hans nicht, was das war, wollte es durchaus nicht leiden, hielt es für Faxen und Flausen, welche er schon vertreiben wolle. Aber Harzer Hans vertrieb sie nicht, er kam endlich dahin, zu begreifen, daß da was sei, woran er nichts machen könne, daß er nachlassen müsse, wenn es nicht ein Unglück geben solle. Dieses Unglück, den Selbstmord nämlich, fürchtete Harzer Hans mehr als alles auf der Welt, den Verlust des Vermögens vielleicht ausgenommen. Er fürchtete ihn aber nicht wegen dem lieben Gott, und weil er denkt, der Selbstmord sei eine große Sünde. Harzer Hans denkt nicht an Gott und nicht an seine Seele, Harzer Hans denkt nur an sein Geld und an alles, was es mehrt oder vermindert, aber Harzer Hans fürchtet sich vor zwei Dingen: vor Dieben und Gespenstern. Harzer Hans hätte seiner Frau das Ende, sei es nun ein seliges oder ein unseliges, von Herzen gegönnt, aber wenn sie Hand an sich lege, so glaubte er, komme sie wieder, habe nicht Ruhe in der Erde. So wollte er die Frau doch noch lieber lebendig denn als Gespenst, welches ihn plagen konnte, wenn er Geld zähle oder seinen Nachbaren beim Wässern das Wasser stehle. Darum gab er sie fort zu einem Arzte. Der war berühmt in solchen Krankheiten, und da ihr niemand ihre Armut vorhielt, niemand ihr das Essen mißgönnte, so besserte es ihr bald, und nach einigen Wochen schon konnte der Arzt Bescheid machen, die Sache gehe gut. Harzer Hans war das ganz recht, denn das Kostgeld reute ihn schrecklich und dünkte ihn unverschämt hoch. Er dachte, es sei vielleicht schon lange ganz gut, aber der verfluchte Arzt wolle ihn plündern und unnötigerweise noch einige Wochen das Kostgeld abnehmen, es mache jeder Schelm, was er könne, und um so mehr, je nötiger er es hätte. An einem Sonntag machte sich Harzer Hans auf die Beine, um die Untersuchung selbst zu machen, obs nötig sei, noch länger Kostgeld zu zahlen oder nicht. Er hieß die Frau mit sich ins Wirtshaus kommen, mit ihm eine Flasche zu trinken. Vielleicht erbarmte sie ihn, und er gönnte sie ihr, oder er tat es nur, um ungestörter zu sein und ungehindert die Untersuchung zu machen, ob sie beim Verstand sei oder nicht. Allweg freute es die Frau sehr, es kam ihr vor, als ob Harzer Hans ein ganz anderer sei, ganz der Alte, wie er vor der Heirat gewesen. Es dünke sie, sagte sie, sie möchte was essen, Schinken oder Braten, oder was zu haben sei. «Ei, Frau», sagte Harzer Hans, «ich wollte das bleiben lassen. Wenn du heimkömmst, so eßt ihr zu Abend, es kostet ohnehin alles so viel.» «He nun dann», sagte die Frau, «man kann es machen.» Aber von Stund an verschlimmerte sich ihr Zustand wieder, der finstere Geist kam wieder über sie, Hans hatte mit einem Worte ihn wieder gerufen. Nun ging es lange, bis sie heil wurde und er ohne Gefahr sie heimnehmen konnte.

Seither geht es, die Frau hat sich an ihr Leben gewöhnt, wenigstens scheint es so. Einige sagen, ganz richtig sei es doch nicht mit ihr, sie habe allweg etwas, welches sie plage, und manchmal sei sie lange Zeit wie sinnlos, merke mit offenen Ohren gar nicht, was um sie vorgehe, und man wolle immer davon sagen, das alte Übel komme wieder. Es sei allweg immer so, böse Geister kämen wieder, wenn nicht ein guter Geist das Haus besetzt halte, aber um den Harzer Hans herum werde kein guter Geist sein Bleiben haben. Derselbe rühre ja kein gutes Buch an, man sehe ihn nie bei dem Nachtmahl, ja, er scheine die Kirche zu fliehen, ärger, als der Teufel sie flieht. Kurzum, ein wüster Hund ist er, sei er nun reich oder nicht reich, meinetwegen, begreiflich», schloß die Wirtin in hitzigem Eifer ihre lange Erzählung.

Indessen hatte ich doch andächtig zugehört, und hauptsächlich zweier Dinge wegen. Offenbar war in Harzer Hans eine mächtige Natur, aber von Jugend auf im engsten Gehäuse gehalten; mit dem Himmel in keinem Verkehr, mit der Welt bloß durch Kälber,

Kühe, Roß- und Holzhändler, zeigte sie ihre Gewalt bloß in den engsten Schranken des Zusammenkratzens. Die von den Eltern angeerbte und angewohnte Richtung bildete sich in die äußerste Spitze aus. Seine Eltern wußten, was sie mit ihrem Vermögen wollten, sie wollten es ihren Kindern hinterlassen. Kind und Kindeskinder sollten es zu genießen haben und es ihnen danken. Aber warum knauserte Harzer Hans, was wollte er, der keine Kinder hatte? Wollte er, was jenes alte Ehepaar? Als die eine Hälfte desselben, der Mann, starb, wurde der Nachlaß versiegelt, nachdem er untersucht, endlich auch das bare Geld gezählt worden war. «Frau», sagte der Beamte, «es sind siebenundsiebenzig Gulden, wie viel bedarfst du einstweilen zu deinem Unterhalt, ich will es dir zu Handen stellen.» «Siebenundsiebenzig Gulden?» antwortete die Frau schmunzelnd. «Es wird wohl mehr sein, habt Ihr Euch verzählt oder nicht recht nachgesehen?» «He», sagte der Beamte, das Geld überblickend, «gezählt wird wohl gut sein», und zum Schranke tretend, wo sie das Geld gefunden hatten, «darin sehe ich auch nichts mehr, es müßte denn da in der alten Schüssel was sein, da haben wir nicht nachgesehen.» Von einer obern Lade wollte er einen sehr großen Napf, wie er ehedem in großen Haushaltungen als Suppennapf gebraucht ward, herabheben und rief plötzlich: «Potz Teufel, ist der angenagelt, oder was ist darin?» «He, hebe recht!» sagte die Alte, «es geht, wenn du stark genug bist.» Der Napf war voll Taler, viele hunderte lagen da in trauter Eintracht und süßem Frieden beisammen. Eine himmlische Freude hatte die Alte ob der Verwunderung der Männer, und solange sie lebte, lebte sie alle Tage wohl an der süßen Erinnerung an diesen glücklichsten Augenblick ihres Lebens. Ein Nachbar von ihnen, dessen Bett nur durch eine dünne Wand von ihrem Bette geschieden war, erzählte, er habe sehr oft gehört, wie die beiden Alten in der Nacht zusammen gesprochen hätten, und zwar laut, da beide nicht gut hörten, wie doch die Männer, welche zu versiegeln kämen, sich wundern würden, wenn sie es fänden, aber der Sache den Namen gegeben hätten sie nicht. Wer es erlebe, solle aufpassen, was sie für Augen machen, und was sie sagen, es werde sie kurios dünken. Darauf hatten sie sich also gefreut, auf die Augen, welche bei dem Finden gemacht würden, darum darbten sie sichs am Munde ab und hattens bös bis ans Ende. Darum lebt und darbt sicher noch mancher, um der verwunderten Augen willen, welche über seinen Nachlaß gemacht werden. Das ist denn doch jedenfalls ein elend erbärmlicher Lebenszweck, an welchen man das Leben verschwendet, welches uns Gott gegeben hat, damit wir damit den Himmel gewinnen möchten. Mich wunderte nun, ob Harzer Hans mit seinem mächtigen Kopfe bloß diesem elenden Zwecke lebe.

Das zweite, welches mich besonders anzog, war der Verlauf der Ehe, welche eine unglückliche wurde, weil darin das christliche Element durchaus fehlte, in Gott keine Versöhnung war und die Welt, für welche sie beide lebten, trennt und nicht sühnt. Der Harzer Hans war von der Welt erfaßt, sie war der Teufel, welcher seine arme Seele in den Krallen hielt, er zürnte der Frau um der Welt willen, sie wollte ihn mit Weltlichem versöhnen, aber sie vermochte es nicht, die Welt verstörte ihren Geist und machte die Seele krank. Das war mir sehr merkwürdig, es war der Schlüssel zu dem Rätsel, warum so viele Ehen nicht bloß unglücklich sind, sondern auch die Seelen darin verderben. Die Ehe ist eine göttliche Anordnung, allen denen dienend zur Seligkeit, welche Gott lieben, aber was denen, welche Gott lieben, zur Seligkeit dient, wird denen zum Fluch, welche Gott weder ehren noch lieben, noch den ehren und lieben, durch den er sich dargestellt in der Welt: Jesus Christus.

Der Mann war meiner Aufmerksamkeit entgangen bis dahin, und zwar aus sehr einfachen Gründen. Der Mann war einer von denen, welche daheim leben, welcher von allen Geschäften der Gemeinde sich zurückzog, weil er nichts mehr haßte, als einen Schritt zu tun, der ihm nichts eintrug. Er verkehrte mit niemand als mit seinen Lehenleuten und Schuldnern und hatte mit allen sich so gestellt, daß er große Gewalt über sie hatte und die Gewalt anwenden konnte, ohne viel Lärmen zu verursachen. Zudem ists sonderbar mit den Augen. Wir meinen wenigstens tags die Augen zumeist offen zu haben, und doch haben wir sie zu für die meisten Dinge und müssen fast allemal geweckt werden ganz apart, wenn wir was bemerken sollen. Nun mir der Verstand gemacht war, nahm ich erst wahr, was ich unzählige Male gesehen hatte. Ich nahm wahr den prächtigen Hof zu Hartherzigen und die mit Reisbündeln vergitterte Wohnstube, den an das Haus stoßenden Wald mit prachtvollen Tannen und das Holzhaus, in welches die Franzosen das Holz getragen hatten, welches allerdings alt und ehrwürdig aussah. Erst jetzt sah ich des Mannes absolutes, zwingherrliches Wesen, in welchem er unumschränkter Herr auf seinem Besitztum sein wollte, daß auf demselben kein Fuß sich bewege ohne seinen Willen, ja, daß er es eigentlich um und um den Menschen verschlossen hatte, so gut als Gott den Erdbewohnern seinen Himmel. Er erschwerte alle Durchgänge durch sein Gut, und, wo er es nicht verbieten konnte, da zerstörte er doch die Stege über die Bäche oder trug sie heim. Wenn Arme, wie es allenthalben üblich ist, Holz zusammenlasen am Ufer des Flusses, an welchen sein Land stieß, und der, wenn seine Wasser anschwellen, aus den Bergen Holz bringt und in ebenem Lande es liegen läßt, dieses Holz ans Ufer trugen, welches der Mann das seine nannte, wenn sie dann heimgingen, Karren oder Wagen zu holen, um es heimzufahren, so fanden sie es nicht, wenn sie wiederkamen. Harzer Hans hatte es unterdessen geholt und zu seinem andern Holz es gebracht unter dem Vorwand, was auf seinem Lande liege, gehöre ihm und niemand anderem. So verging ihnen die Lust, neben seinem Lande zu sammeln und das Gesammelte auf seinen Boden abzulegen. In seine Stube kam, außerordentliche Fälle ausgenommen, gar kein Lebendiger. Dort soll es merkwürdig ausgesehen haben. Bett soll keines zu sehen sein, aber in einer Ecke der Stube sei ein Verschlag, wie man sie sieht in den Ställen, besonders eingerichtet für trächtige Mutterschweine. Was in dem Verschlag war, hat niemand gesehen, ob ein Bett oder keins, weiß die Welt nicht. Der Mann bekümmerte sich durchaus um keinen Menschen in der Welt, als wenn derselbe ihm schuldig war oder er ihm Geld leihen sollte, dann kümmerte er sich um dessen Solidität, und zwar sorgfältig und genau. Wäre ein König gekommen und hätte ihm gesagt: «Hans, dort sind hungrige, elende Menschen, gib mir einen Kreuzer Geld oder einen Bissen Brot für sie!», so hätte er gesagt: was er habe, brauche er selbst, und wenn der König so großes Erbarmen habe, so solle er selbst helfen und nicht andere plagen. Gedacht hätte er, wenn der ihm noch einmal zum Hause komme, so hülfe er ihm unsauber weg, seinetwegen König oder nicht König. Akkurat gleich hätte Hans gedacht oder gesprochen, wenn ihn jemand an Gott gemahnt hätte. Das tat aber niemand, und wenn er sich auch vor Gespenstern fürchtete, so lag doch Gott durchaus außerhalb dem Bereiche seiner Gedanken. Daß er irgendwas Rechenschaft geben müsse, fiel ihm nicht im entferntesten ein. Er plage niemand, ihn solle man auch in Ruhe lassen; was er mache, mache er für sich, niemand gehe es was an. So sehe er die Sache an, und so drückte er sich aus. Harzer Hans war ein ganzer Mann und wollte nicht anders scheinen, als er war, dazu war er zu absolut und zu stolz. Je mehr ich ihn ins Auge nahm, desto mehr sah ich, daß nicht der Geiz allein ihn beherrschte, sondern die Gewohnheit, unumschränkt seinen Willen geltend zu machen und alles zu hassen, was seinem Willen entgegentrat; es war das ganz Einfache, Natürliche: die Neigung, Gott und seinen Nächsten zu hassen. Er wollte nur von seiner Sache nichts brauchen; ob er daran dachte, nach seinem Tode großes Vermögen zu hinterlassen, zweifle ich, er dachte gar nicht an den Tod, und was nachher die Leute sagen würden; er wollte halt den Leuten die Freude nicht machen, daß sie ihn zu dieser oder jener Ausgabe zwingen oder verleiten könnten.

Das machte, daß viele Menschen eine Art Respekt vor ihm hatten, welchen jede Kraft einflößt, selbst wenn sie ihren Sitz bei einem Verbrecher hat. Aber lieb hatte ihn niemand. Arme mieden sein Haus wie Furchtsame nachts einen Kirchhof. Wer Hülfe bedurfte, suchte sie nie bei Harzer Hans, außer wer Geld bedurfte, guten Zins versprechen und gute Sicherheit leisten konnte. Man kannte kein Beispiel, daß er jemand ohne Bürgschaft oder Pfand drei Kreuzer anvertraut hätte. Seine Pächter waren die einzigen, welche ihn in ordinären Zeiten nicht schalten, welche Sorge zu ihm trugen. Harzer Hans kannte das Land gut, er war ein Bauer, und seine Höfe wußte er zu schätzen. Er wollte sie daher nicht von Pächtern ausnutzen lassen, darum las er hablichte Pächter aus, forderte nicht übermäßigen Zins und richtete sich so ein, daß er sie alle Jahre fortschicken konnte. Der Pächter Vorteil war es also, wenn sie zum Lande Sorge trugen, es verbesserten. Darauf sah der Pachtherr, und solange sie dies taten, konnten sie im Lehen bleiben, dies war ihr großer Vorteil. So wars in ordinären Zeiten, gab es aber was extra, dann erfuhren sie, wie lieb sie ihm waren, und konnten marschieren, wenn sie im geringsten sich weigerten, unbedingt sich seinem Willen zu unterwerfen.

So sah ich dem Manne zu, lange, und ich hätte fast mit David irre werden mögen an Gott, denn dem Manne ging alles glatt und schön, alles, wie er es wünschte, das heißt, sein Vermögen mehrte sich alle Tage, akkurat wie er darauf rechnete. Er hatte keine Verluste, es hagelte nicht, es verbrannte ihm nichts, seine Pächter zahlten richtig, und seine Schuldner waren solid. Geldanwendungen war sein Fach, das verstand er wie der beste Notar, er war ordentlich gelehrt darin. Ob es denn diesem so geschliffen und wie gewünscht gehen solle bis an das Ende? dachte ich manchmal. Das ist eine uralte Frage, der himmlische Vater antwortet darauf bald so, bald anders nach seinem Wohlgefallen, und wie er antwortet, wird es gut sein, wenn auch der Mensch nichts daran begreift.

Harzer Hanses Haus war, wie gesagt, ein Geheimnis, er hätte auch sein Leben gerne zu einem Geheimnis gemacht, wenn es nur möglich gewesen wäre. Ich ging öfter bei seinem so seltsam vergitterten Hause vorbei, ohne weiter was zu bemerken, bis mir endlich auffiel, daß ich die Frau nicht mehr sah. Mit großer Mühe vernahm ich, es fehle ihr wieder im Kopf, sie hätte keinen rechten Sinn mehr und sei wieder bei einem Arzt.

Nicht lange darauf sah ich den Harzer Hans und seine Frau auf einem Bernerwägelchen sitzen und von einem Wirtshause wegfahren. Das war ein Weltwunder, das hatte noch niemand gesehen, da mußte was Außerordentliches, ins Leben tief Einschneidendes sich zugetragen haben, was ich erfahren mußte. Ich ging also ins Wirtshaus und frug: ob das nicht Harzer Hans mit seiner Frau gewesen, und ob das eine Änderung vor seinem Tode bedeuten solle oder was anderes?

«Ho», sagte die Wirtin, «viel Gutes bedeutet es allweg nicht, aber sterben wird Harzer Hans noch nicht wollen, sonst wäre das wohl das Beste, wenn es nicht etwa gehen sollte, wie letzthin ein alter Küher gesagt hat, daß es ihm ergehen werde.» «Wie dann?» frug ich. «He», sagte die Wirtin, «er hat gesagt, dem werde es akkurat so gehen wie einst einem in Trubschachen. Der habe auch keinen Batzen ausgeben wollen, habe keine Kinder gehabt und sei unbarmherzig gegen alle Menschen gewesen. Endlich sei er auch gestorben, aber schwer sei es gegangen, bis er es endlich gekonnt, und sein Gut sei unter lachende Erben gefallen. Der sei als schwarzer Hund wiedergekommen und müsse nun allen Batzen nachlaufen, welche von seinem Gelde ausgegeben würden. Bald renne er durchs Land wie toll, bald heule er ganze Nächte vor Wirtshäusern, in welchen seine Erben sein Geld verpraßten, und Ruhe solle er keine haben, bis jeder Batzen wieder an den rechten Ort gekommen, wo er hingehöre. Einstweilen aber sei man noch übel geplagt mit dem Hund, begreiflich.

Seine Frau ist wieder krank im Kopf, und gar kurios. Sie grämt sich nicht mehr wegen diesem oder jenem, sie hat gar keine Gedanken mehr, es ist, wie wenn alles in der Welt sie nichts anginge; ich glaube, sie weiß oft nicht, ist es Tag oder Nacht, daneben sieht man ihr von außen gar nichts an. Es hat ihr schon lange angefangen, und Harzer Hans hatte wieder Furcht, sie möchte sich ein Leid zufügen, von wegen das Gewissen wird ihn geplagt und ihm gesagt haben, sie hätte Ursache. So war sie eine Weile bei einem Arzt, es ging ihr recht ordentlich, sie wußte wieder, wo sie war und wann Essenszeit, und der Doktor sagte, wenn er sie ihm eine Weile lasse, so glaube er, sie bessere sich, und die Gedanken kämen ihr wieder. Aber dem Harzer Hans dauerte das zu lange. Er soll gesagt haben, was er von der Frau habe, sei ein gar Geringes, er vermöge nicht, sie daraus so für nichts und wieder nichts bei einem Arzte zu haben. Der Geizhund denkt nicht, was sie ihm ersparen half, und was er von ihr erhielt, scheint er noch ableugnen zu wollen. Es nimmt einem manchmal wunder, wie viele gute Blutstropfen ein solcher Unflat eigentlich im Leibe haben mag. Er sagte, so könne sie daheim auch sein, und ihre Sache solle sie haben so gut als hier. Der Arzt meinte, wenn er es erzwingen wolle, so müsse er es geschehen lassen, aber er solle manierlich mit ihr umgehen, sie zerstreuen, mit ihr ausfahren, ihr gönnen, was sie möge, Fleisch, Wein, kurz, was es sei. Je besser man es mit ihr meine, daß sie es deutlich merke, desto mehr werde sich ihr Zustand bessern. Gefressen hätte er sie nie, soll Hans gesagt haben, sonst wäre sie nicht mehr da, und wenn sie täte, wie es üblich und bräuchlich sei, so hätte sie es auch wie andere Leute. Aber wenn sie immer nur verrückt sein wolle, so sei man geschlagen mit ihr, das beste wäre für sie und andere, wenn sie bald von der Welt käme. So brachte er sie wieder und fährt zuweilen mit ihr aus, und damit die Leute glauben sollen, wie gut er es mit ihr meine, hält er mit ihr vor einem Wirtshause still und läßt für sie beide einen halben Schoppen Wein herauskommen. Du mein Gott, für sie beide, wo ein Kind nicht zu viel daran hätte! Davon bietet er ihr an, manchmal nimmt sie, manchmal schüttelt sie bloß mit dem Kopf, dann trinkt er alleine. Das wird aber bald aufhören, die Leute sagen, es sei bereits wieder viel schlimmer mit ihr geworden, die Unachtsamkeit komme wieder. Aber es ist kein Wunder. Wenn ich jahrelang kein gut Wort bekäme und kein freundlich Gesicht zu sehen, zu wenig hätte, zu wenig täte, zu viel brauchte, es wüßte kein Mensch, was ich anfangen würde, zu Tode grämen wäre das wenigste.»

Dies vernahm ich und machte mir schwere Gedanken. «Es ist schrecklich», dachte ich, «wenn ein Mensch dem andern das Messer in den Leib stößt oder eine Kugel vor den Kopf schießt, daß er sterben muß, aber ists nicht viel schrecklicher, wenn einer seinen Nächsten innerlich tötet, seine Seele alle Tage ausstrecket auf die Marterbank, sie da peinigt mit bösen Blicken und bösen Worten und nie nachläßt, alle Morgen neu anfängt, nicht absetzt bis zur Nacht, und dies Tag um Tag, Jahr um Jahr, vom ersten Tag der Ehe an, bis die Haare grau werden, viele, viele Jahre lang, bis der Tod das eine oder das andere nimmt? Müssen da nicht endlich die Gefühle stumpf werden bei dem Gemarterten, die Gedanken erlöschen, Unempfindlichkeit über die Seele kommen? Liegt eben darin nicht eine große Huld Gottes, daß er des Armen Bewußtsein verschleiert, den Plagen die Spitze bricht und doch das Leben nicht löscht. Daß der Arme seinem Peiniger vor Augen stehen muß als ein sichtbares Denkzeichen: ‹Siehe, das hast du an einem meiner Kinder getan?› Daß er ihm vor Augen stehen, an seiner Seite wandeln muß, ihn auch quälen und plagen muß durch die Last, die er verursacht, durch den bloßen Anblick, auch wenn ihm die Erkenntnis noch nicht aufgeht, daß er die Ursache ist, ihm das

Schreien zum Himmel um Gnade nicht kömmt?» Mich nahm es wunder, wie es so in einer verschleierten Seele aussieht, ob es Nacht in ihr ist ganz und gar, oder ob nicht noch in den tiefsten Tiefen ein Lichtlein ist, dessen Strahlen aber nicht bis zu den Sinnen können, sondern gefangen bleiben in den Tiefen. Aber wer ergründet die Geheimnisse der Tiefe? Ein Geheimnis ist der Meeresgrund, geheimnisvoller als der Meeresgrund ist der Seele Grund, nur was spielt und sich spiegelt auf der Oberfläche, wird dem Menschen kund.

Ungefähr in dieser Zeit starben Harzer Hanses nächste Erben, namentlich seine Schwester; ihre Kinder traten also in der Erbfolge ein Glied weiter hinaus, liefen Gefahr, das ganze Erbe ihrer Mutter, welches noch in Harzer Hanses Händen war, in Frage gestellt zu sehen, besonders wenn Harzer Hans vor seiner Frau sterben sollte. Der eine dieser Erben war bei Harzer Hans sehr wohl an, er hatte selbst sehr viel Ähnlichkeit mit ihm, seine Persönlichkeit würde ebenfalls ein sehr merkwürdig Bild abgeben. Doch wollen wir uns einstweilen nicht mit ihm abgeben. Dieser nun riskierte nicht gerne einen Kreuzer, geschweige daß er so viel Tausende auf das Spiel setzte; dieser hatte auch einen Kopf, mit welchem man Straßenpflaster stampfen könnte, ohne daß es Beulen geben würde. Er hatte das gleiche Zwingherrliche und konnte sein Lebtag hassen, wer ihm einmal widersprochen; dieser wollte, daß Harzer Hans ihnen das Erbe seiner Schwester sicher zustelle. Das galt was, man kann sichs denken, aber, was die beiden sich sagten, das hörte man nicht, so was blieb Geheimnis. Indessen mußte Harzer Hans nachgeben, er kannte die Gesetze zu gut, um einen Prozeß zu wagen, und wußte, daß man auf der andern Seite ebenfalls Geld hatte, Prozesse anzufangen, und Köpfe, welche nicht nachgeben, wenn sie einmal angefangen hatten. Doch ließ man sich eine Form gefallen, nach welcher Harzer Hans scheinbar nichts aus den Händen gab, sich einreden konnte, es sei noch alles sein Eigentum, aber zürnen tat er dennoch bitterlich, und mehr als Jahr und Tag durfte sein Verwandter ihm nicht unter das Dach. Hans konnte es nicht verwinden, daß einmal jemand ihn zu was gezwungen, ihn, den Harzer Hans! Na, dachte er, wenn der Junge ihn zu was gezwungen, so wolle er doch mal auch was probieren.

Es ärgerte ihn, daß seine Schwester gestorben sei, wo es ihm also bös gegangen, das heißt, wo er habe teilen und noch Kosten zahlen müssen, daß dagegen seine Frau lebe, deren Tod ihn so sehr erleichtern würde. Gott hätte das umgekehrt machen sollen, werde es aber nicht besser verstanden haben; wer nun eine Sache nicht verstehe, dem mache man den Verstand, so sei es bräuchlich, es werde wohl auch hier erlaubt sein. Harzer Hans hatte nämlich gehört, sei jemand krank, und allen lieb, wenn der Kranke sterben würde, so sei es gut, wenn man in der Kirche für ihn beten lasse, gewöhnlich trete dann eine Änderung ein. Eine Änderung aber könne nicht fehlen, wenn man für den Kranken in drei Kirchen beten lasse, dann müsse Gott, er möge wollen oder nicht. Harzer Hans lebte nicht im Glauben, sondern im Gelde, er frug Gott nichts nach; ein Mann mit dreimalhunderttausend Gulden hat niemand nötig, er kann es allein machen; er rechnete, wo er ging und stand, darin bestand sein inneres Leben. Harzer Hans hatte aber von Jugend auf viel Abergläubisches gehört, er hatte das nämliche oft gehört, es war ihm geblieben, wie er es gehört, denn nachgedacht hatte er nicht darüber; es war ihm geblieben wie zum Beispiel die Notiz: «Hast Bauchweh, so nimm Hoffmannstropfen; sind die Kühe gebläht, so schütte ihnen Öl ein; im Widder laß die Haare schneiden!» Derlei hatte er viel im Kopf und glaubte daran, besonders wenn es ihm kommod war. So hatte er von Jugend auf gehört, wen man hasse, könne man bei den Kapuzinern zu Tode beten lassen, und Kranken, für welche in drei Kirchen gebetet würde, bessere es vollständig, daß ihnen kein Glied mehr wehtue. Nun dachte er nicht weiter über die Dummheit und Heillosigkeit solcher Sprüchlein nach, über den Unsinn, den allmächtigen Gott regieren zu wollen, entweder selbst oder durch Kapuziner und Pfaffen, wie Harzer Hans die Pfarrer zu titulieren beliebte. Harzer Hans dachte bloß, wenn alles mache, was ihm zuwider sei, so wolle er auch versuchen, was gut sei, und wenn Gott seine Schwester getötet, so wolle er doch probieren, ob ihm derselbe nicht auch die Frau abnehmen müsse.

Harzer Hans ging zu drei Pfarrern und ließ in drei Kirchen beten für die Frau. Die Pfarrer kannten den Aberglauben wohl, sie wiesen ihn daher nicht schnöde ab, sondern sie sagten ihm: «Höre, Hans, gerne wollen wir für deine Frau beten, es ist eine arme Frau, und beten für Arme und Bedrängte sollen alle Christen, und beten mit uns für deine Frau soll die ganze Gemeinde. Aber Hans, hör, du mußt aufrichtig und von Herzen mitbeten, mußt an deiner Frau tun, was einem Christen ziemt. Hans, hör, meinst du es falsch, meinst du deiner Frau mit Beten abzukommen, dann, Hans, hör, dann kehrt sich das Gebet um, wird zum zweischneidigen Schwert, das dir durch die Seele fährt. Jetzt besinne dich, Hans, sollen wir beten oder nicht?» «Wenn es Euer guter Wille wäre», sagte Harzer Hans, «ja, ich wollte Euch angehalten haben.» Harzer Hans dachte: «Bet du nur, dann wird es gehen, wie es üblich und bräuchlich ist und nicht so nach eines Pfaffen Grind, das sind auch deren Leute, welche heutzutage weder was zu bedeuten noch was zu befehlen haben, und zwar weder im Himmel noch auf Erden.» Es sieht nämlich zuweilen wunderlich aus mit der Logik in den Köpfen, namentlich mit der Logik über das Beten, und selbst bei Leuten sieht es wunderlich damit aus, welche nicht im entferntesten Hegelianer sind. Wir sagen dies nicht in nächster Beziehung auf den Harzer Hans, derselbe hatte große sittliche Anlagen zu einem Hegelianer, und wäre er zu rechter Zeit dem Hegel in die Finger gekommen, vielleicht wäre er der Schüler geworden, der ihn, wenn auch nicht begriffen, so doch gefaßt hätte.

Aber wie zornig ward Hans, als seine Frau allem Beten zum Trotz die gleiche blieb, Gott sich nicht wollte zwingen lassen. Nun erst nahm Harzer Hans die Pfaffen aufs Korn und hielt für dumm, wer was von Gott erwartete, irgendwie sich an ihn wandte. Was man nicht selbst mache, das mache einem niemand, dachte er, das heißt wohlverstanden, Hans dachte nicht im entferntesten daran, seine Frau selbst zu töten; er wünschte der Last los zu sein. Am billigsten wäre es, hatte er gedacht, würde Gott das selbst machen und sie zu sich nehmen, er möchte sie ihm von ganzem Herzen gönnen. Mache der den Kopf, so wollte er sich doch die Sache so leicht als möglich machen und nicht sein Lebtag mit der Frau geplagt sein, und noch dazu mit einer so armen. Er nahm den Weg unter die Füße, ging zu einem seiner Pächter, sagte zu ihm: «Hör, Sami, du weißt, wie es mit meiner Frau steht, bei mir haben kann ich sie nicht mehr, müßte ihretwegen expreß eine Magd anstellen, und sie hat mir zu wenig eingebracht, als daß ich das vermöchte. Nimm du sie, du hast Platz im Hause, und ich will dir tun, was billig und recht ist, du weißt, du hast eine wohlfeile Pacht.» «Wenn ich brav arbeite», sagte Sami, «so bringe ich notdürftig den Pachtzins auf, Ihr kennt die Sache so gut als ich. Daneben will ich nicht klagen, und wenn ich Euch einen Gefallen tun kann, so soll es nicht nein sein. Aber umsonst vermag ich es nicht, Ihr wißt, ich habe einen Trupp Kinder, und wenn ich sie nehme, so soll sie ihre Sache haben standesgemäß, wie es sich dazu gehört.» «Vierzig Taler sollst haben im Jahr, wenn du sie nicht umsonst willst, denke, du kannst zufrieden sein», sagte Harzer Hans. «Nein», sagte Sami, «damit kann ich nicht zufrieden sein. Das macht hundert Franken nach unserm Gelde. Das zahlt jede Gemeinde für die ärmsten Personen, auch wenn es ihnen nicht im Kopfe fehlt», sagte Sami. «Euere Frau hätte ich nicht das Herz zu halten wie ein Bettelweib, sie muß eine Abwart haben und Speis und Trank, wie es sich dazu gehört, ich möchte mir nicht nachsagen lassen, sie sei bei mir verkommen und halb Hungers gestorben. Wollte sie lieber nicht, aber wenn es Euch einen Gefallen ist, so will ich sie samt einer Magd um hundert Taler jährlich, aber, wie gesagt, nur Euch zu Gefallen.» «Warum nicht tausend, es ginge in einem zu!» sagte Hans. «Wenn du sie nicht willst um vierzig Taler, so nimmt sie schon ein anderer, aber dann den Hof dazu.» «Hätte es nicht am Gewissen», sagte Sami. «He nun, so sieh dich nach einem andern Platz um, du weißt, den fünfzehnten März ist die Pacht aus», sagte Harzer Hans im Zorn, daß einer ihm zu widersprechen wagte und noch dazu ein Pächter, der freilich ein braver Mann und ein guter Zahler war, wie Hans sie sonst nicht ungern hatte.

Der neue Pächter nahm die Frau, behielt sie aber nicht lange, wahrscheinlich dünkte das wenige, was er zahlen mußte, Harzer Hans auf die Länge zu viel. Jetzt, was machen, daß es nichts kostet! Harzer Hans weiß sich zu helfen, er gibt die Haushaltung auf, zieht samt der Frau zu einem Pächter, das heißt er in ein Stübchen, die Frau sperrt er in einen Verschlag im Kuhstall, vermacht im Kuhstall alle Löcher, die Öffnungen, durch welche man den Tieren das Futter gibt, daß der Pächter seine Kühe oft mit der Zunge weit vor dem Maule findet, in aller Eile öffnen muß, daß sie ihm nicht ersticken. Aber der Frau tat es nichts, sie starb nicht. Sie starb im Winter nicht, wo sie wieder in die Stube kam, aber nur dreimal zu essen bekam, während sie sehen mußte, wie Pächters viermal des Tages aßen. Der Mann hatte nur für dreimal akkordiert, und zwar auch für sich nicht mehr, das muß man zur Steuer der Wahrheit sagen. Das Brot hatten sie für sich apart, brauchten zusammen in einer Woche oft nur zwei Pfund, und auch daran starb die Frau nicht. Aber beinahe wäre Harzer Hans gestorben, erst in großen Gefahren, dann in großem Zorn. Er hatte wieder eine schöne Kapitalschrift eingehandelt von sechs- oder mehr tausend Gulden,

akkordiert vereinbart

das Geld mußte einige Stunden weit von Hanses Wohnsitz erlegt werden. Das mußte heimlich gehen, «begreiflich!» hätte die Wirtin gesagt. Um Mitternacht weckte Hans einen Knecht des Pächters, der muß einen schweren Klotz, mit Lumpen umwickelt, eine Stunde weit tragen, es sei ein alter Amboß, hieß es. Dort mußte der Schuldner ein Fuhrwerk bereit halten, um Geld und Gläubiger zu spedieren. Das Pferd gehörte dem Schuldner, die Chaise war geliehen, der Sohn des Schuldners stellte den Fuhrmann vor. Hin gings gut, her aber nicht. Das Roß nahm Reißaus, Hans lief Gefahr, gerädert zu werden, wurde indes bloß noch geschunden, übel zerschlagen wurde die Chaise. Das Unglück sollte ein Geheimnis bleiben, die Chaise dürftig geflickt werden, das Ganze aber wurde verraten, der Eigentümer ließ die Chaise durch einen berühmten Stellmacher kurieren, die Kur kostete schwer Geld, und Hans mußte einstweilen bezahlen, was ihn grimmig, was ihm das Leben, wo nichts mehr ging, wie er wollte, nicht einmal die Rosse, fast zur Last machte.

Er studierte tief, wie er das einbringen, wo er abbrechen könnte, studierte, daß sein dicker Kopf ringsum ganz heiß wurde, so daß man ihn im Winter für einen eisernen Ofen hätte brauchen und eine Stube damit hätte heizen können, und wer weiß, was er nebst dem noch erstudiert hätte, aber da traf ihn ein anderer Schlag, der ihm wieder zeigte, wie nichts an Macht und Vermögen Harzer Hans eigentlich sei, der ihn mahnen sollte an des alten Davids schöne Worte: «Wo der Herr nicht das Haus bauet, so arbeiten seine Bauleute umsonst daran, wo der Herr nicht die Stadt behütet, so wachet der Wächter umsonst. Es ist euch umsonst, daß ihr früh aufstehet und lange sitzet und esset euer Brot mit Sorgen, denn seinen Freunden gibt ers schlafend.»

Als einmal Harzer Hans hart schlief wie selten, denn wer immer in Angst vor Dieben lebt und das gute Gewissen nicht hat, daß die Menschen es gut mit ihm meinten, hat selten einen guten, tiefen

Schlaf, kam es ihm durchs Ohr plötzlich wie ein Blitz: «Hans, auf, das Haus brennt!» «Wird nicht sein!» dachte er und meinte, es sei geträumt, denn daß ihm so was begegnen könne ohne seinen Willen und Zulassung, stellte er sich nicht vor. «Auf, auf!» tönte es zum zweitenmal, und als Hans träge das Haupt erhob, hörte er des Feuers Prasseln, sah in glührotem Scheine draußen die Bäume stehen, eine Flammensaat fallen ins grüne Gras. Da sprang er auf, da zitterte der starke Mann, als er nach den Kleidern griff, aber was ihm wartete, wußte er nicht. In vollen Flammen stand das gewaltige Haus, ans Löschen war nicht zu denken, das nackte Leben war kaum zu retten, Tiere verbrannten, dem Pächter seine Habe. Wertvolles hatte Hans nichts im Hause, und das Haus war in der Feuerkasse assekuriert, der Pächter hatte den jährlichen Beitrag zu zahlen.

Es ist schrecklich, im Feuer zu erwachen, wer es erlebt hat, zittert, sooft er dessen gedenkt. Wie muß es den Sündern erst sein, wenn sie erwachen in der Hölle, Feuer ringsum und nirgends eine Tür zum Entrinnen, gefesselt auf ewig mit feurigen Ketten an ewigen Brand! Doch an so was dachte Harzer Hans nicht, er dachte bloß an seinen naheliegenden Wohnstock, dort war sein Schatz, dorthin zog es ihn, dorthin ward auch die Frau gerettet; gleichgültig und teilnahmslos ließ sie es geschehen.

In stiller Nacht verkündete die große Feuersäule weitumher den Brand, und Hunderte von Menschen fuhren erschrocken aus dem Schlafe; die einen hatte der rote Schein geweckt, der Glocken Gejammer die andern. Hunderte eilten in rascher Hast zu Hülfe dem Brande zu, und doch schiens denen beim Feuer eine Ewigkeit, bis die erste Hülfe kam, bis sie das Rasseln der ersten Spritze hörten, und als sie es endlich hörten, schien ihnen der stärkste Rosseslauf langsamer Schneckengang, denn schneller, als die Rosse liefen, fraß um sich das Feuer, wuchs die Gefahr. Schon war das Nachbarhaus ergriffen, schon rauchte der Speicher, die Macht des Feuers wurde mit jedem Augenblicke gewaltiger.

Endlich war die erste Spritze da, Zäune krachten, mit wildem Rufen ward sie durch die Bäume gezogen, an den Bach gestellt, abgeprotzt, Leitern ans bedrohte Dach gestellt, Wasser geschöpft, gepumpt, im Laufe die Schläuche auseinandergewickelt, das Wendrohr eingeschraubt, im Sprunge das Dach hinauf und Wasser gegeben auf die brandenden Stellen, und alles das rascher, als es hier zu lesen steht. Nun von allen Seiten rasselnde Spritzen, rufende Menschen, und immer lauter prasselt das Feuer, immer höher wirft es seine Flammen, gewaltig wird der Kampf zwischen Menschen und Elementen, schon wird dem Feuer das Nachbarhaus entrissen, seine Versuche am Speicher vereitelt, neue Spritzen rasseln durch die Nacht, große Scharen mehren die Menge der Helfenden; aber es ist, als ob eine unsichtbare Macht die Glieder lähme, die Kräfte binde. Die Hände sinken von den Spritzen, die Eimer liegen unbenutzt am Boden, schlaff hängen die Arme an den ruhig stehenden Menschen nieder, und wer sie hebt, sucht Tabak und zündet die Pfeife an. Durch die müßige Menge laufen Leute, bitten zu arbeiten, dort sei Not zu wehren, dort sei noch zu retten, «um Gottes willen helft, ihr Leute, helft!» Da schreits von allen Seiten: «Das ist Harzer Hanses Haus, für Harzer Hans rührt sich keine Hand. Hat er sich keines Menschen erbarmt, so mag er jetzt auch sehen, wer ihm hilft! Ins Feuer sollte man ihn werfen, den Hund, einmal muß er doch hinein, ob nun ein paar Jahre früher oder später!»

Nun brach ein Volksgericht über Harzer Hans los, wie es auf einer Brandstätte, wo sonst das Mitleid rege wird, oder wo man doch, wenn man auch kein Mitleid fühlt, das Unglück so weit achtet, daß man dem Beschädigten nichts Böses sagt, kaum je wird geübt worden sein. Harzer Hans konnte nun erfahren, wie er stand in der Achtung, und wie viele ihn liebten. Niemand wollte die Hand für ihn bewegen; weil er niemand geholfen, so solle er sich nun auch selbsten helfen; wer arbeitete, tat es um des Pächters willen, dessen Habe nicht assekuriert war, welcher daher den meisten

Schaden litt. Dabei blieb man aber nicht stehen. Wo Hans sich zeigte, empfing man ihn mit Verwünschungen und Drohungen, es sei schade, er liege nicht tot dort, wo das arme Vieh verbrannt liege; wo er seine Frau habe, ob noch im Stalle, wo er eigentlich hingehöre als ein unvernünftig Tier? Wenn er sich zurückziehen wollte in seinen Stock, so folgte man ihm auch dorthin nach, schonte ihn mit den grimmigsten Reden nicht, da war auch niemand, der ihn fürchtete, niemand, der sich seiner annahm. Wenn einmal eine Menge einmütig war in ihrem Urteile über einen Menschen, so war es hier, und wenn irgendeine Verschiedenheit in der Meinung hervortrat, so war es bloß die gutmütiger Menschen, welche mahnten, ihn in Ruhe zu lassen, er werde hoffentlich sein Lebtag denken an das, was er gehört.

Aber so wenig diese Mahnungen bei der Menge fruchteten, so sehr irrten sie sich, wenn sie glaubten, Harzer Hans werde an dieses Gericht denken und um ein Haar breit anders werden. Sie kannten Harzer Hans nicht. Die Menge verfolgte ihn bis in seine Nebenwohnung, forderte Essen und Trinken von ihm, wie es bei einem Brande üblich sei. Er habe nichts als Erdäpfel, sagte er, diese bot er an, er drohte mit Schlägen, er riegelte sich ein, aber lange duldete es ihn nicht eingeriegelt, er mußte wieder hinaus, er hatte Kummer, es könnte ihm etwas abhanden kommen, ein angebranntes Stück Holz oder altes Eisen. Er mußte hinaus unter die Menge, mußte sehen, wie munter der große Holzschopf mit dem alten Franzosenholz brannte, mußte sehen, wie fast mit Gewalt die Leute dazu gebracht werden mußten, die Nebengebäude anzufeuchten und das Holz darum wegzureißen, mußte immer und immer wieder neue Schmach hören, neue Zeugnisse, wie geachtet und geliebt er sei. Aber glaube man ja nicht, das hätte den alten Mann gebeugt, hätte ihn zu Buße und Reue geführt, zur Einsicht, daß er sein grau Haar mit Fluch beladen zur Grube trage! Gott bewahre, Hanses Haus war möglicherweise hundertundzwanzig Fuß lang und sechzig breit, eine Unmasse Holz dran und drum, aber es bedarf ein ganz anderes Feuer, damit Hans auftaue, damit schmelze eines Harzer Hanses Übermut und Hochmut, eine fast wunderbare Verstocktheit, in welcher man weder vor Gott noch Menschen den geringsten Fehler zugeben, im geringsten die Richtigkeit seiner Lebensweise in Zweifel setzen lassen will. Harzer Hanses Herz zu schmelzen, muß Gott selbst den Tiegel machen, das Feuer darunter darf nicht von Holz sein, auf der Erde gewachsen, welches von Mitternacht bis zu Sonnenaufgang brennt und dann verzehret ist.

In Harzer Hans brannte auch ein Feuer, und zwar noch ein heißeres als auf der Brandstätte, es war das Feuer des Zorns und der Rachsucht. Warten die nur, denen wolle er es gedenken, das war das Gelübde, welches er ablegte. Hunderte hätten seine Frau nicht gehalten, wie er sie gehalten, und wenn jemand sie haben wolle um den Abnutz ihres Vermögens, so könne er sie haben, schrie er jemand an, der ihm einen Zuspruch geben wollte. Von der Selbstüberhebung und Selbstverblendung eines vernagelten Harzer Hans machen unter hundert Menschen nicht zwei sich eine rechte Vorstellung. Wir wundern uns über einen verstockten Pharao, aber wahrhaftig, ein verstockter Pharao ist gar nichts im Vergleich zu einem vernagelten Harzer Hans. Sein Haus war dahin, seine Frau besaß er noch, und, was er lieber geben wollte, darum hatte ihn niemand gefragt, denn Gott führt niemand in Versuchung. Dazu noch das Gericht der Menge über ihn, der sonst nur gewohnt war, Bittende oder Zinsende vor sich zu sehen, denn wer ihm nicht zinsen oder um etwas bitten mußte, der kam nicht freiwillig ihm nahe.

Seine Rachsucht übte er aus so gut als möglich. Wo er irgendwie konnte, belangte er Leute für ihre Reden, andern stieg er privatrechtlich ins Haus und sagte ihnen, was ihm gut schien. Die böse Welt sollte schuld am Brande sein, wenn sie nicht zu groß gewesen, er hätte sie auch dafür belangt, während die böse Welt munkelte, wo man aus Geiz und Eigensinn noch hölzerne Schornsteine hätte, da sei es sehr begreiflich, wenn ein Haus verbrenne. So rächte er sich, und den Schaden wollte er auch nicht alleine tragen.

Wie dem König Pharao die Israeliten seine Pyramiden umsonst bauen mußten, so mußten dem Harzer Hans seine Pächter unentgeltlich das Holz zu einem neuen Baue fahren, ohne daß er sie durch einen bestimmten Akkord sichern wollte, daß sie den neuen Bau auch benutzen könnten. Die Arbeiter konnte er nicht zur unentgeltlichen Arbeit zwingen, sonst hätte er es getan, aber er drückte sie hinunter, so weit er konnte, marktete mit ihnen bis auf das Blut, und nicht mit einem Kreuzer kam er ihnen zu Anschaffung von Material zu Hülfe, wenn sie ihn nicht siebenfach verbürgten. Später wird er ihnen wohl noch den Zins abzuziehen willens gewesen sein. Er entwickelte eine Energie und Tätigkeit, welche sonst selten sind bei einem alten Manne; es war, als ob er der Welt Trotz bieten und zeigen wolle: «Ich habe niemand zu fürchten, wohl aber die Leute mich.» Bei allem dem dachte er durchaus nicht an Gott, wenigstens gab er durchaus kein Zeichen davon. Da man Gott vor den Menschen bekennen soll, wenn es etwas gelten soll, so haben wir vollständig das Recht, anzunehmen, er habe sich um Gott durchaus nicht gekümmert, das Unglück nicht angenommen als aus seiner Hand, es also auch nicht benutzt zu Buße und Bekehrung, darum sei es auch umgeschlagen zum Fluche, zu desto größerer Verstockung.

Auf die arme Frau dagegen wirkte das Unglück gar nichts, sie nahm es gelassen hin, und am Tage nach dem Brande saß sie ganz getrost an der Sonne, halb in Manns-, halb in Weibskleidern. Als aber einige, sonst mit ihr bekannte Weiber diese Gelegenheit ergreifen und sich näher über ihren Zustand in Kenntnis setzen wollten, mußte sie wieder in die dunkle Spelunke, wahrscheinlich in den Verschlag. Sie ließ dies aber auch ganz gerne geschehen, sie war es schon früh gewohnt, stillschweigend über sich ergehen zu lassen, was Harzer Hans über sie ergehen ließ. Wie Hans sie haben wollte, hatte Gottes Hand ihm seine Frau vollständig ausgebildet und an die Seite gestellt, jetzt war Hans auch nicht zufrieden – so ist der Mensch!

Nun begann für Hans eine qualvolle, peinliche Zeit. Er war gewohnt gewesen seit einer Reihe von Jahren, zu leben, wie er wollte, zu zwingen, was er wollte, so gleichsam nach festgesetztem Maß und Modell, und wie er es wollte, zwang er die Leute, während er selbst äußerlich ein ziemlich behaglich und ruhig Leben führte.

Nun beim Bauen geht das Ding anders, wer gebaut hat, begreift es. Freilich ists ein Unterschied, wenn man selbst baut oder durch Handwerksleute nach Akkorden bauen läßt. Wer in der Stadt bauen läßt, und zwar so, daß er nichts damit zu tun haben, sondern bloß zu einer akkordmäßig bestimmten Stunde den Schlüssel in Empfang nehmen will, der entrinnt vielem und doch nicht allem, und oft geschieht es, daß, je weniger Verdruß und Plage er während dem Bauen hat, er desto mehr derselben hintendrein kriegt. Auf dem Lande kann man aber selten so reine Akkorde machen, besonders wenn man selbst Material hat und keinen Baumeister, welcher das Ganze übernimmt. Da verdingt man das eine, das andere nicht, jeder marktet dies oder jenes ab oder ein, und wie man es auch macht, wie man es will und meint, geht es nie. Besonders, wo einer alle drücken und ausbeuten will, da gibt es Verdruß und geht schlecht. Hätte Harzer Hans vor fünfhundert Jahren gelebt, er wäre ein Tyrann und Zwingherr gewesen von der besten Sorte. Kam es ihm doch in den Sinn, wie schon gesagt, jetzt, wo man nicht bloß Fronen, sondern auch Zehnten und Bodenzinse überall abschafft als mittelalterlichen Plunder, neue Fronen einzuführen, seinen Pächtern unentgeltliche Fuhren zum neuen Bau auflegen zu wollen. Solche Fronen werden aber nicht sehr willig geleistet, es treten immer Säumnisse ein, die Arbeit fördert sich nicht. Harzer Hans hatte darauf gerechnet, alle Nachbarleute und Gemeindegenossen weitherum würden zu Hülfe kommen mit Fahren, Holzfällen usw, und zwar richtig unentgeltlich. Die meisten erklärten, ihm würden sie kein Rad umführen, einer wie er verdiene nicht Hülfe, was sie täten, täten sie den armen, unschuldigen Pächterleuten zu Gefallen. Einmal kam man, um Holz zu fällen. Harzer Hans griff sich an, spendete am Morgen eine Maß Branntwein, aber ohne Brot, zu Mittag und Abend gar nichts. Am folgenden Tag erschien niemand mehr, begreiflich. Der Zimmermann selbst mußte ans Holzfällen gehen, das förderte die Arbeit auch nicht, und wenn auch Harzer Hans in seiner Angst das Maurerhandwerk selbst trieb, mit alten Steinen neue Gänge pflasterte, das Werk rückte doch nicht vorwärts, es harzete, man sah es dem Größten und dem Kleinsten an, daß es Harzer Hans war, der das Haus baute, und daß er seinen Namen nicht umsonst trug. Was andere in sechs Wochen bauten, baute er in drei Monaten nicht, wozu andere dreißig Tannen brauchten, dazu hatte er sechzig nötig; denn das meiste Holz, welches niedergemacht wurde, war teilweise faul oder unbrauchbar. Mit dem Werkzeug wollte er auch nicht aus dem geretteten Speicher rücken, dort war es eingeschlossen, man mußte herumlaufen, mußte leihen, die Nachbarn gaben auch nicht ihr bestes her, begreiflich, das förderte die Arbeit auch nicht. Der Pächter konnte das Haus nicht benutzen, konnte das Heu nicht einlegen, kaum das Korn, und wer sollte den Schaden tragen? Harzer Hans meinte natürlich, der Pächter, der Pächter meinte es natürlich anders, kriegte endlich der endlosen Plackereien doch satt.

Ob alldem fuhr Harzer Hans die Wände auf. Da konnte er endlich einmal nichts zwingen, und, je mehr er sprang, desto ärger harzete alles. Hatte er vormittags die Freude gehabt, einem Arbeiter etwas ungerechterweise abzwacken, aufbürden, zuschieben zu können, so fehlte ihm nachmittags der Zorn nicht, sich hier oder dort überlistet, beschummelt zu sehen. Erlaubte er sich alles gegen alle, so machte jeder gegen ihn auch, was er konnte, und Harzer Hans mußte erfahren, daß nicht er allein listig sei, er nicht allen Verstand allein gefressen habe, daß für andere noch ein braver Rest übriggeblieben sei.

Das besserte Hans nicht, das öffnete Hans die Augen nicht, das änderte an seiner armen Seele nichts, aber das wirkte auf Hanses nun mehr als achtzigjährigen Körper. Da Hans an den Brand seines Hauses sich nicht gekehrt, so begann jetzt Gottes Hand zu rütteln an der elenden Hütte, in welcher Hanses harzige Seele harzete; der weitere Bau war zerfallen, und während Hans an einem neuen raxete, begann der engere und kleinere aus den Fugen zu weichen. Hans wurden die Beine schwer, der Atem kurz, die Nächte unruhig, die Luft in seinem Loche schien ihm so dick, daß er oft unter das Fenster mußte. Hans hatte einen eisernen Körper gehabt, darum nie daran gedacht, daß derselbe einmal zu Staub werden müsse wie jeder andere Körper auch, er war kaum je krank gewesen, und wandelte ihn ein Unwohlsein an, so kümmerte er sich nicht darum, und dasselbe ging vorüber. Darum behauptete Hans immer steif und fest, am Kranksein seien die Menschen selbst schuld, würden sie es machen wie er und sich allem nicht achten, so würden sie jeder Krankheit Meister. Wem es ernst sei, könne es zwingen. Hans hielt eben alles auf dem Zwingen, sofern niemand etwas gegen ihn zwingen wollte, das hielt er für eine schreckliche Sünde. Sich hielt er jeden Zwang erlaubt und löblich, und Gott ließ ihn lange in diesem Wahn, in dem schrecklichen Wahn, der Mensch könne alles, was er wolle, er sei die höchste Macht, der alleinige Ursacher seines Geschicks, ein selbstherrlicher Selbstregent. So sah er es an, so sprach er es mit kurzen, derben Sätzen aus, welche den Vorzug vor der Hegelschen Theorie hatten, daß sie ungefähr das gleiche sagten, aber so, daß es jedes Kind ver-

harzete mühsam vorankam
raxete zusammenscharrte

stand. Nun aber war auch Harzer Hans wie jedem andern Sterblichen ein Ziel gesetzt, auch ihm stand geschrieben: «Bis hieher und nicht weiter!»

Je mehr der Bau harzete und zögerte, je größer der Schaden der Säumnis wurde, je augenscheinlicher, daß der Schade nicht dem Pächter allein aufgebürdet werden könne, sondern jeder Ehrenmann zu Recht sprechen mußte, daß er vom Pachtherrn zu entschädigen sei, je nötiger Hanses Anwesenheit, sein Treiben und Hetzen ihm nötig schien, desto schwerer wurden ihm die Beine, desto kürzer der Atem, desto mühseliger das Handanlegen, das Laufen dem Material nach, das Zusammentreiben der Arbeitsleute, die immer weniger mit ihm zu tun haben mochten. Warum vor einem sich fürchten, halb schinden und halb fressen lassen, der mit einem Fuß im Grabe stehe? werden sie gedacht haben. Hans wollte sich dessen nicht achten, wollte immer der gleiche sein, zeigen, daß er durch keine Krankheit sich zwingen lasse, aber da predigte ein anderer. Hans mochte zappeln, wie er wollte, Hans konnte seine geschwollenen Füße nicht mehr zwingen in die groben Lederschuhe, Hans konnte den Husten nicht zwingen, wenn er über ihn kam, daß er sich setzen mußte, Hans konnte nicht einem Arbeiter nach, wenn ihm der Atem fehlte.

Die grobe Kost vom Pächter, wie er sie sich ausbedungen und schlecht genug bezahlte, konnte er hinunterbringen, aber daß seine Frau an zwei Pfunden Brot mit ihm genug haben sollte, konnte er nicht erzwingen, nicht erwehren, daß nicht hie und da die arme reiche Frau einen armen Arbeiter um Brot bat, konnte es nicht erzwingen, daß, wo ein Haus gebaut wurde, sein Tun und Lassen, sein Sinn und Treiben ein Geheimnis blieb. Was einer nicht sah, sah der andere, und was alle sahen, ward auf den Straßen ausgetrommelt, ging von Hof zu Hof, von Dorf zu Dorf. Wie wüst Hans auch tat, wenn er was über sich hörte, und wie wüst er jedem sagte, der ihm die Wahrheit sagte, es konnte Hans es doch nicht erwehren, daß man von ihm sprach das Land auf, das Land ab, und daß das Urteil sich feststellte: im Oberland und im Unterland sei kein wüsterer Mann als der Harzer Hans. Mancher gemäßigte Mann sagte, wenn alle Reichen so wären wie Harzer Hans, bliebe den Armen nichts übrig, als Hungers zu sterben oder die Reichen totzuschlagen, und wie sträflich auch der Kommunismus an sich sei, so finde er doch da, wo die Reichen wären wie Harzer Hans, der weder zu verdienen noch Almosen gebe, seine Entschuldigung.

Wenn man, und noch dazu in Zeiten der Not, Hunderttausende aufeinanderliegen sieht, niemand zu Nutz, sondern allen zur Plag, gehütet nicht von einem bösen Geist oder einem schwarzen Hund, wie die unterirdischen Schätze gehütet werden sollen, sondern bloß von einem wüsten, alten, bösen Manne, so drängt sich allen, welche nicht von ganzem Herzen Christen sind, unwillkürlich die Frage auf, ob es recht sei, daß viele hungern, während einer die Hülle und Fülle habe, nutzlos vielleicht um schwer Geld Nahrungsmittel zugrunde gehen lasse, während Hunderte aus Mangel an Nahrung verkümmeren, ob es nicht erlaubt sei, in solchen Fällen das Mannli ein wenig auf die Seite zu stellen und sein Überflüssiges zu Nutz und Frommen der Hungernden anzuwenden. Der Christ wird nicht so fragen, der Christ wird in Geduld und Demut sich der Ordnung Gottes unterziehen, wird Gesetz und Rechte ehren, jedem das Seine lassen und auf seine Verantwortung und von Gott alleine alles Gute erwarten. Hingegen würde es einer christlichen Gemeinde wohl anstehen, wenn die Vorgesetzten derselben tagtäglich einem solchen Mann ihr Mißfallen zu erkennen geben, ihm sagen würden, wie er sich versündige vor Gott und Menschen und auf Erden und im Himmel für ihn weder Glück noch Seligkeit zu finden sei. Ob die allseitig und alltäglich ausgesprochene Mahnung und Verachtung nicht am Ende was helfen würden, wäre eben zu erfahren. Das ist nicht recht und einer christlichen Gemeinde nicht ziemlich, wenn man so einem Harzer

Hans um seines Reichtums willen Scharwenzel macht, ihn in seinem wüsten Tun bestärkt, ihn lobt und preiset, wenn er allen wüst sagt, welche ihm seine Sünde zu Gemüte führen, ihn betrachtet wie einen bissigen Hund, den man anhetzt und dann seinen Spaß hat an seinem Beißen und Bellen. Es ist sonderbar, daß so wenige wissen, was einem Mann und Christen ziemt, daher man auch die Laterne anzünden möchte, um am hellen Tage zu Stadt und Land wirkliche und eigentliche Männer zu finden. Wenn die Weiber von heute so sehr nach Emanzipation schreien, so hat das wirklich auch seinen guten Grund darin, daß sie finden müssen, es sei zwischen einem Mann und einem Weibe der Unterschied je länger je geringer, wer einen finden wolle, müsse bereits die Brille aufsetzen.

Harzer Hans wurde bloß von Untergebenen geplagt, seinesgleichen tat keiner das Maul gegen ihn auf, bloß einer, der höher war als alle, begann zu zeigen, wer eigentlich Meister sei, und was so ein Harzer Hans sei. Hans fiel aus den Kleidern, und seine Frau kriegte alle Tage bessern Appetit. Sie möchte noch mehr, sagte sie fast allemal, wenn die Schüsseln, welche der Pächter gebracht hatte, leer waren. «So nimm!» war gewöhnlich Harzer Hanses hässige Antwort. Nun sagten alle Leute zu Hans: «Aber um Gott, Hans, wie siehst du aus, ganz aus den Kleidern fällst, lange gehst du nicht mehr herum an der Sonne, und dann mit dem Gelde, was machst du? Aber verwundern muß ich mich, wie gut deine Frau aussieht; wäre sie gesäubert, wie es sich gehörte, und käme sie daher, wie es üblich und bräuchlich ist, sie würde wenigstens dreißig Jahre jünger aussehen als du. Hans, wenn es dir nicht bessert, die überlebt dich lange, die wirft noch mit deinen Beinen Äpfel von den Bäumen.» Das war wohl das Ärgste, was man Hans sagen konnte, ärger als ein dreischneidend Schwert fuhr es ihm durch die Seele, denn, daß seine Frau ihn überleben sollte, an das dachte er nicht, daran konnte er nicht glauben. Er fuhr die, welche ihm solches sagten, auch sauber an und sagte ihnen, was es sie angehe, wie er aussehe und seine Frau. Sie sollten sehen, daß ihre Kinder zu fressen hätten, ohne andere Leute zu plagen, das übrige in der Welt ginge sie nichts an. «Ho, Hans», sagten sie, «bös wollten wir dich nicht machen, aber tust du nicht dazu, so hörst du den Kuckuck nicht mehr schreien.» «Wenn doch nicht jede Kuh in Sachen reden wollte, welche sie nichts angingen!» sagte dann Hans. «Geh heim und lause deine Kinder, das stünde dir besser an, als in der Welt herumzulaufen und den Leuten zu sagen, ob sie fetter oder magerer geworden seien!» «O Hans», hieß es dann, wenn es eine Frau war, «o Hans, wegem Lausen brauchte ich kaum heim, fände vielleicht hier schon Arbeit, Hans, was zahlst vom Hundert, wo ich runter mache? Ich hätte den Verdienst so nötig und wäre dann nicht umsonst um Arbeit ausgegangen.» Nun, dann kam es der Frau wohl, wenn sie gute Beine hatte und machte, daß sie vom Platz kam, sonst hätte ihr Hans für eine Zeitlang beides, Lausen und Spotten, vertrieben.

Je wüster Hans tat, desto mehr ward bekannt, mit was man ihn böse machen konnte, desto öfter benutzten es die Leute und brachten Hans einen Zorn in den Leib, welcher ihm für seine Umstände eben auch nicht dienlich war. Spekulative Philosophen sind nicht halb so selten, als man in gelehrten Kreisen glaubt. Spekulative Philosophen kalkulierten: «Wird Harzer Hans bös, wenn man ihm sagt, er sei krank, und seine Frau werde jünger, so wird er gut, wenn man ihm das Umgekehrte sagt, und wenn ein Mensch gut wird, so gibt oder tut er einem, was man will, so ists wenigstens bräuchlich das Land auf, das Land ab.» Aber diese kalkulierten falsch, wie es freilich Philosophen, und zwar nicht bloß spekulativen, sondern Philosophen von allen Sorten oft zu gehen pflegt. Hans kalkulierte: das gehe die Leute hell nichts an, sehe er oder seine Frau aus, wie sie wollen; daß die Leute meinten, sie könnten sich darein mischen, sei eine Unverschämtheit ohnegleichen. Aber daraus sehe man, wie die Welt immer schlechter werde, die Menschen nichtsnutziger, ehedem hätte man gehen können, wohin man gewollt, ohne daß man alle zehn Schritte angeplärrt worden wäre: «Hans, wie siehst doch aus!» Dem Ding wolle er ein Ende machen.

Aber Hans machte dem Ding kein Ende, aber die sich immer wiederholenden Reden machten Eindruck auf Hans und wurden natürlich unterstützt durch die täglich wachsenden Beschwerden, welche Hans peinigten. Hans hätte diese vielleicht vor sich selbst verborgen, sie seinem eigenen Gefühl abgeleugnet, wie es nicht selten von Kranken zu geschehen pflegt, welche sich fort und fort einreden, wie nicht nur ihre Übel alle Tage kleiner würden, sondern wie es eigentlich gar keine Übel seien, sondern, eigentlich genommen, klare, helle Gesundheitszeichen. Aber da die Leute beständig davon sprachen, wie wüst er auch tat, so fing es ihn doch an unruhig zu machen, er dachte, es könnte beim Teufel doch was sein und die Sache nicht richtig. Aber die Freude wolle er den Leuten nicht machen, krank zu scheinen oder gar zu sterben, Harzer Hans täte es denen Hagle nicht zu Gefallen. Er wolle es ihnen zeigen, daß es mit Harzer Hans nicht so bald Feierabend sei, als sie wohl gern haben möchten; etwas werde geschehen müssen, ein Trank oder zwei könnten vielleicht nicht schaden, ausputzen sei allweg gut, und er wüßte sich nicht zu besinnen, daß er es getan hätte. Ausputzen ist allweg gut, besonders wenn man sich nicht erinnern tut, wann es zum letzten Male geschehen ist. Aber nicht bloß den Leib ausputzen sollte man, der Seele täte es absonderlich wohl, die hätte es so nötig, und wie viele sind nicht, die es haben wie Harzer Hans: sie erinnern sich nicht, wann es zum letzten Male geschehen ist!

Aber wie alles, was ihn anging, behandelte Harzer Hans auch dieses als ein Geheimnis. Es sollte es so wenig jemand wissen, daß

Hagle Halunken

Harzer Hans sich ausputze, als daß es jemand wissen durfte, wann und wo er Geld an den Zins lege, und wie viel Kostgeld er dem Pächter zahle. Die Hagle, dachte er, hätten eine viel zu große Freude, wenn sie wüßten, daß ich Zeug brauche, es würde jeder kommen und gucken wollen, ob es Feierabend mit mir mache oder nicht. Hans dachte nicht, daß er in seinem Leben nicht halb so viel Geheimes gemacht, als er sich einbildete, daß die Leute gar viel von ihm wußten, was er sich nicht träumen ließe. Wüßte der gute Hans alles, was die Leute von ihm wußten, er würde schrecklichen Zorn kriegen, eine Mistgabel nehmen und trotz kurzem Atem und schweren Beinen allen nachlaufen, um sie zu erstechen, welche darum wußten. Er besprach sich mit einer alten Frau in einer Waldecke bei einbrechender Nacht und versprach ihr, wenn sie ihm zu einem guten Trank verhelfe, der tapfer ausputze, im nächsten Winter ein dürres Tännlein, der Pächter müsse es ihr noch obendrein heimfahren. Wo wäre eine alte Frau, welche eine solche Mission nicht mit Freuden übernehmen würde, und wo wäre wiederum die, welche, wenn ihr die Wahl überlassen würde, nicht zu einem Winkelarzt gehen würde statt zu einem patentierten? Es herrscht bei alten Weibern und allen Männern, welche alten Weibern gleichen, ein entschiedener Zug zu allem, was in den Winkeln ist, zu Winkelärzten, Winkelpredigern, Winkeladvokaten usw.

Der Trank ward gebracht, von Hans unter schrecklichen Gebärden verschluckt, denn schlecht genug war er. Es war auch Zeug, welches angriff. Anfangs sagte Hans, der, welcher den Trank gegeben, sei ein rechter Mann, der begehre die Leute nicht lange herumzuziehen, um ihnen mit vielem Zeug, das nicht wirke, das Geld abnehmen zu können. Der mache die Sache gleich recht, daß man auch wisse, daß man was hätte. Später, als das Zeug noch wirkte, ward ihm doch angst. Die Sache könne man auch zu gut machen, ein Hund sei der Mann. So schnell zu Grabe begehre er doch nicht, und wenn er das hätte wissen sollen, so hätte er mit dem Ausputzen nicht halb so pressiert. So schlimm gings nicht, aber es besserte Hans doch nicht, wurde eher schlimmer. Die Frau meinte, der Mann werde für diese Krankheit nicht das rechte Zeug haben, sie wüßte einen andern, der sei bsonderbar berühmt, bsonderbar wegen kurzem Atem, es wüßte kein Mensch, wie manchem er schon ganz davon geholfen. Wie es wäre, wenn man mit dem noch probiere, teuer solle er gar nicht sein, für drei Batzen gebe er einen großen Papiersack voll, daß man fast eine Kuh einen Tag lang damit füttern könnte. Hans willigte ein, aber daß er ihm das Zeug nicht zu stark mache, sonst solle er erfahren, wer der Harzer Hans sei!

Das ließ sich der Mann nicht zweimal sagen, von Verklagtwerden und Untersuchungen war er nicht Liebhaber. Er gab Zeug, um langsam abzuziehen, wie er sagte, auf einmal putze man das nicht hinweg, es sei zu lange gegangen. Bös zu nennen war das Zeug nicht, es dünkte Hans die ersten Tage, es mache ihm wohl, aber in die Lederschuhe konnte er doch nicht. Der Atem wurde nicht länger, die Beine nicht leichter, die Nächte immer schlafloser und peinvoller. Oh, wie Hans zornig ward und ungeduldig und doch nichts zwingen konnte, nicht einmal, daß die Leute ihm nicht sagten, wie schlecht er aussehe, und wie sie nicht glaubten, daß er den Kuckuck noch werde schreien hören. Dem allem sah seine Frau zu, als ob es sie nichts angehe, aß munter, so viel sie hatte; je weniger Hans Brot aß, desto besser ließ sie sichs schmecken. Oh, es machte Hans so zornig, wenn er es fast hatte wie ein Fisch auf dem Trocknen, nicht wußte, wo aus, wenn da seine Frau, welcher er schon so lange die ewige Ruhe gewünscht und sie unserm Herrgott gegönnt hätte, welcher sie auch ein Weilchen haben könne, da er, Hans, sie genug gehabt, ganz ruhig und gelassen auf der Ofenbank saß, wenn der Ofen nämlich warm war, denn Hans gönnte sich noch immer nicht alle Tage einen warmen Ofen, oder ganz gemütlich schlief und schnarchte.

Ans Sterben, an den Tod wollte Hans durchaus nicht glauben, redete alle Tage neu sich ein, es werde ihm bessern im Frühjahr. Da wolle er anders dran hin, wolle den Leuten zeigen, daß Harzer Hans noch da sei, sie müßten sich umsonst gefreut haben. Hätten die nur Geduld, es sei noch mancher, mit dem er abzurechnen habe, es werde ihm nicht anständig sein. Daß einer sei, der auch mit ihm zu rechnen habe und die Rechnung vielleicht bald anstellen könne, daran dachte Hans nicht, und hätte ihn jemand daran gemahnt, so hätte ihm Hans gesagt, er solle ihm vom Leibe, wenn er nicht Schläge wolle, das gehe niemand was an, und Schlechtes hätte er sein Lebtag nicht gemacht, daß er sich zu fürchten hätte, es möge gehen, wie es wolle. Hans wußte natürlich nicht, wie es vom Knechte heißt, der sein Pfund vergraben, daß das Pfund ihm genommen und er dahin geworfen wurde, wo Heulen ist und Zähneklappern. Und hätte Hans es gewußt, so hätte er das im mindesten nicht auf sich bezogen. Sieben Pfarrer wären in siebenmal siebenzig Jahren nicht imstande gewesen, dem Harzer Hans begreiflich zu machen, daß er ein solch fauler und unnützer Knecht sei. Er wäre immer und immer bei dem einfachen Satz geblieben, nur soundso viel geerbt und jetzt soundso viel im Besitz, und so einer sei nicht faul und unnütz, es wäre wohl gut, es wären alle so. So ein Harzer Hans hat einen Kopf!

Den Erben machte sein Zustand Bedenken, sie besuchten ihn, sie schlugen auf den Busch nur ganz leise, aber potz Himmelsäpperment, wie hatten die Zeit, zu schweigen, und wie mußten sie sich ducken und schmeicheln, bis sich Harzer Hanses siedend Blut wieder setzte und sie im Frieden scheiden konnten!

So ging ein bedeutender Teil des Winters vorüber. Hans war schwächer geworden, konnte kaum mehr im Bette sein, behauptete aber immerfort, wenn es warm werde, werde es ihm bessern, die Leute sollten nur nicht Freude haben.

Der Schnee begann zu schmelzen. Die Sonne lockte die Menschen vor die Häuser, es ist die Märzsonne eine gefährliche Lockerin! Harzer Hanses Frau ward von einem heftigen Fieber ergriffen. Es werde fehlen wollen, sagte Harzer Hans. Es sei ihm schon lange gewesen, es könne nicht mehr lange mit ihr gehen. Ob sie zum Doktor sollten, frugen ihn die Pächtersleute, sie wollten gerne gehen, er solle nur befehlen. «Heute nicht», sagte Hans, «morgen kann man sehen.»

Morgen sagte Hans, man könne gehen, nutzen werde es nichts, es sei bloß wegen den Leuten. «Und wann der Arzt frägt, ob er etwa selbst kommen solle?» frug der Bote, welcher hingehen sollte. «Sag nur, ich hätte nichts befohlen! Wann man ihn begehre, werde man es ihm sagen lassen.»

Harzer Hans begehrte keinen Arzt in seinen Schweinestall. Er war selbst übler als je, konnte kaum schnaufen, dachte aber gar nicht an sich, sondern nur an seine Frau, führte Selbstgespräche: «Lang macht die es nicht mehr. He nun, man wird sich müssen drein schicken, übel geht es apart niemand. Wärs übel gegangen, die wäre längst gestorben, man hätte nicht müssen mit ihr geplagt sein. Was die für ein Geld gekostet hat, und ganz unnütz! Zu Grabe gehe ich nicht mit ihr. Die Leute müssen nicht glauben, daß die ganze Welt eingeladen werden müsse. Ich hatte zu große Kosten in der letzten Zeit mit Bauen und sonst. Mit dem Wirt muß recht akkordiert werden, er ist ein Unflat mit Fordern, wenn er meint, es sei Geld da zum Zahlen. Mehr als fünf Batzen für die Person zahle ich nicht, und mit dem Wein macht man es auch so wohlfeil als möglich, mehr als vier Kreuzer die Maß gebe ich nicht.» So sprach Hans abgebrochen von der Ofenbank aus, frug wohl auch: «Lebt sie noch, es deucht mich, ich höre sie nicht mehr Atem ziehen? Es wär gut, es wäre bald vorbei.» Einmal trappete er langsam am Stock ans Bett, er meinte bestimmt, sie sei gestorben. Sie lag aber mit offenen Augen auf ihrem Strohsack und lebte. Gar seltsam sah sie ihn an und bewegte die Hand und deutete mit dem Finger ganz schauerlich, man wußte nicht, wohin, ob nach dem Himmel, ob nach dem Kirchhofe. Hans veränderte die Farbe, drehte sich um, schleifte der Ofenbank zu, setzte sich nieder, tat zwei, drei seltsame Atemzüge, und Hans war tot. Die Person, welche in der Stube war, erschrak sehr, als sie es sah, sie wollte nicht mehr alleine darin sein. Als man es der Frau sagte, Hans sei tot, da deutete sie wieder so seltsam, daß es den Leuten kalt über den Rücken rieselte, und eine halbe Stunde nachher war auch sie eine Leiche.

Wie ein Lauffeuer gings umher, Harzer Hans und seine Frau seien gestorben, und wer irgend konnte, machte sich auf die Beine, um sie zu sehen. Es war, als ob ein Geheimnis an den Tag gekommen, eine verschüttete Stadt zum Beispiel, die jeder in Augenschein nehmen müsse, ehe sie wieder zugedeckt würde. Waren einmal die Erben und nächsten Verwandten da, dann waren die Türen wieder zu, das wußte man. Über dem Kopf zusammen schlugen die Leute die Hände, als sie das Elend in der Wohnung sahen, und wie man kaum das Nötigste fand, die Leichen gehörig anzuziehen. Mit Grauen und mit Wonne hörten sie, wie die Frau den Mann vor Gottes Gericht gefordert habe zur Rechnung, jeder hörte es anders als die andern, und keiner wagte sich alleine heim, keiner war, der nicht fürchtete, Harzer Hans möchte ihm begegnen, möchte draußen stehn bei einer Eiche oder Tanne und sie hüten, daß kein armer Mensch einen dürren Zweig auflese oder abbreche. Wer nicht mußte, setzte lange, lange nachts keinen Fuß vors Haus aus Furcht vor Harzer Hans, und wenn es nachts rauscht im Wipfel der Bäume, heißts bis auf den heutigen Tag, es werde der Harzer Hans sein, der die Tannzapfen zähle in seinen Wäldern.

Was die Frau dem Manne gesagt, und wie es zugegangen in der letzten Stunde in der schauerlichen Spelunke, das war wie ein Tropfen Wasser unter einem Vergrößerungsglase, es wuchs ins Ungeheure und ward jeden Augenblick anders, bis es endlich in seiner schauerlichsten Gestalt versteinerte. Das ist wahr, eine unheimliche Stille lag über der ganzen Umgegend, und wer vernahm, heute vergraben sie den Harzer Hans und seine arme Frau, dem fuhr es kalt den Rücken auf, er machte, daß er heimkam. Es war, als fürchte jeder, er möchte in eine böse Luft kommen oder auf ein Gespenst treten. Die Erben freilich hatten es nicht so, begreiflich! Es plagte sie bloß, daß sie bei dem Ende nicht zugegen gewesen, das ist für mutmaßliche Erben manchmal ungeheuer fatal, begreiflich! Indessen, die Sache war geschehen, und Verdächtiges ergab sich nichts.

Es war die Rede davon, am schönsten wäre es, wenn man die beiden in einen Sarg täte und in ein Grab. Zwei Eheleute könnten doch wohl nicht schöner und zweckdienlicher begraben werden, und auf dem Kirchhof, der ohnehin zu klein sei, erspare man Platz. Er sei nicht dafür, soll der Ammann der Gemeinde geraten haben. Er hätte nie davon gehört, daß man zwei in einen Sarg getan außer etwa eine Kindbetterin mit ihrem Kinde. Die Leute würden sagen, man habe Bretter sparen wollen und den Lohn für zwei Gräber, und er glaube, das Vermögen möge zwei Särge und zwei Gräber ertragen. Den Leuten hätte man sich nicht zu achten, meinte man, wenn man auf die hören wollte, könnte man unter sie alles austeilen, bis man selbst nichts mehr hätte. Indessen geschah es doch nicht, sondern jedes erhielt einen eigenen Sarg. Wir haben nicht gefragt, ob die Erben nach dem Voranschlag von Harzer Hans das Leichenmahl bestellten, wir wissen bloß, daß es unheimlich war und jedermann froh, wenn er seine Beine unter dem Tische hervorhatte. Es war ein Tag, wie die Märzensonne sie häufig bringt, ein Tag voll Schnee und Regen, so recht naßkalt und trübe, daß man zehnmal lieber ins Bett mochte als auf die Straße.

Nun wars eine äußerst seltene Sache, Mann und Frau miteinander begraben zu sehen, es waren auch äußerst reiche Leute, welche begraben wurden, man hätte glauben sollen, ein zahlreich Leichenbegleit zu sehen und viele Leute vor den Häusern, aber man irrte sich. Alle Haustüren und alle Fenster waren zu, wo der Zug durchkam; es war, als ob jedermann gefürchtet hätte, ein unwillkommener Gast könnte schlüpfen durch Türe oder Fenster. Selbst Schabzieger Anderes machte auf das sorgfältigste alles zu; er sagte: viel glaube er freilich nicht, aber man könne sy Seel nit wissen –! Es war auch ein unheimlich Geleite, es glich einem Trupp erschrocken flatternder Schneegänse, welche ein Wirbelwind erfaßt, oder auf die ein Geier gestoßen. Alles eilte, selbst das Roß, welches die zwei Särge zog, schien erschrocken, pressierte und tat, als ob es nicht warten möchte, bis sechs Fuß Erde zwischen ihm und seiner Last lag. Flüchtige Blicke bloß wurden in das weite Grab geworfen, es schien, als wohle es den Leuten erst wieder, als sie dasselbe weit im Rücken hatten.

Wer geglaubt hätte, es gehe nun am Leichenmahl lustig zu, wie es oft geht, wo lachenden Erben ein großes Erbteil wartet, hätte sich sehr geirrt. Es ward wenig gesprochen, meist halblaut und von ganz unbedeutenden Dingen. Heiß und rasch wurde gegessen, alles pressierte, kein Mensch hatte Zeit, zu warten, es war, als ob man gleichsam auf einer Flucht Halt gemacht und jeden Augenblick einen Überfall vom Feinde fürchtete, als ob es keinem wohl sei, bis sie die eigene Haustüre hätten zwischen sich, dem heutigen Wege, der ganzen Welt. Daß so früh an einem Leichenmahle das Haus leer sei, hätte er nie erlebt, sagte der Wirt. Beim Wohnhaus der Begrabenen ging selben Abend niemand vorbei, und das Nebenhaus, in welchem sie verblichen, steht leer bis auf diesen Tag, sogar Spatzen sollen nicht nisten unterm Dache, auf das Dach kein Vogel sich setzen. Öde und wüst steht es da, ein Denkmal von Harzer Hans, wie es paßt, ein steinern, wüst Gehäuse mit dunkeln, verschlossenen Kammern, in die kein Lichtstrahl dringt, kein Auge zu schauen begehrt, was drinnen hauset.

Und das Geld, wo kam es hin, und die Erben, wer waren sie, und was hinterließ der arme Harzer Hans, der Minuten vor seiner Frau starb, mehr als einen schlechten Namen der Welt und eine schlechte Seele dem –?

Quellenhinweis

Kursiv gesetzte Titel stammen vom Herausgeber

Die Texte folgen der Ausgabe

Jeremias Gotthelf (Albert Bitzius): *Sämtliche Werke in 24 Bänden*. In Verbindung mit der Familie Bitzius herausgegeben von Rudolf Hunziker und Hans Bloesch. Eugen Rentsch Verlag Erlenbach-Zürich 1911–1932. Inklusive Ergänzungsbände. Im einzelnen:

Selbstbiographie: 18. Ergänzungsband, bearbeitet von Werner und Bee Juker. 1977, S. 13–15.

Das Erdbeben von Haiti: 24. Band, S. 26–28.

Kurt von Koppigen. Urfassung im *Unterhaltungsblatt* 1844: 17. Band, S. 407–458.

Der Bäcker von Zürich: 23. Band, S. 149–152.

Wie man kaputt werden kann: 24. Band, S. 215–217.

Die Rotentaler Herren: 10. Ergänzungsband. Bearbeitet von Werner Juker. 1958, S. 239–277.

Ein traulich Gespräch: 24. Band, S. 220.

Die Rabeneltern: 23. Band, S. 152–160.

Der bekehrte Mordiofuhrmann: 23. Band, S. 31–42.

Der Brand von Bern: 24. Band, S. 307.

Benz am Weihnachtdonnstag 1825: 23. Band, S. 382–395.

Der Weihnachtdonnstag 1841: 23. Band, S. 395–405.

Die angenehme Überraschung: 23. Band, S. 429–434.

Harzer Hans, auch ein Erbvetter: 19. Band, S. 251–296.

Nachwort

Kennen wir den Mann überhaupt? Man sollte sich da nicht vorschnell sicher sein. Wofür er eintrat, öffentlich, polemisch, das ist bekannt, und jeder kann es nachlesen. Wen alles er bitter bekämpfte, desgleichen. Aber sonst? Sein Innenleben zum Beispiel, seine erotische Prägung? Da gibt es als Zugang nur die Dynamik seiner literarischen Phantasie, alles andere verschwindet hinter der Fassade eines biedermeierlichen Pfarrhauses. Gotthelf heute ins Auge zu fassen, setzt voraus, dass man die geläufigen Bilder, die in 150 Jahren von ihm angefertigt wurden, beiseitelässt und sich ungeschützt seinem wilden Erzählen aussetzt.

Und das ist wiederum gar nicht so einfach. Denn Gotthelf kümmert sich nicht um unsere Lesererwartungen. Wenn er uns mit grausam wüsten Dingen beutelt, können wir nicht sicher sein, dass sie zuletzt auch wieder ausgeglichen werden. Es geht oft geradeaus so weiter bis zum Schluss. Dies dürften dann viele als einseitig empfinden. Was soll die rettungslose Misere? Was sollen diese bösen Seelen? Wo viel Dunkel ist, muss es doch auch Licht geben. Haben wir als Leser nicht sogar ein Recht darauf? Müssen wir uns eine so ausweglose Fahrt in Unheil und Niedertracht, wie die Doppelgeschichte *Benz* sie darstellt, wirklich bieten lassen? Was haben wir überhaupt davon? Was ist der Mehrwert an Erkenntnis? *Benz* ist tatsächlich ein Testfall. Ich habe diese Erzählung in meinem langen Germanistenleben nie erwähnen hören, habe nie ein Wort darüber gelesen. Als ich auf sie stieß, faszinierte sie mich sofort durch einen unabweisbar modernen Zug. Diese rücksichtlose Durchführung eines einzigen Themas in einem Stakkato kurzer, scharf umrissener Variationen erscheint heute als Ausdruck eines souveränen Kunstwillens, während die pädagogische Absicht, womit Gotthelf den Text zu seiner Zeit allein rechtfertigen konnte, nebensächlich geworden ist. Genau hier wurzelt denn auch die schwierigste Frage, auf die wir diesem Erzähler gegenüber stoßen: Schreibt er, um das Volk zu erziehen, oder braucht er die Rolle des Volkserziehers, um schreiben zu können?

Dass das Schreiben für Gotthelf den Charakter einer existentiellen Befreiung hatte, ist bezeugt. Er schrieb, um nicht zu ersticken. Der berühmte Brief an seinen Cousin Carl Bitzius vom 10. Dezember 1838 lässt da keinen Zweifel zu. Beantwortet er auch die oben gestellte Frage?

> So wurde ich von allen Seiten gelähmt, niedergehalten, ich konnte nirgends ein freies Tun sprudeln lassen. Konnte mich nicht einmal ordentlich ausreiten, hätte ich alle zwei Tage einen Ritt tun können, ich hätte nie geschrieben. Begreife nun, daß ein wildes Leben in mir wogte, von dem niemand Ahnung hatte, und wenn einige Äußerungen los sich rangen, so nahm man sie halt als freche Worte. Dieses Leben mußte sich entweder aufzehren oder losbrechen auf irgendeine Weise. Es tat es in Schrift. Und daß es nun ein förmlich Losbrechen einer lange verhaltenen Kraft, ich möchte sagen der Ausbruch eines Bergsees ist, das bedenkt man natürlich nicht. Ein solcher See bricht in wilden Fluten los, bis er sich Bahn gebrochen, und führt Dreck und Steine mit in wildem Graus. Dann läutert er sich und kann ein schönes Wässerchen werden. So ist mein Schreiben auch gewesen ein Bahnbrechen, ein wildes Umsichschlagen nach allen Seiten hin, woher der Druck gekommen, um freien Platz zu erhalten.

Der Brief antwortet auf ernste Vorwürfe des Freundes. Dieser hatte Gotthelf nahegelegt, er möge doch gemäßigter, dezenter, gepflegter schreiben. Der Beschuldigte rechtfertigt sich also und verspricht sogar, demnächst statt eines Wildbachs «ein schönes Wässerchen» zu werden. Nur ist diese Formulierung nun wieder so penetrant harmlos, dass man sie nicht ernst nehmen kann. Einerseits akzeptiert Gotthelf die Bedenken, andererseits ist die Beschreibung der inneren Gewalten, unter denen er steht, so unerhört und ergreifend, dass eine Verwandlung dieser elementaren Mächte in ein sanftes Seelenleben unmöglich erscheint. Der Mann ist nicht einfach eine Zeitlang so gewesen, er ist und bleibt sein Leben lang so.

Großartig ist die Feststellung, wenn er hätte reiten können, hätte er nie geschrieben. Das erinnert an Kafka, bei dem sich die Vorstellungen des Schreibens und des Reitens vielfach überlagern, auch wenn er in Wirklichkeit nie ein Reiter war. Für Kafka war der Zustand des Schreibens der einzige fraglose Glückszustand; er konnte ihn nur in Bilder des Fliegens, des Dahinjagens, des rauschenden Getragenseins übersetzen. All die vielen Pferde, die in Kafkas Erzählungen und Tagebüchern erscheinen, beziehen sich darauf. Dass Gotthelf eine verwandte Erfahrung macht, deutet auf eine generelle, aber wenig erforschte Tiefenstruktur der schriftstellerischen Kreativität.

Überraschend ist trotzdem, dass Gotthelf in der zitierten Schilderung seines vulkanischen Innern, welches ihn zum Schreiben zwingt, kein Wort verliert über die sozialen Ziele seiner Arbeit. Da steht nichts von seinem Kummer über die gesellschaftlichen Zustände, nichts über Nöte und Fehlverhalten der Menschen, nichts über die Schriftstellerei als eine andere Form der Predigt. Erst als der donnernde Abschnitt dasteht, scheint es ihm zu dämmern, dass hier genau das fehlt, was man eigentlich zuerst erwartet hätte. Und so hängt er denn noch den Satz an: «Es war, wie ich zum Schreiben gekommen, auf der einen Seite eine Naturnotwendigkeit, auf der andern Seite mußte ich wirklich so schreiben, wenn ich einschlagen wollte ins Volk.» Das könnte den Schluss nahelegen, dass Gotthelf in der erzieherischen Absicht seiner Werke eine sekundäre Begründung für das gefunden hat, was sich unter seinen schreibenden Händen eruptiv ereignete.

Ein Entweder-Oder ist dies jedoch nicht. Das Losbrechen des wilden inneren Lebens und der Wille zum öffentlichen Wirken greifen von nun an ineinander und stimulieren sich gegenseitig. Die Existenz einer chaotisch-gewalttätigen, außermoralischen und vorzivilisatorischen Tiefenwirklichkeit in Jeremias Gotthelf muss bei der Lektüre aber immer in Rechnung gestellt werden. Sie ist unübersehbar beteiligt bei den Gestaltungen des Bösen, die zu den schroffsten Provokationen in seinem Werk gehören, skandalös durchaus für eine Gegenwart, welche die Psychiatrisierung des Bösen so weit getrieben hat, dass sie in manifester Gemeinheit, Ruchlosigkeit, Arglist, Tücke und Schandtat nur noch Krankheitsbilder mit entsprechenden Therapieprogrammen zu sehen vermag.

In Hinsicht auf Gotthelfs Kunst muss nun allerdings eine Warnung ausgesprochen werden. Die Bilder von Stau und Ausbruch, von stürzenden Wassermassen mit «Dreck und Steinen», könnten zur Annahme verleiten, dass sein Erzählen ein naturburschenhaftes Treiben fernab aller ästhetischen Kalkulation und formalen Planung gewesen sei. Er schreibe, ließe sich denken, als habe er das Schreiben eben erst für sich erfunden, ohne Muster und Vorbilder, aus dem Bauch heraus, wie das Klischee lautet. Dem ist nicht so. Gotthelf war früh schon ein leidenschaftlicher Leser, und man darf ihn als literarisch geschult betrachten, lange bevor er zum Autor wurde. Seine erste größere Arbeit ist die vierzigseitige Studie des Achtzehnjährigen über den Unterschied zwischen der antiken und der modernen Literatur. Von seinen Mustern und Lieblingen spricht er später allerdings nur selten. Oft sind es Zufälle, aus denen sich Hinweise ergeben. So attackiert er einmal den Journalisten Albrecht Bondeli, der Jean Paul als einen belanglosen Vielschreiber hingestellt hatte, äußerst scharf. Jean Pauls Werk werde, schreibt Gotthelf im *Berner Volksfreund* vom 13. August 1840, «jedenfalls länger dauren als irgendein bundelischer Knochen, und wäre er auch einbalsamiert mit Salben und Salzen, Merkur oder anderen Ingredienzen.» Wobei man wissen muss, dass Merkur (Quecksilber) das bekannteste Heilmittel gegen die Syphilis war. Man darf aus dem Vorfall schließen, dass Gotthelf mit Jean Paul, dem in seinen Erzählanlagen raffiniertesten Romanschriftsteller jener Zeit, sehr vertraut war und dass ihm auch dessen Spannweite zwischen derber Groteske und hymnischem Aufschwung beim eigenen Schreiben vor Augen stand.

Gotthelf schrieb rasch und ohne viel Korrigieren, er schrieb tatsächlich wie auf einem Langstreckenritt, aber dies ging immer zusammen mit einem wachen Bewusstsein für Komposition, Handlungsaufbau und Erzählstrukturen. Man lese daraufhin den *Mordiofuhrmann.* Wie hier das schlichte Erzählschema von der Bekehrung eines Grobians durch die Begegnung mit dem vermeintlichen Teufel umgebaut und mehrschichtig durchgeführt wird, ist verblüffend, und großartig wird es überdies verknüpft mit einer heiteren Liebesgeschichte. Zunächst glaubt sich der Fuhrmann Dani vom Teufel persönlich bestraft. Dann erzählt der hübsche «junge Kerli» im Wirtshaus die Geschichte vom Müllerssohn, der aus verzweifelter Liebe seine Pferde misshandelt und deshalb vom Teufel geholt wird, allerdings auf Erlösung hoffen darf, wenn es ihm gelingt, seinerseits einen Mordiofuhrmann zu bekehren. Nun ist Dani überzeugt, dass er diesem Gespenst begegnet sei. Der Leser aber merkt recht bald, dass genau dieser junge Mann hinter dem Ganzen steckt. Er hat den bösen Geist gespielt und dem Pferdeschinder die üble Nacht verpasst. Als er anschließend im Wirtshaus jene zusätzliche Geschichte erfindet, flicht er Anspielungen auf seine eigene Liebe zur kecken Kellnerin ein, so dass seine Erzählung neben der erzieherischen Aktion auch ein Werben um die junge Frau ist. Auffälligerweise erscheint dieser Drahtzieher des Ganzen schon im ersten Satz der Haupterzählung, gleich nach dem einleitenden Abschnitt, zwar nur als Stimme, aber seltsam nachhallend: «Es war mitten in der Heiligen Nacht, als man vor einem der Wirtshäuser [...] eine mächtige, aber wunderliche Stimme rufen hörte ...» Diese Stimme und die zugehörige Figur sind wie eine Materialisierung des Erzählers Gotthelf, der verkleidet in seine eigene Geschichte eintritt und handgreiflich das unternimmt, was er sonst nur durch sein Schreiben zustande bringt. Dass der junge Mann ebenfalls ein Erzähler ist, unterstützt diese Deutung. Solchen Vorgängen konnte der junge Gotthelf im Werk Jean Pauls vielfach begegnen.

Prachtvoll ist *Kurt von Koppigen,* gerade in der praktisch unbekannten Urfassung. Diese ist gradliniger, weniger üppig ausgeschmückt als die spätere Überarbeitung, und auch mit Anspielungen und Ausfällen auf zeitgenössische Dinge hält sich der Autor hier noch einigermaßen zurück. Gewiss hat die reichere und längere Version ihre hohen Schönheiten, aber die gestreckte Dynamik und die verknappten Rhythmen geben der Urfassung eine balladenhafte Kompaktheit. Und schlechthin einzigartig ist, wie Gotthelf hier seine eigene Innenwelt, die wilde Tiefe seiner Seele, ins Licht hebt. Die Erzählung spielt zu großen Teilen in seiner Kindheitslandschaft um Utzensdorf, wo die Emme durch flaches Schwemmland Richtung Solothurn fließt, der Aare entgegen. In dieses Bauerndorf war der gebürtige Stadtberner Gotthelf mit acht Jahren gekommen, hier durchlebte er als Pfarrerssohn seine Bubenjahre, bis er mit fünfzehn nach Bern ans Gymnasium kam. Es war eine ländliche Kulturlandschaft, bestückt mit jenen großen Höfen und ärmlichen Heimwesen, die wir aus Gotthelfs Romanen so detailscharf kennen. Dieser Raum seiner ersten Selbstwerdung wird nun in der Erzählung zurückverwandelt in eine nahezu unzivilisierte Urwelt, eine weitgedehnte Wildnis, aus der da und dort Burgen ragen, auch etwa ein ummauertes Kloster und irgendwo befestigte Städte, aber dazwischen erstreckt sich ein wucherndes Wald- und Wasserland, in dem allein der Stärkere regiert. Die politische Ordnung ist schwach. Wohl gibt es Ritter, die nach ihrem Ehrenkodex leben, daneben aber treibt sich jede Spielart von Räubern, Gaunern und Wegelagerern herum. Der Held der Geschichte, Kurt, verkörpert ganz und gar diesen gesetzlosen Raum, in dem sich jeder von dem nährt, was ihm gerade über den Weg läuft, seien es Wildschweine oder Hirsche, Kaufleute oder Pilger.

Schon der streunende kleine Bitzius mag sich einst seine Umwelt phantasierend in ähnlicher Weise verwandelt haben. Wenn es der Erwachsene tut, steht dies aber unter einem anderen Gebot. Er setzt damit das zutiefst Verbotene frei und genießt es bei gleichzeitiger pflichtgemäßer Missbilligung. Dass das Christentum für die Menschen hier nicht mehr ist als ein schwacher Firnis, eine Variante bloß ihres bunten Aberglaubens, steigert das Vergnügen an einer Welt, in der es kein schlechtes Gewissen zu geben scheint, das Vergnügen insbesondere an einer so zutiefst unbekümmerten, von allen moralischen Bedenken befreiten Existenz, wie Kurt sie vorlebt. Es gibt im 19. Jahrhundert wohl keinen schärferen Gegensatz als den zwischen Jeremias Gotthelf und Friedrich Nietzsche; die *Koppigen*-Erzählung zeigt, dass auch diese Extreme sich berühren können.

Mit welcher Lust sich der erzählende Gotthelf in dieser geschichtlichen Tiefe tummelt, zeigt die geographische Präzision, mit der der ganze Raum und die vielen Schauplätze erfasst sind. Man kann Kurts Ritter- und Räuberfahrten auf der Landkarte nachziehen. Immer neu wird das Bekannte in seine urzeitliche Gestalt verwandelt, immer neu blitzt im Urzeitlichen die Gegenwart auf. Das beweist den Spielcharakter des Unternehmens. Das «wilde Leben», das nach Gotthelfs eigenen Worten, in ihm »wogte» und «von dem niemand Ahnung hatte», kocht hier brodelnd auf, und der Autor lässt es zu, geschützt durch die Fiktion einer weitentfernten Historie. Dem entspricht die Art, wie er gegen die üblichen Handlungsmuster erzählt. Spätestens als Kurt seine junge Frau heimführt, nehmen wir, an dass er jetzt liebevoll in die Finger genommen und zu einem Menschen mit ernster Lebensverantwortung geformt wird. Aber nichts davon. Der Kerl bleibt, was er ist, und treibt's weiter wie bisher. Was in der Doppelgeschichte *Benz* irritiert, was am schlechten Paar in den *Rabeneltern* erschreckt, was uns im *Harzer Hans* an den Rand des blanken Entsetzens führt, dass der Böse in seiner Bosheit gleichmütig verharrt, von keinen Zweifeln angefochten, selbstsicher und furchtlos, das steckt auch naturhaft in diesem Kurt. Und wie sehr Gotthelf diese Haltung auch verwirft, wie unbedingt er ihr die leibhaftige Hölle verspricht, seine Faszination vor solcher Selbstherrlichkeit kann er nie ganz verbergen. Hier erscheint im Hintergrund das napoleonische Modell des radikal autonomen Subjekts, das außerhalb seines eigenen Willens kein Gesetz anerkennt. Es ist ein mythisches Muster der europäischen Moderne. Gotthelf sah darin die eigentliche Katastrophe seiner Zeit, und er konnte nicht anders, als solche Gestalten immer neu zu schildern, mit Grauen und Bewunderung.

Das hat auch seine theologische Dimension. Theologisch heißt das Verharren im Bösen Verstocktheit. Der Begriff ist schwierig, weil nach einigen Bibelstellen Gott selbst die Menschen verstockt macht, nach andern steht diese Haltung in der Verantwortung der Menschen. In der Verstocktheit schottet sich einer ab gegen die Gnade, die allein ihn retten kann. Das älteste Beispiel ist der ägyptische Pharao, und folgerichtig kommt Gotthelf im *Harzer Hans* auch auf diesen zu sprechen: «Wir wundern uns über einen verstockten Pharao, aber wahrhaftig, ein verstockter Pharao ist gar nichts im Vergleich zu einem vernagelten Harzer Hans.» Der Satz zeigt, wie exemplarisch Gotthelf diese schreckliche Gestalt verstanden hat. Harzer Hans steht für die Hybris der Moderne, die sich jeder Transzendenz entschlagen hat und die der Politiker Gotthelf auch im radikalen Flügel der Liberalen am Werk sah. Dennoch ist Harzer Hans kein allegorisches Konstrukt. Die gespenstische Ehegeschichte wächst ganz aus dem erzählerischen Instinkt des Autors heraus. Die schrittweise Vernichtung der Frau wird durch die Glückszustände, die sie in ihrem zerstörten Geist erlebt, zu einer wachsenden Folter für den Mann, den Täter. Immer gieriger wartet er auf ihren Tod, um zuletzt eine halbe Stunde vor ihr zu sterben.

Das ist eine nahezu humoristische Pointe, und tatsächlich entspringt bei Gotthelf der groteske Humor nicht selten aus der Begegnung mit einem Fall von krasser Unfähigkeit zu Einfühlung und Mitempfinden. So etwa in der Kurzgeschichte *Ein traulich Gespräch*, die man einer sensiblen Gegenwart, welche ihre eigene Rohheit in abgerückte Zonen des Bewusstseins ausgelagert hat, fast nicht vorzulegen wagt. Ein ähnlicher Fall ist *Benz.* Die Tristesse dieser sozialen Studie ist zugleich von einer mächtigen Komik, weil der anmaßende Prahler laufend und vorhersehbar in die Fallen seines Größenwahns tritt und für jede Böswilligkeit umgehend sein Fett abbekommt. Auch der geniale Wurf *Wie man kaputt werden kann* hat deutlichen Komödiencharakter. Das Erwachen des Geizhalses ist hinreißend in der trockenen Prägnanz der Schilderung, und es kann nicht überraschen, dass der größte Komödienschreiber der Schweiz, der leidenschaftliche Gotthelf-Leser Friedrich Dürrenmatt, sich für das Finale seiner Meisternovelle *Die Panne* genau bei dieser Gotthelf-Geschichte bedient hat. Wie der Geizhals am Morgen als dunkle Silhouette im Fensterrahmen hängt, hingerichtet von eigener Hand, hängt auch Dürrenmatts Handelsreisender Traps im frühen Gegenlicht vor den Augen der besoffenen Richter, deren Spiel ihm zum ersten Mal in seinem Leben die Augen geöffnet hat über seine eigene Niedertracht.

Besserungsgeschichten sind im bürgerlichen Erzählen seit dem 18. Jahrhundert beliebt. Sie gehören auch zu Gotthelfs Grundmustern, aber dem Verstocktheitsgrad seiner Helden entsprechend, braucht es oft Ereignisse von grausigem Horror, um die Verblendeten doch noch zur Einsicht zu bringen. Das Paradebeispiel ist die Bekehrung Kurt von Koppigens. Hier öffnet der Autor alle Schleusen seiner magmatischen Phantasie und beweist, dass er der erste und bis heute schöpferischste Fantasy-Autor der Schweizer Literatur ist. Aber auch diese Schreckensnacht ist psychologisch vorbereitet. Die Ereignisse in der versteckten Spelunke, der großartigen Urmutter aller zwielichtigen Beizen im helvetischen Erzählen, haben Kurt soweit vorbereitet, dass er für eine abschließende Erziehungsaktion endlich empfänglich ist. Das Finale ist also weniger aufgesetzt, als es vielleicht wirkt.

In den *Rotentaler Herren* gehen Fantasy und Realismus eine gewagte Verbindung ein. Die grell geschilderten Sagen von den Riesen im Jungfrau-Gebiet werden bedenkenlos mit den Realitäten der Schweizer Geschichte verknüpft. Man kommt diesem sperrigen und geheimnisvollen Werk aber nur nahe, wenn man die Tatsache ernst nimmt, dass es aus politischen Gründen hundert Jahre lang ungedruckt blieb. Es ist eine visionär aufgeladene Studie über die politische Macht und die Verbrechen der Herrschenden in der Geschichte. Das hörten die Nachfahren der Betroffenen so ungern, dass der Druck unterblieb. Der Auftakt mit dem Treiben der Riesen inszeniert das mythische Extrem einer willkürlichen Herrscherklasse. Die Menschen sind den Regierenden ausgeliefert wie Insekten. Von hier weg gibt es Stufen bis hin zur demokratischen Freiheit aller Bürger. In seiner Analyse der politischen Realität in der Schweiz setzt Gotthelf beim Bauernkrieg von 1653 ein, einem vom landläufigen Patriotismus sorgsam verschwiegenen Schandfleck der Landesgeschichte. Hier siedelt er die faszinierende Figur des Mühleseilers an, die ihm aus lokalen Überlieferungen bekannt war. Er macht den legendenumwobenen Viehdoktor zu einem Opfer der brutalen Städteherrschaft im Bauernkrieg. Wie viele der geschundenen Bauern verliert er den Glauben an Gottes Gerechtigkeit – «Gott sei nur ein Herren-Gott und kein Bauren-Gott». In einer Vision wird er eines Besseren belehrt und erhält den Auftrag, aller Welt vor Augen zu führen, wie schrecklich alle ungerechten Regenten nach dem Tode bestraft werden. Den letzten geisterhaften Riesen im Hochgebirge werden sie zum Quälen ausgeliefert, und zweimal im Jahr muss sie der Mühleseiler von den Friedhöfen in Bern und Basel, in Zürich und Luzern abholen und hinauf in die Gletschertäler führen. Dabei sehen die Leute in den Städten nur ihn, den langsamen Führer mit dem Stecken in der Hand, wissen aber, wer alles jammernd hinter ihm herschleicht.

Nie hat ein Autor so leichthin und wie selbstverständlich die tausendfach heroisierte Schweizergeschichte als eine Abfolge von Tyrannei und Missetaten dargestellt. Gotthelfs Frau war entsetzt, seine Freunde warnten ihn inständig, selbst die Herausgeber der bis heute verbindlichen *Sämtlichen Werke in 24 Bänden* brachten die Erzählung nicht innerhalb dieser 24 Bände, sondern erst 1958 ganz hinten im 10. Ergänzungsband und nicht ohne die Bemerkung, sie sei «doch etwas zu krass».

Als ob das Krasse je eine Grenze Gotthelfs markiert hätte und nicht seine überzeitliche Stärke.

Peter von Matt

Inhalt

KOLLEKTION

NAGEL & KIMCHE

Herausgegeben von Peter von Matt

PHILIPPE JACCOTTET (HG.): *Die Lyrik der Romandie*
Eine zweisprachige Anthologie. Aus dem Französischen von Elisabeth Edl und Wolfgang Matz.
272 Seiten, gebunden
«Die Anthologie wird gleich mit ihrem Erscheinen zum unverzichtbaren Handbuch.» Martin Zingg, *Neue Zürcher Zeitung*

OTTO F. WALTER: *Herr Tourel*
Roman. Mit einem Nachwort von Peter von Matt.
304 Seiten, gebunden
«Ein Buch von heute, und dankenswerterweise kann man es jetzt wieder lesen.» Jochen Schimmang, *Die Zeit*

HERMANN BURGER: *Schilten*
Roman. Mit einem Nachwort von Thomas Strässle.
416 Seiten, gebunden
«Ein Genie, wie es im Buche steht.» Helmut Böttiger, *Süddeutsche Zeitung*

CHARLES FERDINAND RAMUZ: *Die große Angst in den Bergen*
Roman. Aus dem Französischen von Hanno Helbling. Mit einem Nachwort von Beatrice von Matt.
192 Seiten, gebunden
«Eine der wichtigsten Wiederentdeckungen des Jahres.»
Elmar Krekeler, *Die Welt*

MAX FRISCH: *Die Schwierigen oder J'adore ce qui me brûle*
Roman. Mit einem Nachwort von Lukas Bärfuss.
288 Seiten, gebunden
«Ein weitgespannter, großartiger Essay über die Vergeblichkeit.»
Fritz J. Raddatz, *Die Welt*

BLAISE CENDRARS: *Gold*
Die Geschichte des Generals Johann August Suter. Roman. Aus dem Französischen von Yvan Goll. Mit einem Nachwort von Dieter Meier.
152 Seiten, gebunden
«Höchste Zeit, dass dieser Autor, der zu den wenigen Großen der Schweiz gehört, dank der *Kollektion* endlich wieder neu entdeckt wird.»
Stefan Zweifel, *Literaturclub*